सीमाएँ टूटती हैं

[उपन्यास]

सीमाएँ टूटती हैं

श्रीलाल शुक्ल

राजकमल प्रकाशन

ISBN : 978-81-267-0837-6

मूल्य : ₹ 695

पहला संस्करण : 1973
छठा संस्करण : 2023

प्रकाशक : राजकमल प्रकाशन प्रा. लि.
1-बी, नेताजी सुभाष मार्ग, दरियागंज
नई दिल्ली-110 002
शाखाएँ : अशोक राजपथ, साइंस कॉलेज के सामने, पटना-800 006
पहली मंजिल, दरबारी बिल्डिंग, महात्मा गांधी मार्ग, प्रयागराज-211 001

वेबसाइट : www.rajkamalprakashan.com
ई-मेल : info@rajkamalprakashan.com

मुद्रक : बी.के. ऑफसेट
नवीन शाहदरा, दिल्ली-110 032

SEEMAYEIN TOOTATI HAIN
Novel by Shrilal Shukla

श्रीयुत भगवतीचरण वर्मा
को सादर

पात्र

(उपन्यास में आने के क्रम में)

विमल : दिल्ली का एक व्यवसायी। दुर्गादास नामक रेडियो, ग्रामोफोन आदि के एक दुकानदार का मित्र। विधुर। आयु 47 वर्ष।

चाँद : दुर्गादास की पुत्री। कैमिस्ट्री की शोध-छात्रा। आयु 23 वर्ष।

राजनाथ : दुर्गादास का पुत्र। पिता के व्यवसाय का सहयोगी और उत्तराधिकारी। आयु 29 वर्ष।

नीला : राजनाथ की पत्नी। सत्यमप्रियम बोलने में प्रवीण। आयु 27 वर्ष।

तारानाथ : दुर्गादास का पुत्र। एक छोटे कस्बे के इंटरमीडिएट कॉलिज का प्रिंसिपल। आयु 32 वर्ष।

शंकर : सम्पन्न कृषक। तारानाथ के कॉलिज के मैनेजर का पुत्र। तारानाथ का मित्र। आयु 35 वर्ष।

जूली : एक दफ्तर की टाइपिस्ट। किसी समय में विमल की शय्यासंगिनी। आयु 30 वर्ष।

डॉ. फड़के : जेल सुपरिंटेंडेंट। अपराधशास्त्र का विशेषज्ञ। आयु 45 वर्ष।

मुकर्जी : कैमिस्ट्री का शोध-छात्र। चाँद का सहपाठी। आयु 23 वर्ष।

प्रोफेसर : समाजशास्त्र का प्रोफेसर। आयु 33 वर्ष।

(इनके अलावा जज, वकील, कॉलिज के क्लर्क आदि)

पहला भाग

एक

फाटक से बाहर मुड़ते ही गाड़ी के बैकव्यू मिरर में सुप्रीम कोर्ट के गोलाकार वरामदे और खम्भे पुँछ गए। उनकी जगह पीछे भागती हुई सड़क और हवा से उलझती हुई टहनियों ने घेर ली। उड़ती हुई गर्द के झीनेपन में स्कूटरों के दो-एक धब्बों को छोड़कर सारी सड़क वीरान पड़ी थी।

एक उतावले स्कूटर को दाएँ से निकलने का रास्ता देकर विमल चुपचाप गाड़ी चलाता रहा। पीछे की सीट से झुककर चाँद ने अपना सिर अगली सीट की मुँडेर पर टिका लिया था। उसका चेहरा छितरे हुए बालों में छिप गया।

विमल के पास ही अगली सीट पर राजनाथ बैठा था। उसने सुना नहीं, पर उसे लगा, एक दबी हुई सिसकी आसपास हवा में अब भी अटकी है। बिना मुड़े हुए, अपना हाथ पीछे ले जाकर उसने चाँद के बालों को थपथपाया। कहा, "चाँद,... इस तरह नहीं...।"

कार के भीतर गहरी खामोशी थी। उसमें यह वाक्य पानी की लकीर की तरह बिछलकर खो गया। राजनाथ ने अपना हाथ वापस खींच लिया। पिछली सीट पर ही चाँद से सटी हुई नीला बैठी थी। उसने धीरे से अपने बैठने का कोण बदला।

तब राजनाथ ने देखा, विमल की ओर छोड़कर सभी खिड़कियों के शीशे बन्द हैं। उसने अपनी ओर का शीशा गिराया। मटियाले वसंत की हवा ने कार के अन्दर की घुटन तितर-बितर कर दी। चाँद पहले ही की तरह अगली सीट पर सिर टेके रही। उसने अपने मत्थे के चारों ओर अपनी बाँह के घेरे से इस हवा के खिलाफ किलेबन्दी-सी कर ली।

राजनाथ ने कहा, "इधर कनॉट प्लेस क्या करने चल रहे हैं अंकल? पहले चाँद को घर छोड़ दें।" फिर रुककर कहा, "मैं भी सोचता हूँ, वहीं रुक जाऊँगा।"

विमल की निगाह सड़क पर थी। बोला, "घर चलकर क्या करोगे? इससे अच्छा तो यह होगा कि तुम्हें मैं दुकान पर छोड़ दूँ। वहाँ काम में मन लगा रहेगा।" उसने पीछे मुड़कर देखा और कहा, "क्यों नीला?"

वह कोशिश करके, कुछ कृतज्ञता के साथ, मुस्कराई। चाँद के उलझे हुए बालों पर अटकती हुई निगाह डालकर विमल फिर पहले की तरह गाड़ी चलाने लगा।

वे लोग कनॉट सर्कस आ गए थे। एक रेस्त्राँ के आगे गाड़ी रोककर विमल ने कहा, "चलो, तुम्हें एस्प्रेसो पिलाई जाए।" किसी ने जवाब नहीं दिया। विमल गाड़ी के बाहर आ गया।

राजनाथ भी नीचे उतर आया। अपनी ओर उसने पिछली सीट का दरवाजा खोला, उससे नीला उतरी। विमल ने चाँद के लिए दरवाजा खोलना चाहा, पर वह पहले ही गाड़ी से उतरकर फुटपाथ आ गई थी। उसके पाँव ठोस जमीन पर थे, पर जैसे वे किसी डगमगाती नाव पर टिके हुए हों। वह आँखें दबाकर धूप की ओर देख रही थी। लगता था, उसे अभी-अभी किसी तहखाने से निकालकर ठंड खाई हुई तितली की तरह बाहर छोड़ा गया है।

रेस्त्राँ के एक कोने में बैठते ही लगभग सभी ने छूट की साँस ली। विमल ने चार एस्प्रेसो कॉफी का आर्डर दिया। चाँद ने वेटर से कहा, "मेरे लिए अलग से सादी कॉफी लाओ।"

सामने की मेज पर एक जोड़ा आकर बैठ गया और अपने किसी निजी मजाक पर जोर-जोर से हँसने लगा था। विमल ने उनकी ओर देखा और नीला से कहा, "इस लड़की को पहचानती हो? नहीं पहचानतीं? यह मोनिका दस्तूर है। तुम मोनिका दस्तूर को नहीं जानतीं? इसका मतलब तुम विमन्स मैगजीन नहीं पढ़तीं। यह बहुत मशहूर मॉडल है। इसकी तस्वीर तुमने विज्ञापनों में देखी होगी।"

नीला ने सिर हिलाकर यह सूचना ले ली और चाँद को देखकर चुप बैठी रही। राजनाथ ने मौसम के रूखेपन की बात शुरू कर दी। पर वह बात नहीं थी; किसी आरम्भिक कक्षा का भूला हुआ पाठ था जिसे रुक-रुककर दोहराया जा रहा हो।

उनके सामने कॉफी आ गई। पहली चुस्की लेकर विमल ने राजनाथ की ओर देखा; बिना कहे ही जैसे दोनों ने एक-दूसरे से कहा—घबराओ नहीं, कहीं कुछ बदला नहीं है। चाँद पहले ही की तरह ब्लैक कॉफी पी रही है। सब कुछ वैसा ही है।

जैसे सहमे हुए बच्चों को बातचीत करने की इजाजत मिल गई हो। डाकुओं से भरे जंगल में बातों का काफिला ठिठक-ठिठककर चलने लगा। नीला ने कहा, "पूरा फैसला कब तक मिल जाएगा?"

"दो महीनों में।" विमल ने कहा।

"फैसला लिखते-लिखते अगर कहीं जज को लगे कि पापा बेकसूर हैं..."

चाँद ने एक चुभती निगाह नीला पर डाली। फिर अपना प्याला तश्तरी पर एक अनावश्यक खट् के साथ रख दिया। नीला इससे दब-सी गई। उसने विमल से झिझकते हुए पूछा, "क्यों? ऐसा नहीं हो सकता?"

उसने मेज पर कुहनियाँ टेक दीं, समझाते हुए कहा, "आज के फैसले के बाद हमें थमकर पूरी परिस्थिति समझ लेनी चाहिए।"

"अब भी कुछ समझना बाकी है?" राजनाथ ने कहा।

विमल चुप रहा। सामने उसकी निगाह मॉडल पर टिक गई, पर वह उसके पीछे खिड़की पर भी टिकी हो सकती थी। नीला ने कहा, "आप कुछ कह रहे थे।"

"मैं कह रहा था, तुम्हारे पापा का मुकदमा अब खत्म हो चुका है। सुप्रीम कोर्ट ने अपना आखिरी फैसला दे दिया है। उमर-कैद का मतलब है कि उन्हें कम-से-कम आठ-दस साल जेल में रहना होगा। वे दो साल से ज्यादा जेल में बिता ही चुके हैं। अब हम लोगों को...मैं यही कहना चाहता हूँ, परिस्थिति का सामना करने के दिन खत्म हो गए, अब हमें उसे मान करके चलना चाहिए...।"

सामने की मेज पर बैठी हुई लड़की ने—लाल होंठ, नकली भँवें, शरारती आँखें—विमल की ओर देखा। विमल अब भी उसकी ओर निगाह लगाए था, पर अब निश्चय ही उसे नहीं देख रहा था। यंत्र की तरह, चाँद को छोड़कर सभी की आँखें एक पल के लिए उधर ही उठ गईं। पर शायद वे उस दुनिया से निर्वासित हो चुके थे जहाँ लाल होंठ और शोख़ आँखें, पगलाया संगीत और बेपनाह खुशियाँ हवा में अफीम की मिठास भी घोल देती हैं। इस हवा में जैसे जस्ता घुला हुआ हो। धीरे-धीरे लड़की की आँखों की हँसी बुझ गई। वह धीरे-धीरे मेनू के पन्ने पलटने लगी। विमल कहता रहा :

"राज, दुर्गादास तुम्हारे पापा हैं, पर वे मेरे भी कुछ हैं। पन्द्रह सालों से मैं तुम्हें बड़े भाई की तरह मानता आया हूँ। इसलिए यह न सोचो कि मैं तुम्हारा दुख नहीं समझता। पर...।"

राजनाथ ने सिगरेट जलाई। कहा, "कोई और बात करें अंकल।"

सामने की मेज पर, न जाने क्यों, लड़की का साथी एंग्लो-इंडियन अंग्रेजी में वेटर को डाँटने लगा था। काउंटर के पीछे से मैनेजर ने निकलकर चतुरता और क्षमायाचना की घुली-मिली मुस्कान के साथ उनकी ओर बढ़ना शुरू किया। विमल ने उधर से निगाह हटा ली और राजनाथ से कहा, "नहीं, अब असलियत से मुँह चुराना ठीक नहीं है। तुम लोग इस तरह मुँह लटकाकर कब तक बैठे रहोगे?"

उसने नीला और चाँद—दोनों की ओर देखा। चाँद का सिर कॉफी के खाली प्याले पर झुका था। नीला ने सिर हिलाकर जताया—ठीक है, जले हुए घर की राख में एक बार फिर ढूँढ़ लिया जाए, शायद कुछ बच गया हो। विमल ने कहा।

"छह महीने तक, हाई कोर्ट ने जब तक हमारी अपील पर फैसला नहीं सुनाया था, हमने क्या-कुछ नहीं सहा! आखिर वहाँ से अपील का निबटारा हुआ। फाँसी की सजा घटकर आजीवन कारावास की सजा रह गई। याद करो, उस दिन हमें कितनी खुशी हुई थी। हमें उस खुशी को याद रखना चाहिए। सुप्रीम कोर्ट से उन्हें छुड़ा लेने की आशा में हमने कुछ दिनों के लिए उस खुशी को ठुकरा दिया था। अब हमें फिर घूमकर उसी जगह आ जाना चाहिए। समझना चाहिए कि हाई कोर्ट ने फाँसी की सजा घटाकर आजीवन कारावास की कर दी है और बात यहीं खत्म हो गई है।"

किसी ने कुछ नहीं कहा।

"हमारे सामने अब दो-तीन बातें साफ हो गई हैं। दुर्गादास को कुछ बरस जेल में रहना पड़ेगा। उन्हें पहले भी छुड़ाने की कोशिश हो सकती है। उन्हें ब्लड-प्रेशर है, शायद उनकी तन्दुरुस्ती को देखकर सरकार उन्हें पहले ही छोड़ दे। जो भी हो, इसके बारे में कुछ दिन बाद सोचेंगे।...

"दूसरी बात बिजनेस की है। उसे तुम देख ही रहे हो।" उसने राजनाथ से कहा, "अगर दुर्गादास आज जेल में न होते तो तुम उनसे जिस तरह उनकी मदद का भरोसा करते, उतना भरोसा तुम मुझ पर भी कर सकते हो।

"और तीसरी बात चाँद, तुमसे; और नीला, तुमसे। इसका पूरा यकीन रखो, तुम्हारे पापा को सजा भले ही मिली हो, पर वे बेकसूर हैं।"

चाँद ने दूसरी ओर देखते हुए धीरे से कहा, "पर अकेले हमारे मानने से क्या होगा? सारा संसार, सुप्रीम कोर्ट तक, उन्हें मुजरिम मानता है।"

"पर चाँद...।"

"नहीं," उसने निर्ममता से कहा, "आप खुद कह रहे थे, असलियत से मुँह चुराना ठीक नहीं है। अब असलियत यही है कि पापा ने खून किया है। हमें अब यह मानकर चलने की आदत डालनी होगी।"

वे चुप बैठे रहे। विमल ने ही खामोशी तोड़ी। हल्के ढंग से कहा, "ऐसी बात कहकर तुम तो अपनी नीला भाभी को भी मात दे रही हो।" उसने फिर समझाना शुरू किया, "चाँद, तुम एम. एस.-सी. कर चुकी हो। रिसर्च कर रही हो। कम-से-कम तुम्हें इतना भावुक न बनना चाहिए। तुम समझती हो मैं तुम्हारे पापा को यों ही... सिर्फ तुम्हें बहलाने के लिए...बेकसूर बता रहा हूँ?"

चाँद ने विमल की पूरी बात सुन ली। फिर अपना सिर पहले की तरह अपने प्याले पर झुका लिया। नीला ने कहा, "बहलाने ही के लिए सही, कम-से-कम आप वह तो नहीं कहते, जो सारी दुनिया कह रही है।"

"सारी दुनिया बहुत लम्बी-चौड़ी है। उसे पता भी नहीं कि तुम और तुम्हारे पापा हैं कौन। वह कुछ भी नहीं कह रही है।"

सामने की मेज पर वेटर से दुबारा कोई कड़ी बात कही गई। राजनाथ थोड़ी देर उधर ही देखता रहा। फिर चाँद ने कहा, "अब घर चलें।"

कोई कुछ नहीं बोला। वे तत्काल उठे भी नहीं। कुछ रुककर विमल ने वेटर को बिल लाने का इशारा किया।

बाहर वैसी ही धूप थी, वही हवा, गर्द की वही भीनी तरलता। इस बार चाँद ने धूप को आँख सिकोड़कर नहीं देखा। वह रेस्त्राँ से सिर झुकाए हुए बाहर आई और गाड़ी में बैठ गई।

रेडियो, ट्रांजिस्टर, रिकॉर्डप्लेयर आदि की एक दुकान के ऊपर लिखा था, 'दुर्गादास एंड संस'। विमल ने राजनाथ को वहीं उतार दिया। वह गाड़ी चलाने जा रहा था कि राजनाथ ने उसकी बाँह छूकर उसे रोका और बोला, "मुझे नाम बदलना पड़ेगा। नहीं तो सारा बिजनेस बैठ जाएगा!"

विमल ने गाड़ी की खिड़की से झाँककर साइनबोर्ड की ओर ताका। उसके एक हिस्से पर एक पेड़ की छाँह पड़ रही थी और वहाँ दो चिड़ियाँ चुपचाप खिलौने की तरह बैठी थीं। राजनाथ की आवाज का तीखापन बिलकुल ही अप्रासंगिक जान पड़ा। उसने कहा, "समझ से काम लो।"

कुछ दूर बढ़ जाने पर विमल ने नीला से कहा, "चाहो तो तुम लोगों को घर छोड़ आऊँ, पर वहाँ तुम लोगों का जी ऊबेगा। यहाँ किसी पिक्चर...।"

नीला का चेहरा तमतमा गया। बोली, "घर ही चलिए! पापा की सजा पक्की हो गई, कम-से-कम इस पर आज के दिन सिनेमा तो न दिखाइए।"

चाँद ने तेजी से अपना सिर उठाया, नीला के कन्धे पर हाथ रखकर उसे आगाह किया।

नीला ने विमल से कहा, "मुझे अफसोस है।"

"मुझे भी।" उसने थकी हुई आवाज में कहा, "चलिए, आपको घर ही छोड़ दें।"

जब वे लोग राजनाथ के बँगले पर पहुँचे, दिन के तीन बज रहे होंगे। सामने एक पतली, घने पेड़ोंवाली, लगभग सुनसान सड़क थी। फाटक के अन्दर जाते ही

विमल को लगा, पतझड़ के बावजूद हरियाली ने पूरे वातावरण को एक सर्वग्राही जकड़ में बाँध लिया है, वह पोर्टिको और बरामदे को घेरती हुई अन्दर कमरों में भी पहुँच रही है। पोर्टिको में गाड़ी खड़ी करके वह नीचे उतरा और महिलाओं के लिए दरवाजा खोलने के बजाय उसने धूप की ओर घूरकर देखा, उधर ही देखता रहा।

नीला ने हिचकते हुए कहा, "आपका शुक्रिया कैसे अदा किया जा सकता है...। फिर भी, थैंक यू।"

विमल ने सुन लिया। उसे कई बार की तरह फिर से एहसास हुआ, वह अपने पति राजनाथ की तरह उसे 'अंकल' नहीं कहती है, अगर उसे कुछ कहने की जरूरत पड़ी तो शायद वह उसे 'विमल साहब' कहना शुरू कर देगी।

वे दोनों बरामदे में पहुँच गई थीं। सामने ड्राइंगरूम था। उसके समानान्तर एक गैलरी थी। नीला ने गैलरी के दरवाजे को धक्का दिया। वह अन्दर से बन्द था। वह ड्राइंगरूम के शीशेदार दरवाजे को धक्का देकर अन्दर चली गई। चाँद ने बन्द होता हुआ किवाड़ पकड़ लिया। नीला गैलरी में पहुँच गई। चाँद ने किवाड़ को छोड़ दिया। वह स्प्रिंग के सहारे धीरे-धीरे बन्द होने लगा।

विमल ने चाँद के लिए ड्राइंगरूम का दरवाजा खोला। नीला मकान के अन्दर पहुँच चुकी थी।

चाँद ड्राइंगरूम के अन्दर जाते-जाते दरवाजे पर ठिठक गई। विमल शीशे के पेनल के सहारे उससे सटा खड़ा हुआ था। अपना चेहरा ऊँचा करके उसने विमल को बड़ी-बड़ी आँखों से देखा। थोड़ी देर वह उसे चुपचाप देखती रही।

दोनों चुप थे। धीरे-धीरे विमल ने अपना दायाँ हाथ उठाकर तर्जनी से उसका मत्था छुआ। फिर उसी उँगली से मत्थे के बीच से एक अदृश्य लकीर खींचता हुआ उसे दोनों भौंहों पर, फिर नाक पर ले आया; अपनी यात्रा में एक क्षण के लिए वह उँगली चाँद के होंठों पर टिकी, फिर उसी अदृश्य रेखा के सहारे, ठुड्डी को छूती हुई, उसकी सुडौल गर्दन पर जाकर टिक गई।

इसके बाद उसी क्रम से ऊपर की ओर यात्रा शुरू हुई।

ऊपरी तौर से दोनों एक निर्विकार खामोशी के बीचोंबीच खड़े थे। जब विमल की उँगली ऊपर की ओर बढ़ती हुई उसके होंठों पर दोबारा रुकी तो चाँद ने उसे अपने हाथ में लेकर धीरे से हटाया। बोली, "मैं थक गई हूँ। सोऊँगी।" पर आवाज बहुत धीमी थी; पता नहीं, विमल ने सुना या नहीं।

वह ड्राइंगरूम के धुँधलके की ओर बढ़ गई। उसके उठते ही दरवाजे की संधि पर दोनों ओर के पल्ले धीरे-धीरे, जैसे वे अतीत को बन्द कर रहे हों, एक-दूसरे से सट गए। विमल बरामदे में अकेला रह गया।

वह थोड़ी देर तक वहीं, न जाने कितने और कैसे अवरोधों की कैद में, खड़ा रहा। फिर दो-चार कदम चलकर पोर्टिको के एक खम्भे के पास पहुँचा। उससे टिककर उसने अपनी कार के बोनट पर निगाह डाली। खम्भे में बिजली के दो स्विच लगे थे जो कहीं दूर जलनेवाली बत्ती से सम्बद्ध होंगे। वहाँ खड़े-खड़े उसने स्विच जलाया, बुझाया; जलाता रहा, बुझाता रहा।

दो

तीसरे पहर की हवा थमते-थमते सारे रजिस्टरों को भुरभुरा बनाकर छोड़ गई थी। सामने खुले हुए पन्ने को साफ करने के बाद तारानाथ को जाना पड़ा, जिसे वह गर्द के कारण 240 पढ़ रहा था वह 298 था। 58 रुपए कम हुए जा रहे थे। अपने आगे खड़े हुए क्लर्क को अचम्भे में डालकर वह हँसा, चपरासी से बोला, "पहले मेज के सारे कागज ठीक से पोंछ दो, नहीं तो हम सब उलटा-सीधा पढ़ने लगेंगे। सभी लड़कों को दोबारा फीस देनी पड़ जाएगी।"

हेड क्लर्क दीवार की ओर मुँह करके एक मेज पर कुछ लिख रहा था। उसने मुड़कर तारानाथ की ओर देखा। पूछा, "क्या बात है, सर?"

"कुछ नहीं, गर्द की यही हालत रही तो लड़कों की हड़ताल हो जाएगी! कोई दोबारा फीस थोड़े ही देगा।" वह और जोर से हँसा। हेड क्लर्क थोड़ी देर उसका मुँह देखता रहा, फिर वह भी हँसने लगा।

तारानाथ के सामने मेज पर कई रजिस्टर खुले पड़े थे। कुछ दिनों बाद परीक्षाएँ होनेवाली थीं। उनकी स्कीम को पूरा करके ही वह आज दफ्तर बन्द करनेवाला था।

एक लड़के ने दरवाजे पर ठुनकी मारी। उसी के साथ तारानाथ की इजाजत की प्रतीक्षा किए बिना वह अन्दर आ गया। रुखाई से बोला, "मैं सवेरे से इन्तजार कर रहा हूँ। मेरा माइग्रेशन सर्टीफिकेट मुझे अब भी नहीं मिला है।..."

छोटे कस्बे के लड़के का लिबास चौंकानेवाला था। बहुत कसा हुआ पतलून, जिद करके गन्दे किए गए खुरदरे जूते, गेरुए रंग का लम्बा कुर्ता, दाढ़ी-मूँछ और सिर के बाल बेतरतीब बढ़े हुए। आँख पर लोहे के फ्रेम का गो-गो चश्मा। दिल्ली के हिसाब से उसे किसी खुशहाल परिवार की फैशनेबुल सन्तान होना चाहिए था।

"मैं आपके बाबुओं को रिश्वत नहीं देना चाहता।"

"मत दो। हर हालत में तुम्हें मुश्किल से ही आज सर्टीफिकेट मिल पाएगा। हम लोग बुरी तरह फँसे हैं।"

लड़का सामने पड़ी हुई कुर्सी पर बैठ गया। पतलून के पीछे की जेब में हाथ डालने के लिए वह थोड़ा ऊपर उभरा। तारानाथ ने सोचा, अगर इसने सिगरेट और लाइटर निकाला तो प्रिंसिपली का अधिकार दिखाना पड़ेगा। लड़के ने जेब से एक रूमाल निकालकर उससे चेहरे और मत्थे को रगड़ा। उसके गाल चमकने लगे। तारानाथ ने कहा, "गर्द! वही गर्द!"

"जी नहीं। कल नहीं। मुझे आज ही जाना है। मेरी गाड़ी रात दस बजे जाती है। मैं नौ बजे तक इन्तजार कर सकता हूँ।"

दरवाजे पर दोबारा आहट हुई। एक डाकिया अन्दर आया, तारानाथ से बोला, "आपके नाम तार है।"

उसने तार लेकर पढ़ा। डाकिया चुपचाप—शायद इनाम की आशा में—खड़ा रहा। तारानाथ ने कहा, "ठीक है। तुम जाओ।"

क्लर्क ने कहा, "फर्स्ट इयर के इम्तहान का चार्ट तो यह रहा।"

उसने तार मेज पर रख दिया। चार्ट लेकर उसे काफी देर तक देखता रहा। लड़के ने कहा, "इसे बाद में देखिएगा प्रिंसिपल साहब; पहले मुझे बताइए, मेरे सर्टीफिकेट का क्या हुआ? मुझे बस कल तक का टाइम दिया गया है। कल यूनिवर्सिटी में यह जमा न हुआ तो आप जानते हैं, क्या होगा?"

"क्या होगा?"

"मैं इस साल बी.एस-सी. में न बैठ पाऊँगा।" सामने मेज पर एक पेंसिल पड़ी थी। उसे झंडे की तरह उठाकर लड़के ने कहा, "और उसकी जिम्मेदारी आप पर होगी।"

तारानाथ भी खेल के मैदान में आ गया। उसने एक दूसरी पेंसिल लेकर उसी तरह ऊपर उठाई। बोला, "नहीं होगी।"

फिर उसकी आवाज पहाड़ियों से मैदान में आ गई। कहने लगा, "मेरा कॉलिज तुमने पारसाल जुलाई में छोड़ा था। तब यह सर्टीफिकेट क्यों नहीं ले लिया था?" उसकी निगाह चार्ट पर थी। उसे क्लर्क की ओर बढ़ाते हुए बोला, "ठीक है। अब इनका सर्टीफिकेट बना दो।"

इस आदेश के साथ आँधी ने वाद्य-वृंद का काम दिया। हवा पहले ही से बह रही थी और बादलों पर बादल बिछते जा रहे थे। सूरज डूबने में देर थी, पर उसकी चेतना मिट चुकी थी। क्लर्क ने बत्तियाँ जला दीं। बोला, "मार्च में बारिश हो गई तो खेती चौपट हो जाएगी। सारी हरित क्रान्ति धरी रह जाएगी।"

"प्रतिक्रियावादियों की तरह मत बोलो।" तारानाथ ने कहा और यह देखने के बाद कि वह खुश हो रहा है, कमरे की खिड़कियाँ बन्द करनी शुरू कर दीं। क्लर्क माइग्रेशन सर्टीफिकेट बनाने लगा।

लड़के ने कहा, "लगता है, स्टेशन तक आँधी-पानी ही में जाना होगा।"

तारानाथ हँसने लगा। उसने फिर पेंसिल का झंडा बुलंद किया। बोला, "जानता हूँ, भीग गए और जुकाम हो गया तो इसकी भी जिम्मेदारी मुझी पर होगी।"

क्लर्क ने माइग्रेशन सर्टीफिकेट लाकर दिया। तारानाथ ने उस पर दस्तखत बनाए और कहा, "उधर रसीद पर दस्तखत बनाकर ले लो।"

लड़का कागज को एक लिफाफे में और लिफ़ाफे को रूमाल में लपेटकर चलने लगा। चलते-चलते उसने नमस्कार का इशारा किया। तारानाथ ने उसे रोककर बोला, "जाने से पहले तुम्हें एक बात बताना जरूरी है। सर्टीफिकेट के लिए तुम बदतमीजी न दिखाते तब भी यह तुम्हें आज ही मिल जाता।"

लड़का पहले कुछ अचकचाया, फिर बोला, "क्या पता!" बूँदें पड़ने लगी थीं। वह तेजी से बाहर निकल गया।

हेड क्लर्क ने कहा, "दो दिन पहले इसके बाप से मिला था। ममगैन साहब! क्या कहना! शराफत के पुतले हैं। इस लड़के की हालत से परेशान हैं।"

"यह खुद शायद सारे जमाने से परेशान है।"

बाहर का आसमान सिर पर टँगी हुई एक मटियाली छत बन गया था। पानी की बौछार तेज हो गई थी। तारानाथ ने कहा, "आज का काम खत्म करें। मौसम खराब हो रहा है।"

कमरे में अन्दर की ओर एक छोटा दरवाजा खुलता था। लगता था, उस पार कोई कोठरी है। पर उससे वह जिस कमरे में आया, वह काफी बड़ा और साफ-सुथरा था। यही प्रिंसिपल का कमरा था। वह थोड़ी देर एक चिकनी मेज से, जिस पर सिर्फ दो-तीन पेपरवेट और कुछ पेंसिलें थीं, टिका खड़ा रहा। फिर वह अपनी रोज की कुर्सी पर बैठ गया। उसने आँखें मूँद लीं।

वह बत्तीस-तैंतीस साल का था। मझोला कद। इस समय पतलून के ऊपर पूरी बाँह का पुलोवर पहने था। छुट्टी का दिन होने से दाढ़ी नहीं बनी थी। आँखें मूँद लेने के बाद उसके चेहरे पर एक निर्विकारता-सी उतर आई।

हेड क्लर्क ने धीरे से झाँककर अन्दर देखा, अपनी जगह वापस लौट आया। जोर का पानी पड़ना शुरू हो गया।

आँखें खोलकर तारानाथ ने अपने चारों ओर देखा, और मन-ही-मन कही गई किसी प्रार्थना के अन्तिम शब्दों को धीरे-धीरे दोहराते हुए दफ्तर के कमरे में आ

गया। क्लर्क ने एक खिड़की के शीशे पर अपना मुँह दबाकर बाहर की धुंध पर निगाह स्थिर कर ली। कहा, "ओला पड़ने लगा है।"

तारानाथ बाहर बरामदे में आकर खड़ा हो गया। पीछे से हेड क्लर्क भी आकर उसके पास खड़ा हो गया। एक गमले से निकली हुई पत्ती पर अनिश्चित-सी उँगली फेरते हुए बोला, "मुझे माफ कीजिएगा, प्रिंसिपल साहब। मैंने आपका तार पढ़ लिया है। मैंने समझा था, कॉलिज का है।"

तारानाथ ने अंग्रेजी में कहा, "तो मित्र, तुमने यह भी जान लिया होगा कि सुप्रीम कोर्ट ने मेरे पिता की अपील खारिज कर दी है।"

"मुझे अफसोस है..."

तारानाथ एक कुर्सी पर बैठ गया। कहता रहा, "मुझे चिन्ता अपनी बहिन की है। पता नहीं, उस पर क्या बीत रही होगी।"

बिजली की एक कड़क ने उनकी बातचीत को तोड़ दिया। वह कुछ देर सोचता रहा, बोला, "पूरे घर में नीला एक ऐसी है जिसकी समझ पर मुझे भरोसा है।"

"नीला?"

"वह मेरे भाई की बहू है—राजनाथ की।"

"और आपके चचा?"

"चचा? ओह, विमल अंकल! वे मेरे चचा नहीं हैं, पापा के दोस्त हैं। मुझसे यही दस-पन्द्रह साल बड़े होंगे। पापा की ओर से पूरा मुकदमा उन्होंने ही तो लड़ा है।" ओलों की जगह छर्रे रह गए थे और हवा धीमी पड़ गई थी। तारानाथ ने कहा, "इम्तहान की स्कीम कल पूरी कराके मुझे दिल्ली जाना होगा। कम-से-कम चाँद को..."

बरामदे के सामने एक जीप आकर खड़ी हो गई। स्टियरिंग व्हील पर शंकर बैठा था। तारानाथ ने उसे हाथ के इशारे से दफ्तर की ओर बुलाया। उसने वहीं से चीखकर कहा, "नहीं, मैं उतरूँगा नहीं। तुम आ जाओ, मैं तुम्हें ही लेने आया हूँ।"

अपनी बात को जोरदार बनाने के लिए उसने हॉर्न बजाया। फिर दुगुने जोर से बोला, "बस, आ जाओ। यह काम करने का मौसम नहीं है।"

"पानी का मौसम है!"

"क्यों नहीं!"

तारानाथ जीप पर आकर बैठ गया। शंकर शिकारियों की धज में था। कार्डराय का पतलून, ट्वीड का कोट, कुहनियों पर चमड़े के पैबन्द लगे हुए। एक वजनी

मफलर में गला और पैंतीस साल का मजबूत सीना ढका हुआ। मुँह से रम की गन्ध आ रही थी। "मैनेजर साहब बुलंदशहर से लौट आए?" जीप पर बैठते हुए तारानाथ ने पूछा।

"जायदाद के झमेले हैं भाई साहब, इतनी जल्दी कहाँ से लौट सकेंगे! शायद परसों तक आ जाएँ।" शंकर ने कहा। सड़क के एक गड्ढे से जीप को और तारानाथ को उछालकर उसने समझाया, "मैंने तो बुजुर्गवार से कई बार कहा, बुलंदशहर के मकान बेच दीजिए, यहाँ के फार्म से ही मैं चौगुनी आमदनी करके दिखा दूँगा। पर, ठीक है, नहीं मानते तो भुगतें।"

वे कस्बे के बाहर पहुँच गए थे। सड़क से मुड़कर शंकर ने एक कंकड़ के गलियारे पर जीप डाल दी और लगभग सौ गज चलते ही एक पुरानी कोठी के फाटक पर आ गया। अन्दर घुसते समय तारानाथ ने कहा, "तुम्हें एक बुरी खबर सुनानी है।"

"अगर वह तुम्हारे पापा के बारे में है तो बताने की जरूरत नहीं। मैं अखबार देख चुका हूँ।"

जीप रुकते ही दोनों नीचे उतरे और कोठी के पीछे की ओर वाले बरामदे में जाकर बैठ गए। शंकर अन्दर के कमरे में चला गया।

बरामदे में शाम गहरी हो गई थी। वहाँ से सामने की नीची चहारदीवारी के पार एक ढाल था और उसके बाद गंगा की रेती शुरू हो जाती थी। फिर गंगा की धारा थी जिसका इस धुँधलके में सिर्फ अनुभव हो सकता था; उसे देखा नहीं जा सकता था।

शंकर एक हाथ में रम का भरा गिलास और दूसरे में अखबार लेकर आया। अखबार तारानाथ के सोफे पर फेंककर उसने एक खबर की ओर इशारा किया। कहा, "यह है!"

"हत्या...आजीवन कारावास...दिल्ली के व्यापारी की अपील...सुप्रीम कोर्ट..." आधे कालम में पूरी खबर आ गई थी। तारानाथ ने पढ़कर अखबार एक ओर रख दिया। एक नौकरानी चाय की ट्रे उसके आगे मेज पर लगा गई।

तारानाथ ने अखबार फिर से उठा लिया। बोला, "मेरे घर की खबर न होती तब भी अखबार पढ़कर अफसोस होता।" मुस्कराकर उसने शुरू किया, 'बस के खड्ड में गिरने से आठ मृत्युएँ', 'पायलट ट्रेनी की दुर्घटना', 'कानपुर में डकैतियों और हत्याओं की वृद्धि', 'साउथ एक्सटेंशन में पुलिया के पास पड़ी हुई लाश'...उसने अखबार एक ओर रखकर कहा, "यही सब पढ़ने के लिए हम पैसा खर्च करते हैं।"

तारानाथ ने बरामदे की रोशनी बुझा दी और सोफे पर बैठ गया। शंकर कुछ दूर एक आरामकुर्सी पर पड़ा हुआ रम पीता रहा। जैसे-जैसे उनकी आँखें अँधेरे

में अभ्यस्त होती गईं, कई तरह की रोशनियाँ और छायाकृतियाँ आसपास खुलने लगीं। गंगा के उस पार कोई फैक्टरी होगी, उसके कई बल्ब अँधेरे में एक छलना की तरह जल रहे थे। बरामदे की रोशनी बुझते ही वे उन्हें अपनी ओर खींचने लगे। अन्दर के कमरे से रोशनी की एक पतली बर्छी बरामदे की पूरी चौड़ाई को छेदने लगी। फिर भी एक सन्तोषप्रद अँधेरा उन्हें घेरे रहा।

वे एक-दूसरे के आकारों का आभास-भर पाते हुए धीरे-धीरे बातें करते रहे। शंकर जान-बूझकर सुप्रीम कोर्ट के फैसले के जिक्र से कतरा रहा था। इस दुखद स्थिति में इधर-उधर की बातों से वह तारानाथ को कुछ राहत देना चाहता था। पर उसे लगा कि तारानाथ खुद अपने भाव को अछूता नहीं छोड़ना चाहता। उस फैसले से उसके परिवार में जो उलझनें बढ़ेंगी उसका वह धीरे-धीरे ब्योरा देता रहा। आखिर में एक अनिवार्य वाक्य आया, "भगवान की यही इच्छा थी!"

तारानाथ से ऐसी बात सुनकर उसे प्राय: उस पर तरस आता था—ऐसा तरस जो कोई पिता किसी पोलियो के मारे हुए, पर तीव्र-बुद्धि लड़के के लिए महसूस कर सकता है। उसने कहा, "ऐसे मौके पर भी तुम्हें अपने भगवान से शिकायत नहीं होती?"

"जो कुछ हमारे साथ हुआ है, वह दुनिया में हजार लोगों के साथ हो चुका है। ये जिन्दगी के सामान्य व्यापार हैं। इन्हें लेकर भगवान से क्या शिकायत!"

"तुम्हें ऐसा नहीं लगता कि तुम्हारे भगवान ने तुम्हें लेट डाउन किया है?"

खामोशी। फिर, "तुम सुप्रीम कोर्ट के फैसले की छड़ी से मेरे भगवान को पीटना चाहते हो?"

शंकर चुपचाप रम पीता रहा। तारानाथ ने कहा, "मुझे अपनी तनहाई में एक सहारे की जरूरत थी, अब भी है। बल्कि अब और ज्यादा है। उसे मैं अपने धार्मिक विश्वास के सहारे खोजता हूँ। इसमें भी तुम्हें एतराज है?"

"बिलकुल नहीं," शंकर ने कहा, "सिर्फ यह सोचता हूँ कि इस बीसवीं सदी में दूसरे इनसानों को अपनी तनहाई की समस्या का इतना आसान हल क्यों नहीं सूझता?"

"यह हल इतना आसान नहीं है। जो आसाने हल निकालने की कोशिश में रहते हैं वे प्रेमिकाएँ रखते हैं, शादी करते हैं, अपने को चारों ओर से एक झुंड में रखकर अपने अकेलेपन को झुठलाना चाहते हैं। पर वह रास्ता आसान तो है, वह हल नहीं है। मेरा रास्ता मुश्किल है, क्योंकि उसमें अपने अकेलेपन को झुठलाने की नहीं, उसे एक बहुत बड़े अकेलेपन से खंडित करने की कोशिश है। बीसवीं सदी में भी यह रास्ता बन्द नहीं हुआ है। आज भी करोड़ों लोगों को यह अपनी ओर खींचता है। तुम तो इतने साल यूरोप में रहे हो। दूसरे महायुद्ध के बाद वहाँ

आवारगी और अनास्था भले ही पनपी हो, फिर भी नई पीढ़ी के एक हिस्से में तुम्हें क्या वहाँ किसी विश्वास की खोज का प्रयास नहीं दिखा? इसके लिए तुमने उनमें कोई छटपटाहट नहीं पाई?"

"पाई थी। पर मुझे इत्मीनान नहीं हो पाया कि उसमें कितनी गहराई है और कितना दिखावा है...और कहीं-कहीं तो साफ था, यह भी पलायन का एक रास्ता है। कुल मिलाकर, मुझे धार्मिक विश्वास को पकड़ने की दौड़ एक प्रतिगामिता की स्थिति जान पड़ी, जिसका आज के जीवन में कोई व्यावहारिक उपयोग नहीं था।"

"मेरे लिए अब तुम्हारा चेहरा देखना ज्यादा जरूरी हो गया है।" तारानाथ ने बरामदे में रोशनी जला दी, फिर सोफे पर ढीला बैठकर कहने लगा, "जिस तरह तुम समझते हो, उस तरह तो धार्मिक विश्वास का कभी भी कोई व्यावहारिक उपयोग न था। कल्पनाओं की बात जाने दो। जैसे मध्ययुग में लोगों को धर्म की ओर प्रेरित करने के लिए स्वर्ग-नरक की कल्पनाएँ थीं, अर्थ और काम की उपलब्धियों का प्रलोभन था। मुझे याद है, बचपन में मेरे पड़ोस के एक पंडित जी, जो जिन्दगी-भर दरिद्र रहे, एक स्त्रोत पढ़ा करते थे और उसमें रथ, हाथी, घोड़े, दुधारू भैंसें, बड़े-बड़े महल, दास-दासीगण, भूमि और तरह-तरह के ऐश्वर्य माँगा करते थे। पता नहीं, दिल्ली में उन्हें हाथी, घोड़े और भैंसें मिल जाते तो उन्हें कहाँ बाँधते! जो भी हो, एक स्तर पर इस प्रकार की लालसा ही धार्मिक आस्था की प्रेरक शक्ति रही है। मैं यह भी जानता हूँ कि ये मध्यकालीन कल्पनाएँ आज भी बहुत हद तक धार्मिक विश्वास की प्रेरक शक्तियाँ हैं। अगर इसी स्तर पर मैंने भी अपने को केन्द्रित किया होता तो कल का फैसला निश्चय ही मेरे लिए एक सांघातिक झटके की तरह आ सकता था।"

"तुम भगवान से कुछ नहीं चाहते?"

"कभी-कभी चाहता भी हूँ। पर मैं इस प्रवृत्ति की असंगति को भी समझता हूँ। वास्तव में भक्ति का परम्परागत रूप, उसका सकाम और निष्काम रूप, अपने पुराने अर्थों में मेरे लिए निरर्थक हो गया है। इस तरह से मेरी भक्ति सकाम ही है, पर वह सकामता मेरी तात्कालिक आवश्यकताओं की पूर्ति की माँग नहीं करती। वह कुल इतना माँगती है कि वह मुझे अपने अकेलेपन से, इस क्रूर नियति के सामने हर कदम पर लड़खड़ा देनेवाली निराश्रयता से मुझे उबार ले। मेरी भक्ति मुझे भौतिक जगत की सामान्य और असामान्य सफलताएँ नहीं देती; वह सिर्फ मुझे इतनी ताकत देती है कि मैं असफलताओं और असंगतियों को जीवन की सहज स्थिति मानकर ग्रहण कर सकता हूँ। वह मुझे किसी सर्वशक्तिमान की दया का अधिकारी बनाकर आत्म-दया के कीचड़ में फँसने से बचाती है।"

शंकर पूरी बात बड़े ध्यान से सुन रहा था। वह अंग्रेजी में बोला, "पर यह सारी उपलब्धियाँ थोड़े आत्म-संयम से, जिन्दगी की ओर एक सन्तुलित दृष्टि-भर रखने से भी हासिल हो सकती हैं। यह सिर्फ अपनी प्रवृत्तियों को नियंत्रित करने की बात है। उसे इतना रहस्यशील बनाने की, उसमें लोकोत्तर मान्यताओं का आरोप करने की क्या जरूरत है?"

"तुम किसी दूसरे रास्ते में चलकर अगर वही आत्मिक ऐश्वर्य प्राप्त कर सकते हो तो जरूर करो। तब शायद बाद में पता चले कि हमारे रास्ते वास्तव में एक थे।"

शंकर जोर से हँसने लगा। बोला, "बस, इसी सधुक्कड़ी अप्रोच से मैं डरता हूँ। कम-से-कम आपसी बातचीत में तो इसे बचाए रहो। जहाँ तर्क हो रहा हो..."

"तर्क?" अब तारानाथ भी हँसा, "जनाब, जब धार्मिक विश्वास की बात हो रही हो तो पहली और आखिरी बात यह याद रखिए कि धर्म की इंस्टिंक्ट न तो तर्कसंगत है और न तर्क के विपरीत ही है। वह तर्केतर है—बिलकुल प्यार की तरह।"

वह दोबारा हँसा, "धर्म भले ही न समझते हों, प्यार तो समझते हैं न?"

शंकर ने उसकी हँसी का साथ नहीं दिया। बोला, "नहीं, मुझे अफसोस है। मैं प्यार भी नहीं समझता।"

तीन

आए थे हँसते-खेलते मयखाने में फ़िराक़,
जब पी चुके शराब तो संजीदा हो गए!

विमल ने रुक-रुककर यह शेर पढ़ा और सचमुच ही संजीदा हो गया। बड़ी सावधानी से अपना चेहरा हथेली पर टिकाकर वह जूली के कोट की ओर टकटकी बाँधे देखता रहा।

जूली खिलखिलाकर हँसी, या उसने हँसने की कोशिश की। पिछली रात की फिल्म की हीरोइन की हँसी उतारने की कोशिश में बोली, "क्या मतलब?"

"मतलब साफ है। बार-रूम में हँसते हुए आए थे—और शराब पीकर मूड सीरियस हो गया।"

इस बार वह खुलकर अपनी हँसी हँसने लगी। हीरोइन की नकली हँसी छिटककर कहीं दूर चली गई। हँसते हुए बोली, "यह पोयट्री है।"

"जी हाँ, यह पोयट्री है। बल्कि यही पोयट्री है।" उसने फ़िराक़ का शेर इस तरह दोहराया जैसे उसके समाप्त होते-होते जबान का एक खास जायका भी, जिसे वह रोके रहना चाहता हो, समाप्त हुआ जा रहा है।

दोबारा शेर सुनकर जूली ने कहा, "तुम्हारी पोयट्री में शराब-वराब बहुत चलती है।" सहसा उसे याद आया, उसे आध घंटे में चल देना चाहिए क्योंकि रात के दस बज रहे हैं और उसका बच्चा ग्यारह बजे के लगभग जागता है। पर विमल अभी तक अपनी ड्रिंक भी नहीं खत्म कर पाया था।

"सुनिए, आप तो संजीदा हो रहे हैं और मेरी मुसीबत का भी कुछ पता है? मुझे आध घंटे में वापस जाना है।"

विमल ने कहा, "चली जाना। आध घंटा बहुत होता है।"

वह कल ही लखनऊ आया था और डिलाइट होटल के अपने पुराने कमरे में रुका था। इस बार भी उसने जूली को शाम के लिए बुला लिया था।

अब वह तीस साल की हो गई होगी। जब उससे पहली बार मिला था, वह तेईस साल की थी। वह एक अंग्रेजी दुकान पर टाइपिस्ट का काम करती थी। उन दिनों घर में कई दिक्कतें थीं—निकम्मा भाई, शराबी बाप, बीमार माँ। आमदनी बढ़ाने के लिए उसने खास-खास ग्राहकों से मिलना शुरू किया। वे दिल्ली या चंडीगढ़ की ओर से आते थे और उन्हें ज्यादातर अंग्रेजी बोलनेवाली ईसाई लड़कियाँ पसन्द थीं। वे इसी शहर की कुछ मुसलमान लड़कियों की तरह ज्यादा कीमती नहीं थीं। और उन तक पहुँचने के लिए गन्दे-गन्दे दलालों का सहारा भी नहीं लेना पड़ता था। इनके भी दलाल थे, पर वे प्राय: चुस्त पतलून पहननेवाले छोकरे हुआ करते थे, जो बात की शुरुआत इस झूठ से करते थे कि लड़की एक हैसियतदार कॉलिज की 'स्टूडेंट' है। वे पूरे धन्धे को एक रोमांस का भुलावा दे सकते थे और ग्राहक के साथ शराब का एकाध गिलास भी उड़ा देने की कोशिश में रहते थे। उनकी लड़कियाँ ग्राहक के साथ सिनेमा जा सकती थीं, रेस्त्राँ में बैठकर खाना खा सकती थीं और धन्धा कहाँ से शुरू हुआ, इसकी कोई निश्चित विभाजन-रेखा नहीं छोड़ती थीं।

विमल से जूली की ऐसी ही कारोबारी मुलाकात हुई थी, पर उनमें धीरे-धीरे दोस्ती हो गई। जूली को विमल अच्छा लगने लगा और कुछ साल बाद इसकी होड़ लगने लगी कि विमल से वह रुपए नहीं लेगी और विमल उसे निश्चित कीमत से ज्यादा रुपए देगा। होता यही था कि चलते समय विमल उसे ऐसे घरेलूपन से रुपए देता कि उस पर बहस खत्म हो जाती थी।

लगभग चार साल हुए, उसकी एक रेलवे के गार्ड से शादी हो गई। तब तक उसके माँ-बाप मर चुके थे, भाई बीमा की एजेंटी में चल निकला था और उसे पहले की तरह अपने को बेचने की जरूरत नहीं रह गई थी। उसने ग्राहकों से मिलना-जुलना बन्द कर दिया। पर शादी के कुछ महीने बाद ही जब विमल ने उसे अपने होटल के कमरे में बुलाया, तो वह चली आई। वह उससे मिलने आई, उसके कमरे में लगभग दो घंटे रुकी और चलते समय जब विमल ने उसे पहले की तरह रुपए देने चाहे तो उसने इनकार कर दिया। कहा, "मेरी शादी हो गई है। आज तो मैं तुमसे सिर्फ मिलने आई थी।"

विमल ने उसे बधाई दी और सामान्य दर से लगभग चार गुने रुपए उसे जबरदस्ती दे दिए। कहा, "मैं तुम्हें कोई प्रेजेंट नहीं दे सका। इससे अपनी तबीयत का कुछ खरीद लेना।"

इसके बाद वे दोनों अच्छे परिचय और अच्छी मैत्री के बीच की एक स्थिति में मिलते रहे, जिसकी नींव में एक-दूसरे के शरीरों का आकर्षण था।

मौसम के आखिरी फूल—पिटूनिया, फ्लाक्स और ऐस्टर, जिद्दी बच्चों की तरह जो शाम हो जाने पर भी मेला छोड़कर घर नहीं लौटना चाहते—मार्च के अन्तिम दिनों की गरमी झेलकर भी क्यारियों में खिलखिलाते रहे थे। इस समय वे रात के जादू से स्थिर हो गए। वे लम्बी-चौड़ी लॉनें उन क्यारियों के साथ इस समय एक बेल-बूटेदार चादर की तरह बिछी हुई थीं जिस पर वेटरों और गिलासों की मदद से डिनर के पहले का नाटक खेला जा रहा था।

वे दोनों लॉन के एक धुँधले कोने में एक छतरी के नीचे बैठे हुए थे। विमल अपना व्हिस्की का गिलास लेकर खड़ा हो गया। बोला, "चलो, अपने कमरे में चलें। यहाँ ठंडक हो रही है।" सामने आते हुए वेटर को उसने हाथ के इशारे से बताया, वह अपने कमरे में जा रहा है। फिर मुड़कर कहा, "पन्द्रह मिनट बाद मेरे कमरे में दो व्हिस्की ले आना।"

जूली ने कहा, "मेरे लिए छोटा।"

कमरे में पहुँचते ही उसने रेडियो चला दिया। कई स्टेशनों का चक्कर लगाकर सुई किसी धीमे पश्चिमी संगीत के आर्केस्ट्रा पर जाकर रुकी। रेडियो का वाल्यूम बस इतना रहा कि संगीत के स्वर दूर से हवा के साथ उड़कर कमरे के भीतर आते हुए जान पड़े। एक कोने में भारी शेडवाला पेडस्टल लैम्प जला दिया। दरवाजे पर मोटा परदा खींच दिया। खिड़की का परदा हटा दिया, जिससे काफी दूरी पर सड़क

की जलती-बुझती रोशनियों की भूलभुलैयाँ दिखने लगीं। जूली ने कहा, "आपका इरादा बड़ा शरीफाना जान पड़ता है।"

जवाब में उसने जूली के बाल बिगाड़ दिए और रेडियो की सुई ठीक करने लगा। जूली अपना कोट उतारने लगी। रेडियो से हटकर वह उसके पास आया, और उसे कोट के साथ अपनी ओर खींचकर थोड़ी देर उसको अपनी बाँहों में लिये रहा। फिर उसकी साड़ी और कोट की शिकनें ठीक करके, जैसे वह कोई एक छोटी-सी भली लड़की हो, उसे सोफे पर बिठा दिया। बोला, "नहीं डार्लिंग, इसकी कोई जरूरत नहीं। हम लोग सिर्फ बात करेंगे। ठीक है न?"

उसने मत्थे पर शिकन डालकर विमल की ओर देखा, देखती रही, फिर मुस्कराई।

वह बिना कपड़े उतारे पलंग पर लेट गया। व्हिस्की का गिलास बगल की मेज पर रख दिया। थोड़ी देर दोनों चुपचाप रेडियो का संगीत सुनते रहे।

विमल ने कहा, "हम लोग दोस्त हैं। आओ, तुम्हें अपना राज बताऊँ।"

वह कुछ नहीं बोली। सिर्फ उसके लम्बे बदन को पलंग के विस्तार में देखती रही।

"हम लोग पुराने पापी हैं...।"

"मैं नहीं हूँ।"

"ठीक है, तुम नहीं हो, पर मैं हूँ।"

"मैंने पाप नहीं किया है, सिर्फ अपने परिवार के लिए नरक झेला है।"

"तुम्हारा मतलब यह कि मैं तुम्हारे लिए नरक हूँ।"

"बस, तुम्हीं नहीं हो, बाकी जितने भी थे...।"

"माफ करो भाई, मान लिया, मैंने गलत जगह से बात शुरू की थी। अब मेरी बात सुन लो।" करवट बदलकर उसने अपना चेहरा जूली की ओर कर लिया, व्हिस्की का एक घूँट पीकर बोला, "मेरी हालत तुमसे उलटी है। मैंने सिर्फ पाप किए हैं और किसी के लिए नरक नहीं झेला है। पर न जाने मैंने कौन-सा सबाब किया था, भाग्य ने अचानक मुझे एक अनोखा तोहफा दिया है।"

कहते-कहते उसने खुद अपनी बात काटी। कहा, "जूली, मेरे पास आओ।" वह उठकर उसके पास पलंग पर आ गई और नीचे पैर लटकाकर बैठ गई, उसका सिर अपनी गोद में ले लिया, उसके गाल सहलाए और हँसकर कहा, "तुम्हारा चेहरा इस वक्त जैसा हो रहा है, उसी को संजीदा कहते हैं।"

"हूँ।" उसने सिर हिलाकर कहा। हाथ बढ़ाकर उसने गिलास उठाया, दूसरा घूँट पिया, फिर जूली की जाँघों पर अपना गाल टिकाकर कहा, "जानती हो जूली, मुझे एक लड़की से प्यार हो गया है!"

"तुम्हारे लिए क्या यह कोई नई बात है?"

"एकदम नई! इसके पहले मैं जानता ही नहीं था, प्यार क्या होता है। अब मैं जान गया हूँ।"

"सुनकर बड़ी खुशी हुई। कैसा लगता है?"

"कैसा बताऊँ? लगता है, एकदम से मैं मल्टी-मल्टी-मल्टी-मल्टी-मिलियायर हो गया हूँ। सच तो यह है कि—खैर, बात वही है—जब मैं सड़कों पर निकलता हूँ, दुकानों में, रेस्त्राँ में, सिनेमाघर में—कहीं भी होता हूँ, मुझे बराबर लगता रहता है, मेरे पास एक छिपी ताकत है, जिसे कोई नहीं जानता। ऊपर से लोग मुझे मामूली आदमी समझते होंगे, पर मैं जानता हूँ कि मैं मामूली नहीं रह गया हूँ।"

"यानी, तुम्हारे पास अलादीन का चिराग है?"

"वैसे फर्क यही है कि यह चिराग जानदार है। अच्छा, यह सब छोड़ो। पूरी बात सुनो। तुम्हें मेरी बीवी का हाल मालूम ही है। वह शादी के तीन साल बाद ही मर गई थी। तब मैं उन्नीस साल का था। मैं उसे तब बहुत प्यार करता था। पर, अब लगता है वह प्यार न था। सिर्फ साथ-भर था। उसके मरने पर मुझे उस पर बड़ी दया आई थी। आखिरी दिनों में उसका चेहरा जैसा हो गया था, उसकी याद करके मैं महीनों रोता रहा था। पर, तब मुझे पता न था, मैं उस पर नहीं, अपने-आप पर रोता था।

"अब मैं समझता हूँ, इसके पहले मैंने कभी प्यार नहीं किया था। पर अब मुझे जब उससे प्यार हो गया है तो मुझे डर लगने लगा है; कई तरह का डर—उसके लिए भी, अपने लिए भी। यकीन नहीं होता कि सब कुछ ऐसा ही रहेगा।"

दरवाजे पर किसी ने ठुनकी दी। जूली उठकर खड़ी हो गई। बोली, "आ जाओ।"

वेटर ने अन्दर आकर पलंग के पासवाली मेज पर व्हिस्की के दो गिलास रख दिए। उनमें सोडा डालकर धीरे से बाहर चला गया।

विमल ने उठकर तकियों के सहारे अपने को पलंग के सिरहाने से टिका लिया। जूली पैताने से टिककर बैठी। दोनों ने अपने-अपने गिलास ले लिये। विमल ने घड़ी देखकर कहा, "तुम अभी पन्द्रह-बीस मिनट तो रुक सकती हो न?"

जूली ने सिर हिलाया। वह कहता रहा—"वह मेरे एक दोस्त की लड़की है। मैं छियालीस पार कर गया हूँ।"

जूली ने आँख तरेरी, "झूठे!"

"नहीं, सच, मैं छियालीस पार कर चुका हूँ। सैंतालीस का होनेवाला हूँ। वह तेईस साल की है।"

"मैं भी जब तुमसे मिली थी, तेईस साल की थी।"

"जूली, इस तरह बात काटना ठीक नहीं है। मैं सीरियस हूँ..."

"संजीदा।"

"हाँ संजीदा। अब मुझे टोको नहीं। मैं यह सब तुम्हें जान-बूझकर सुना रहा हूँ। तुम्हारे सिवाय और किसी से कह भी नहीं सकता। हाँ, मैं कह रहा था, वह तेईस साल की है। उन दिनों तुम भी तेईस साल की थीं। पर, तुम दोनों में फर्क है। हम-तुम बराबरी के दावे से मिले थे। तुमसे प्यार करते वक्त मुझे यह न लगा था कि मैं तुम्हारा नुकसान कर रहा हूँ। पर उसके साथ मुझे ऐसा ही लगता है कि उसे तोड़ रहा हूँ, उससे गलत फायदा उठा रहा हूँ। फिर भी, मैं खुश हूँ। क्यों, समझ रही हो न?"

"समझ रही हूँ। यह भी पोयट्री है।"

"बस, इतना ही समझ रही हो?"

वह नजदीक खिसक आई। विमल के पैर पर उँगली से लकीरें खींचती हुई बोली, "सॉरी विमल, मैं मजाक नहीं उड़ा रही हूँ। बताओ, पूरी बात बताओ।"

"जब शुरू-शुरू में हमें एक-दूसरे के लिए खिंचाव महसूस हुआ, मैं चौकन्ना हो गया। मैंने अपने-आपसे कहा, 'यह भद्दी बात है। यह तुम्हारे दोस्त की लड़की है, तुमको अंकल कहती है, तुम भी कोशिश करो और अंकल बन जाओ।' पर कोशिश करने का सवाल नहीं था, क्योंकि अंकल मेरे या उसके लिए कोई रिश्ता नहीं था, वह एक नाम-भर था। जैसे तुम मुझको विमल कहती हो, वह मुझे अंकल कहती थी। दो-तीन साल हुए, मेरा दोस्त एक मुसीबत में फँस गया।"

"कैसी मुसीबत में?"

"बहुत बड़ी मुसीबत में। उससे इस किस्से का कोई खास मतलब नहीं, सिवाय इसके कि उसी कारण उस परिवार में पहले के मुकाबले मेरा आना-जाना बढ़ गया था। हम सब मिलकर उस मुसीबत से छुटकारा पाने की कोशिश करते, दिन-रात कायदे-कानून की बातें होतीं, वकीलों के घर का चक्कर लगता। पर, यह प्यार भी कैसी चीज है! बिना किसी वजह के, बिना किसी को आगाह किए, न जाने किस कोने से यह हमारे बीच आया और वहीं टिक गया।"

"एक दिन, तीन बजे के करीब मैं उसके साथ कनॉट प्लेस के एक रेस्त्राँ में बैठा चाय पी रहा था। हम लोग अपराधों की बात कर रहे थे। मुझे पता नहीं, मैंने खुद कब बोलना बन्द कर दिया। सिर्फ वह बात करती रही और मैं उसके होंठों को देखता रहा। वह लिपस्टिक नहीं लगाती है, पर उसके होंठों की एक अपनी आब है। मैं उसी को देखता रहा, होंठों के खुलने-मुँदने पर ज्योमेट्री की

आड़ी-तिरछी गोल शक्लें बनती थीं। मैं उन्हें देखता रहा और बराबर सोचता रहा, मैं उनको चूमना चाहता हूँ।

"वह अपने सहज ढंग से अटक-अटककर बोलती जा रही थी। पर, उसके शब्द मेरे लिए बेमानी हो गए थे। मैं उसके होंठों को देख रहा था और सोच रहा था। मैंने यह भी सोचा कि मैं उसके बारे में कई दिनों से, कई रातों से सोच रहा हूँ। मैंने कल्पना की कि मैं अपनी उँगली से उसके होंठों को छू रहा हूँ। यह कल्पना नहीं थी, मेरा हाथ सचमुच उसकी ओर मेज पर तीन-चार इंच बढ़ गया था। मुझे अपने से घबराहट हुई कि मैं अपने पर काबू खो बैठूँगा और उसके होंठों को वहीं, सबके सामने, चूमने लगूँगा। मुझे पता नहीं था कि मेरी इस हरकत को वह किस तरह से लेगी। तब तक हमने एक-दूसरे को छुआ तक न था।

"अपने को बचाने के लिए मैंने उससे विदा माँग ली। हम लोग रेस्त्राँ से ही अलग हो गए। उसे अपने घर जाना था। मैं अपने घर की ओर चल दिया। पर मुझे महसूस हुआ, इस समय मैं अपने अकेले फ्लैट पर न लौट सकूँगा।

"मैं कनॉट सर्कस में ही बेमतलब गाड़ी घुमाता रहा। उसके होंठ मेरा पीछा कर रहे थे। जूली, सुनो, तुम्हारे होंठ उससे ज्यादा सुन्दर हैं, इन्हें खुदा ने न जाने कितनी सावधानी से तराशा होगा। पर वे उसके होंठ थे। वे चारों ओर से मुझे खींचकर अपनी ओर बुला रहे थे। मैंने फुटपाथ पर रुककर पत्र-पत्रिकाएँ पढ़नी चाहीं, कई एक टाइयाँ खरीद डालीं, लॉटरी के टिकटों से जेब भर ली, पापकॉर्न और चाकलेट के पैकेट खरीदे, पर मेरी बेचैनी वैसी ही रही। मैं फिर गाड़ी पर चढ़कर चक्कर लगाने लगा। मैंने बैकब्यू मिरर में कई बार अपना चेहरा देखकर अपना मजाक उड़ाया। अपने को कई बार बताया कि मैं बूढ़ा हो रहा हूँ। मेरी आँख के कोनों पर कौवे के पंजे खिंच रहे हैं, हाथ और उँगलियों की खाल कड़ी पड़ गई है, मुझे एक लड़की के लिए इतना बेचैन होते हुए शरम आनी चाहिए। पर, मैं अपना मजाक उड़ाकर हल्का नहीं बन सका। आखिर में मैंने कार एक सिनेमा-हाउस के सामने खड़ी कर दी, मेटिनी का टिकट खरीदा और अँधेरे हॉल में एक सीट पर जाकर बैठ गया।

"मेरे पास की सब सीटें खाली थीं, सिर्फ मेरे बाईं ओर कोई बैठा था। उसके बालों से एक हल्की खुशबू उड़ती हुई मेरी ओर आई और मुझे वह जानी हुई लगी। भाग्य मुझे उससे दूर नहीं ले जाना चाहता था, जिसे अपने से अलग करके मैं दूर भागना चाहता था। वह मुझे सिनेमाघर के धुँधलके में अचानक ही अपने पास बैठी हुई मिल गई थी।

"मैं जान गया, इस क्षण से वह मेरी हो चुकी है। मैंने अपनी बाँह उसके पीछे फैला दी। तुम हँस सकती हो कि ये सब जाने-बूझे आजमाए तरीके हैं, होंगे। मेरी

बाँह उसकी पीठ को छू रही थी और मेरी साँस रुक-सी गई थी। उसने भी मुझे उस सीट पर मेरे आते ही पहचान लिया था। थोड़ी देर हम इसी तरह साँस रोके बैठे रहे। अचानक उसने अपनी गर्दन मेरी बाँह पर टेक दी, अपना सिर झुकाकर अपना गाल मेरे कन्धे पर रख दिया। मेरा दिल बच्चों की तरह धड़कने लगा। सिनेमा हॉल के धुँधलके में मैंने उसे पहली बार चूमा। मुझे यकीन हो गया कि भाग्य ने मेरी निकम्मी जिन्दगी को कुछ देना चाहा है, उसे लेने में मुझे हिचकना न चाहिए।"

जूली ने जोर से साँस ली। कुछ सोचकर पूछा, "विमल डार्लिंग, यह सब मुझे क्यों बता रहे हो?"

"किसी खास वजह से नहीं। किसी को बताना चाहता था, तुम्हीं को बता दिया। या शायद इसलिए कि तुम्हीं मेरी मजबूरी समझ सकती हो। दूसरे तो कहेंगे ही, मैंने अपने दोस्त को धोखा दिया है।

"धोखा यूँ तो कई बार दिया होगा; व्यापार में होता ही रहता है। अब तो धोखेबाजी मेरे साथ वैसे ही जुड़ गई है जैसे कि, गलत न समझना, मैं तुमसे जुड़ा हुआ हूँ। पर मुझे यह बरदाश्त न होगा कि लोग कहें कि मैंने चाँद को लेकर उसके परिवार से धोखेबाजी की। यह हमारी मजबूरी हो सकती है, धोखेबाजी नहीं। पर आगे उसका क्या होगा, मैं इससे परेशान हूँ।"

जूली ने कहा, "तुम्हें परेशान क्यों होना चाहिए? वह बालिग है। तुम्हें बराबरी से प्यार करती है। तुम्हें वह सुखी बना रही है तो तुम भी उसे सुखी बना रहे हो। क्या पता, तुम उसे अपने से भी ज्यादा सुखी बना रहे हो।"

"फिर भी मैं आधी से ज्यादा उम्र पार कर चुका हूँ। मैं किसी अन्धी गली में खो जाऊँ तो कुछ न होगा; पर उसे ऐसी हालत में डालना, जिसका कोई भविष्य न हो..."

"क्यों? भविष्य क्यों नहीं? तुम शादी कर सकते हो!"

"तुम्हें पूरी बात नहीं मालूम जूली। इस प्रेम का अन्त शादी में नहीं हो सकता, आत्महत्या में भले ही हो जाए।"

वह उठकर खड़ी हो गई। बोली, "तुम अब डायलॉग बोलने लगे हो। मुझे चलना चाहिए।"

वह चुपचाप लेटा रहा, फिर गिलास उठाकर धीरे-धीरे व्हिस्की पीने लगा। सहसा बढ़कर उसने जूली के कन्धे पर हाथ रखा और कहा, "तुमने मुझे सब तरह से देखा है जूली, मैं तुमसे झूठ नहीं बोल सकता। तुम्हारे आगे मेलोड्रामा भी नहीं कर सकता। तुमको सिर्फ मैं अपनी हालत का गवाह बना सकता हूँ।"

उसने फोन का रिसीवर उठाकर बार-रूम से कहा, "एक व्हिस्की और, नम्बर तेईस में।"

अपनी कोशिश को निरर्थक समझते हुए भी जूली ने रिसीवर उसके हाथ से छीन लिया, उसे फोन के ऊपर पटककर कहा, "यह ऑर्डर वापस ले लो। बहुत पी चुके हो।"

चार

कमरे में अँधेरा था। सिर्फ सड़क की रोशनी के कई वर्ग और त्रिकोण खिड़की के शीशों से टकराकर दूसरी ओर दीवार पर बिखरे हुए थे।

वे दोनों लिहाफ को ठुड्डी तक खींचे सीधे लेटे हुए थे। उनकी देह एक-दूसरे को छू रही थी, पर दोनों के बीच एक बीहड़ फैला हुआ था।

नीला ने तीखी आवाज में कहा, "नींद नहीं आ रही है न?"

राजनाथ ने नीला के जिस्म को छूनेवाला हाथ लिहाफ से बाहर खींच लिया। कहा, "इस तरह बोलोगी तो मैं नीचे जाकर लेट रहूँगा।"

"वहाँ भी सो नहीं पाओगे। मैं तुम्हारा इलाज जानती हूँ; तुम्हें शराब पीने को मिल जाए तो नींद आ जाएगी।"

"शराब की बात कौन कर रहा है?"

"तुम कर रहे हो। मैं कहती हूँ, रात के बारह बज रहे हैं। फिर भी तुम्हें नींद क्यों नहीं आती? कल रात की तरह आज भी पिए होते तो अब तक खर्राटे भर रहे होते।"

"कल के पीने को तुम पीना कहती हो? ब्रांडी के एक छोटे पैग को भी...।"

"तो फिर पीना कैसा होता है? जिस तरह तुम्हारे पूज्य पिताजी पीते रहे हैं?..."

"नीला, पापा को मत घसीटो...।"

"पर, यह तुम्हीं ने शुरू किया है। तुम्हीं कह रहे हो कि कल का पीना न पीने के बराबर था। जब तक लुढ़क न जाओ, तब तक तुम उसे पीने में शुमार ही न करोगे!"

"बकबकाती ही चली जाओगी। तुम फिर पापा को घसीट रही हो!"

वह पलंग से उठकर खड़ा हो गया। नीला ने करवट लेकर उसकी ओर पीठ कर ली। कहा, "मैं खुद घिसट रही हूँ। किसी दूसरे को क्या घसीटूँगी!"

राजनाथ के स्विच दबाने पर कमरे के कोने से एक लैम्प चारों ओर बीमार-सी रोशनी फैलाने लगा। उसने पीने के लिए एक गिलास में पानी डाला, उसे होंठों तक

ले गया, फिर पलंग का चक्कर काटकर नीला के चेहरे की ओर पहुँचा। बोला, "पानी पियोगी?"

वह राजनाथ को देखती रही, जैसे यह भाषा उसकी समझ से बाहर हो। फिर उसने जिस्म के ऊपरी हिस्से को एक कोहनी पर टेकते हुए ऊपर उठाया, चुपचाप राजनाथ के हाथ से गिलास लेकर पानी पिया और पीठ के बल लेटकर छत को देखने लगी।

राजनाथ ने पानी पीकर नीला की ओर देखा। पैरों को छोड़कर उसने अपने ऊपर से लिहाफ हटा लिया था। रात के कपड़ों में उसके मुलायम, पर मजबूत वक्ष राजनाथ की ओर गर्मी की एक लहर-सी उठाते हुए जान पड़े। उसका सिर एक ओर झुक गया था और सुडौल चिकनी गर्दन बड़ी ही निर्दोष, अरक्षित-सी दीख रही थी। राजनाथ को लगा, अभी-अभी जो इतने तीखेपन से बोल रही थी, वह कोई और थी। पलंग के किनारे वह अनिश्चित-सा बैठ गया। बोला, "पापा के साथ तुम्हें ज्यादती नहीं करनी चाहिए।"

"मैं पापा की नहीं, शराब की बात कर रही थी। इतना सब कुछ हो जाने के बाद भी तुम इस घर में पीने की सोच सकते हो?"

राजनाथ सिर झुकाए बैठा रहा। नीला ने खिसककर उसके लिए पलंग में जगह कर दी। पर उसने उधर नहीं देखा, सिर झुकाए हुए ही कहता रहा, "पापा अब भी कह रहे हैं कि वे बेकसूर हैं। कल मैं जब उनसे मिला..."

"लेट जाओ।"

"बहुत चिकनी दाढ़ी बनाई थी, उन्होंने वहाँ मूँछें रख ली हैं। पर आँखें धँस गई हैं। वैसे, वे खुश दीख रहे थे। न जाने क्यों, उनकी खुशी देखकर मेरा रोने का मन कर आया। बात उठने पर उन्होंने अपने को फिर बेकसूर बताया। मुझे लगा, ऐसा है तो उन्हें जेल से नाराज होना चाहिए।"

नीला ने राजनाथ को अपने ऊपर खींचकर उसे अपने साथ लिहाफ में लपेट लिया। राजनाथ उसकी गर्दन और कन्धे में मुँह छिपाए लेटा रहा। बोला, "तुम्हें इतनी तीखी बातें नहीं करनी चाहिए।"

"सो जाओ।" हाथ बढ़ाकर उसने बत्ती बुझा दी। राजनाथ पर उसकी बाँहों का कसाव कुछ और गाढ़ा हो गया।

पर नींद नहीं आई।

"फैजाबाद-जेल कैसा है?"

"सब जेलों की तरह। पर वह बड़ा जेल है। वहाँ फाँसी भी दी जाती है...।"

"ओह!"

"...बस, जेल है। क्या बताएँ, कैसा है। मैंने और तो देखे नहीं हैं। वे वहाँ पापा से क्लर्की करा रहे हैं।"

"सुपीरियर क्लासवालों से भी..."

"हाँ, कुछ-न-कुछ तो करना ही होता है। एक तरह से अच्छा ही है। उससे जी नहीं ऊबता।"

"क्या कह रहे थे?"

"बताया तो...दोहराने से क्या फायदा!"

पर थोड़ी देर बाद राजनाथ ने खुद ही कहना शुरू कर दिया, "मुझे बड़ा ताज्जुब होता है। मुकदमे की शुरुआत से लेकर आज तक पापा ने मुझसे पूरी बात नहीं बताई। इस बार भी वे यही कह रहे थे, गोविन्द का खून मैंने नहीं किया। मैंने पूछा, तो किसने किया है? इस पर वही पुराना जवाब कि मुझे नहीं मालूम; मैं नशे की हालत में था। लगभग बेहोश रहा होऊँगा।

"क्या बताऊँ, मुझे अफसोस भी होता है, शर्म भी आती है। तभी जब तुम पापा को लेकर कोई बड़ी बात कहती हो...।"

"तुम भी तो कहते हो...।"

"...तो मन होता है, यह सुनने के लिए मुझे जिन्दा नहीं रहना चाहिए था।"

"मुझे यह मत सुनाया करो। जीना-मरना अपने हाथ में तो है नहीं।"

राजनाथ की बाँहों की जकड़ ढीली पड़ गई। कुछ रुककर कहने लगा, "पापा ने कहा, मैं तुम्हें यहाँ कॉफी भी पिला सकता हूँ। वे मुझे दिखा रहे थे कि जेलवालों पर उनका कितना असर है। मैं उनके सामने ज्यादा देर तक टिक नहीं सका..."

"सो जाओ।" उसने राजनाथ का गाल अपने सीने पर रखकर उसे चारों ओर से अपनी बाँहों में घेर लिया।

इसके बाद तुरन्त सोने की बात खत्म हो गई। वे भूल गए कि वे कुछ ही देर पहले एक-दूसरे को शब्दों की कँटीली जंजीरों से मार रहे थे। खामोश, लिहाफ की मुलायम गर्मी और अँधेरे के मिले-जुले षड्यंत्र ने उन्हें तत्काल से भागने की पगडंडी दिखा दी। वह पगडंडी घने, अँधेरे पेड़ों के बीच से टेढ़ी-मेढ़ी होकर निकलती थी, लताओं ने उन पेड़ों को एक-दूसरे से गूँथ दिया था और आँख के बिलकुल नीचे को छोड़कर वह पगडंडी एक नशीली हरियाली में ढकी हुई थी। वहाँ की हवा में

एक अजीब-सा घनापन था जिसमें उनकी साँसें सूराख-सी बन रही थीं और हर कदम पर उन दोनों की चेतना बालू की तरह गिरकर बिखर जाती थी। तभी एक बार उस राह से गुजरकर वे उसकी जटिलता में भटक जाते थे और उन्हें हर बार नए सिरे से उसका अन्वेषण करना पड़ता था। हर बार चेतना के रहे-सहे कणों को लेकर फिर से अपनी परिचित दुनिया में धीरे-धीरे वापस होना था।

वे घनी हवा, काली हरियाली के बीच, निलम्बित चेतना के क्षणों में एक-दूसरे से गुँथे हुए थे। राजनाथ ने जोर से साँस लेकर अपना हाथ जिस्मानी उलझाव से बाहर निकाला और उसकी उँगलियाँ तकिए के नीचे कुछ खोजने लगीं। नीला का शरीर ढीला पड़ गया। उसने तकिए के नीचे राजनाथ के हाथ पर अपना हाथ रख दिया। उसके कान पर अपने होंठ टिका दिए। जैसे अपने-आपसे कुछ कह रही हो, फुसफुसाकर कहा, "राजनाथ, नहीं!"

"ओह, नीला!"

"नहीं, राज, आज के लिए यह नहीं!"

वह क्षण खत्म हो गया था। वे ऐसे मैदान में आ गए थे जहाँ धूप फैली थी, जिस पर घास नहीं थी, ऊसर भी नहीं था।

राजनाथ ने अपना हाथ वहाँ से खींच लिया। हाथ नीला के कन्धे पर मरी हुई गिलहरी की तरह गिर गया। नीला ने उसे फिर से अपने में बाँधना चाहा।

"एक बात तुम्हें फिर से समझा दूँ..."

नीला का तीखापन लौट आया था। राजनाथ की बात काटते हुए बोली, "समझाना क्या है? तुम दुनिया को दिखाना चाहते हो कि मैं बाँझ हूँ।"

वे फिर एक-दूसरे पर गुर्राने लगे थे। राजनाथ ने कहा, "नहीं, मैं यह दिखाना चाहता हूँ कि मैं नामर्द हूँ।"

वह सिसकने लगी, "परसों माँ मुझसे पूछ रही थी कि क्या गड़बड़ी है? मैं उसे क्या बताती? वह खुद ही कहने लगी कि आजकल के नए लोग जवानी-भर रबड़ लगाते हैं और बुढ़ापे में बच्चे पैदा करते हैं।"

"माँ बेवकूफ है।"

"वह तो है ही," वह लगभग रो रही थी, "पर तुम क्यों नहीं समझते? हमारी शादी को पाँच साल हो गए हैं। मैं माँ से क्या बताऊँ?"

वह उठकर बैठ गया। उसके कन्धों पर, बालों पर, आँखों पर हाथ फेरता रहा। उसे दोबारा प्यास महसूस हुई। धुँधलके में टटोलकर उसने पानी भरा, पिया। फिर चुपचाप बिस्तर पर बैठा रहा। नीला की सिसकियाँ धीरे-धीरे साँस की सहजता में बदलने लगीं।

फिर वह नीला के समानान्तर लेट गया। उसे अपनी छाती से चिपकाए चुपचाप लेटा रहा। धीरे-धीरे कहना शुरू किया, "यह बात हमेशा के लिए साफ हो जाए तो अच्छा है। पर माँ से बताने की जरूरत नहीं। उसकी समझ में नहीं आएगी। पर तुम समझ सकती हो। पापा के जेल में रहते हुए मैं बाप नहीं बनना चाहता। मैं नहीं चाहता कि हमारा बच्चा जैसे ही हमारी बोली समझने लगे, वैसे ही उसके कान में पड़े कि उसके दादा ने खून किया है और वे जेल काट रहे हैं। पापा के जेल से वापस आ जाने पर बात बदल जाएगी। तब यह एक पुराना किस्सा-भर रह जाएगा। बच्चे को हम कुछ भी समझा देंगे। शायद दुकान की जिम्मेदारी पापा को देकर हम कहीं और चले जाएँगे। मेरठ या देहरादून। जो भी हो, हमें अभी सात-आठ साल सिर्फ लवर्स की तरह रहना होगा। तब तक हम माँ-बाप नहीं बन सकेंगे। और तुम जानती हो, मैं सात-आठ साल में बूढ़ा नहीं हो जाऊँगा..."

पाँच

दोनों फाटकों के साथ की दीवारों को घेरकर दोनों ओर एक बड़ा कमरा निकाल लिया गया था। उनमें से एक कमरा जेल सुपरिंटेंडेंट का था। वहाँ लोहे की कड़ी कुर्सियों पर तारानाथ और शंकर बैठे थे। तारानाथ सुपरिंटेंडेंट से बात कर रहा था। शंकर अपनी कुर्सी की प्रागैतिहासिक डिजाइन देख रहा था।

कॉफी के पानी में क्लोरीन की ज्यादती थी और वह कुछ-कुछ ठंडी हो चली थी। फिर भी दुर्गादास से मिल चुकने के बाद शंकर को उससे ताजगी मिल रही थी। जेल सुपरिंटेंडेंट ने अपने प्याले को अभी छुआ भी न था, वह अपनी बात में खोया हुआ था।

"मैंने मि. दुर्गादास का मामला अच्छी तरह पढ़ लिया...।"

जैसे मिट्टी के किसी ठीकरे को टेराकोटा का एक नमूना बनवाकर मेज पर सजा दिया गया हो, तारानाथ को कैदी दुर्गादास के लिए मिस्टर का प्रयोग कुछ-कुछ ऐसा ही लगा। उसने कृतज्ञता से सुपरिंटेंडेंट की ओर देखा।

"मैं समझता हूँ, उनके मामले में अभी कुछ और छानबीन की जरूरत है।"

"किसलिए?"

सुपरिंटेंडेंट ने तारानाथ की ओर आश्चर्य से देखा। उसकी पलकें भारी थीं और भौंहों के बाल घने थे। इससे उसकी निगाह का फैलाव खत्म हो गया था। पर उसमें एक जिद थी, जो हर सवाल का जवाब-सा माँगती थी।

तारानाथ ने कहा, "सुप्रीम कोर्ट के फैसले के बाद भी क्या..."

"सुप्रीम कोर्ट का जिक्र करने से पहले आप कानून की एक बात समझ लीजिए। उससे बहुत-सी बातें आसान हो जाएँगी।"

डॉ. फड़के ने दोनों को बारी-बारी से देखा और कहने लगे, "कानून अपराधी को दंड नहीं देता। वह उसे दंड देता है जो अपराधी प्रमाणित हो जाए। अपराधी होना एक बात है, अपराधी प्रमाणित होना बिलकुल दूसरी बात। तभी रोज ही ऐसा होता है कि किसी अपराध के अभियुक्त को निर्दोष मानकर छोड़ दिया जाता है और बात वहीं खत्म हो जाती है। फिर दोबारा यह जानने की कोशिश नहीं होती कि वह अपराधी नहीं है तो असली अपराधी कौन है। कानून का काम बड़ा सीधा है; जो अपराधी प्रमाणित हो जाए उसे सजा दे दी, जो प्रमाणित न हो, उसे छोड़ दो। इसके बाद कानून का उस अपराध से कोई वास्ता नहीं रह जाता। पर कानून सत्य से ऊपर नहीं है। सत्य यह है कि जिस प्रक्रिया में दोषी को छोड़ा जा सकता है, उसी के अन्तर्गत निर्दोष को सजा भी दी जा सकती है। आपके पापा के मामले में भी सुप्रीम कोर्ट सिर्फ अपने सामने आए हुए प्रमाण का निष्कर्ष-भर दे सकता है, लाजिमी तौर से सत्य नहीं दे सकता।"

तारानाथ ने रुककर, कुछ अटकते हुए कहा, "देखिए, इस मामले में इतने दिनों तक सच-झूठ का परीक्षण हो चुका है। अब उस परीक्षण में मेरी उतनी दिलचस्पी नहीं है, दिलचस्पी इतनी जरूर है कि इस सारे सच-झूठ के साथ हम सब किस तरह रह सकते हैं।"

शंकर ने कुर्सी का निरीक्षण खत्म करके पूछा, "इन्हें छोड़ दीजिए। मुझे बताइए, इस मामले में अब कैसी छानबीन हो सकती है? कौन करेगा?"

"कोई भी कर सकता है। आप कर सकते हैं।"

उसकी बातचीत में नाटकीयता थी और एक ताजगी-भरा रुझान था। जेल की मलिनता में उसका व्यक्तित्व नए रेजर ब्लेड की तरह चमक रहा था। शंकर की ओर से अपनी निगाह हटाकर उसने तारानाथ से कहा, "आप शायद निराशावादी हैं। झूठ के साथ भी रहने को तैयार हैं। सचाई के लिए अड़ना नहीं चाहते।"

तारानाथ हँसने लगा। बोला, "मैं आशावाद या निराशावाद का बिल्ला लगाकर नहीं घूमना चाहता। कभी-कभी सोचता हूँ, इन दोनों शब्दों का कोई निश्चित अर्थ भी है या नहीं। उसी तरह सच के लिए लड़ना भी मुश्किल ही है, क्योंकि मुझे पता नहीं कि सच क्या है। नहीं जानता कि सच कहाँ शुरू होता है, झूठ कहाँ खत्म होता है।"

शंकर ने कहा, "डाक्टर साहब, बात का मजमून बदला जा रहा है। आप बताइए, पापा के मामले में आपकी क्या राय है?"

अपनी कुर्सी छोड़कर वह पास ही की अलमारी की ओर गया। वहाँ से उसने दो मोटी-मोटी किताबें निकालीं और उन्हें शंकर की ओर लापरवाही से बढ़ा दिया। बोला, "मैं पहले अपनी हैसियत स्पष्ट कर दूँ। मैं अपराधशास्त्र का विद्यार्थी हूँ। ये किताबें मेरी ही लिखी हुई हैं।"

बिना किसी अहंकार के, जैसे मौसम के बारे में सूचना दे रहा हो, वह कहता रहा, "अपराधियों के मनोविज्ञान के विषय में मेरा अध्ययन काफी महत्त्वपूर्ण माना जाता है।"

तारानाथ ने एक किताब अपनी ओर खींच ली। 'डॉ. बी. एस. फड़के द्वारा' —लेखक के नाम को ध्यान से देखकर वह पन्ने उलटने लगा।

वह कुर्सी पर बैठ गया। ठंडी कॉफी का आखिरी घूँट पीकर बोला, "मैं एक तरह से बता ही चुका हूँ। ऐसे मामलों में कोई बना-बनाया फार्मूला नहीं लागू हो सकता। सिर्फ एक धारणा-भर बनाई जा सकती है।

"मैंने मि. दुर्गादास से कई बार बात की है। इस मामले में सबूत की ओर से कहा गया है कि खून खूब सोच-समझकर, पहले से लम्बी योजना बनाकर किया गया था। उन्होंने गोविन्द को जरूरत से ज्यादा शराब पिलाई थी, फिर उसका गला घोंट दिया था। ऐसी ही बहुत-सी बातें कही गई थीं। मुझे लगता है कि अगर यह पूर्व-निश्चित हत्या का मामला न होता, अगर कहा जाता कि किसी तात्कालिक आवेश में उन्होंने ऐसा कर डाला है, तब शायद मैं उनके खिलाफ कुछ सोचता भी, पर...।"

उसने बात छोड़ दी। तारानाथ से कहा, "मैं मि. दुर्गादास से तो सुन चुका हूँ, पर मैं आपसे भी घटना का विवरण सुनना चाहूँगा।"

शंकर ने कुर्सी आगे खिसकाकर जवाब दिया, "मुझे बताने दीजिए।"

शंकर जब तक घटना का विवरण बताता रहा, तारानाथ हथेली पर ठुड्डी टेके हुए खिड़की के बाहर देखता रहा।

उस पार, कंकड़ की सड़क के दूसरी ओर, लॉन में सिनेरेरिया के मुरझाते फूलों को कैदी लोग बार-बार रौंद रहे थे। वे लॉन पार करके सिर पर मिट्टी के टोकरे लिये एक गड्ढे की ओर जाते थे और उसे पाट रहे थे। जेल की इमारत पर और उसके चारों ओर धूल की मिल्कियत थी। सैकड़ों वसंत अपनी गर्द के साथ वहाँ के पेड़-पौधों, फूलों की क्यारियों, सब्जी के बगीचों में दफन हो चुके थे।

यही गर्द वास्तविकता पर भी छायी हुई है—उन्होंने सोचा। पर सत्य को निरस्तकुहक कहा गया है—वही परमात्मा है। उसकी अनुकम्पा से गर्द का यह दम घोंटनेवाला बादल अब भी छँट सकता है! पापा अब भी निर्दोष प्रमाणित हो सकते हैं!

डॉ. फड़के ठीक कह रहे हैं...।

हत्या की कहानी—नंगी तलवार की तरह—बहुत साफ और सीधी थी।

दुर्गादास दिल्ली का रहनेवाला था। कनॉट प्लेस में उसकी रेडियो, ग्रामोफोन आदि की एक बड़ी दुकान थी। दो लड़के—तारानाथ और राजनाथ, लड़की चाँद, और राजनाथ की पत्नी नीला—उसका इतना परिवार था। उसकी पत्नी बीस साल पहले मर चुकी थी। लखनऊ में भी विमल और गोविन्द की साझेदारी में उसने एक रेडियो और बिजली के सामान की दुकान खुलवाई थी, जिसकी देखरेख गोविन्द किया करता था। दुकान के कारण दुर्गादास और विमल दोनों ही महीने में एकाध बार दिल्ली से लखनऊ आते थे।

दुकान के ऊपर ड्रेसिंग-रूम और बाथ-रूम के साथ एक कमरा निकालकर मेहमानों के रुकने का प्रबन्ध कर लिया गया था। दुर्गादास जब लखनऊ जाता, तो इसी फ्लैट में रुकता था।

रेडियो और बिजली के सामान का कारोबार करने के साथ ही गोविन्द चोरी से लाए गए विदेशी माल को भी दुकान में रखता था और खास-खास ग्राहकों को बेचता था। जापानी नाइलॉन सिल्क की साड़ियाँ, घड़ियाँ, टेप-रिकॉर्डर, कैमरे, सूट-लेंग्थ—इस तरह का काफी सामान उसने इकट्ठा कर रखा था, दुर्गादास को यह सब पसन्द नहीं था, पर शायद विमल को इसमें कोई खास एतराज न था। दुर्गादास ने गोविन्द से कई बार अपना हिस्सा खींच लेने की बात कही थी और वह दुर्गादास का शेयर खरीदकर उनसे अलग होने को तैयार भी हो गया था। शेयर की कीमत लगभग सत्तर हजार रुपए आँकी गई थी।

लगभग ढाई साल पहले दुर्गादास लखनऊ गया था। तभी यह दुर्घटना हुई। जाने हुए तथ्य यह हैं कि वह रात साढ़े आठ बजे लखनऊ पहुँचा। उसने गोविन्द के घर पर यह कहने के लिए कि दुकान के ऊपर के कमरे खुलवा दिए जाएँ, फोन किया। उसके घर के नौकर ने बताया कि गोविन्द अभी दुकान से लौटे नहीं हैं। इस पर दुर्गादास सीधे दुकान पर ही चला गया। दुकान बन्द थी, पर ऊपर के कमरे खुले हुए थे।

दुर्गादास वहीं रुक गया। उसने नहा-धोकर गोविन्द के साथ पहले की तरह व्हिस्की पी। वह प्राय: वहीं पड़ोस के एक रेस्त्राँ में खाना खाने जाता था। पर उस दिन वह खाने के लिए नहीं गया। उसने अपनी आदत के खिलाफ उस दिन ज्यादा व्हिस्की पी और शायद पेट खाली होने के कारण उसे गहरा नशा आ गया। वह एक दीवान पर बेहोश होकर गिर गया। उसी रात गोविन्द की वहाँ हत्या हो गई।

सवेरे चार बजे उसी कमरे से दुर्गादास ने पुलिस को फोन किया। पुलिस ने आकर उसे हिरासत में ले लिया।

पुलिस का कहना था कि दुर्गादास और गोविन्द—दोनों ही स्मगलिंग करते थे और काफी रुपया पैदा कर रहे थे। उसी में उन दोनों का झगड़ा हुआ। दुर्गादास ने गोविन्द से अपना हिस्सा अलग कर देने को कहा था। गोविन्द ने एक वकील की मदद से उसके हिस्से की कीमत सत्तर हजार पर आँकी। फिर उन दोनों में यह तय हो गया कि अगर गोविन्द उसे पचास हजार रुपए एकमुश्त दे दे तो वह अपना पूरा हिस्सा छोड़ देगा। उस दिन गोविन्द अपने साथ नकद पचास हजार रुपए लेकर दुकान पर मौजूद था। रुपए उसके पास ब्रीफकेस में थे। लिखा-पढ़ी का कागज वकील की मदद से पहले ही तैयार कर लिया गया था। पर पुलिस यह नहीं तय कर पाई कि गोविन्द चेक या बैंकड्राफ्ट से भुगतान न करके नकद रुपए क्यों देना चाहता था। फिर भी उसे इसमें सन्देह नहीं कि वह रुपया दुर्गादास के लिए ही निकाला गया था।

पुलिस का कहना था कि रुपया देखकर दुर्गादास की नीयत बदल गई। इसीलिए उसने जान-बूझकर खुद बहुत पिया और गोविन्द को भी इतना पिलाया कि वह बेहोश हो जाए। उस वक्त पानी बरस रहा था और उसके शोर में बहुत-सी आवाजें दबी हुई थीं। इस सबसे फायदा उठाकर उसने पहले गोविन्द का गला घोंट दिया। गले पर तौलिया रखकर दबाया गया था पर किसी कारण वह ब्रीफकेस और अपना सामान लेकर वहाँ से भाग नहीं सका, और शायद चार बजे तक नशे की बेहोशी और नींद में पड़ा रहा। जागने पर उसने निकल भागने का कोई चारा नहीं देखा होगा, तभी उसने पुलिस को फोन किया था और वहाँ कुछ ऐसा हेर-फेर कर दिया था कि जान पड़े, हत्या किसी और ने की है।

बारह बजे के लगभग जब नजदीक के सिनेमा-हाउस का आखिरी शो खत्म होने पर बाजार का वह हिस्सा सुनसान हो जाता था, एक चौकीदार दुकान के जीने पर सोने के लिए आता था। पुलिस का कहना था कि चौकीदार के आ जाने के बाद उसकी हिम्मत नहीं हुई कि वह नशा कम हो जाने पर भी भागने की कोशिश करे। इसलिए उसने पुलिस को खुद फोन करके हत्या का समाचार दिया और इस तरह अपने को निरपराध साबित करने की कोशिश की। पुलिस की निगाह में हत्या के सभी तत्त्व मौजूद थे। हत्या का उद्देश्य और पूरी स्थितियाँ सभी कुछ दुर्गादास के खिलाफ पड़ती थीं। उस पर लखनऊ की अदालत में मुकदमा चला। जज ने उसे फाँसी की सजा दी। हाई कोर्ट ने उसे बदलकर आजीवन कारावास कर दिया। सुप्रीम कोर्ट ने हाई कोर्ट के फैसले को बहाल रखा।

दुर्गादास का कहना था कि उस दिन उसे दिल्ली से अचानक आया देखकर गोविन्द घबरा गया था। उसने उसकी जरूरत से ज्यादा आवभगत की, जिद करके उसे हमेशा से ज्यादा व्हिस्की पिलाई। लगभग साढ़े दस बजे दुर्गादास ने उसे खाने के लिए चलने को कहा, पर उसने कहा कि वह एक मेहमान का इन्तजार कर रहा है। दुर्गादास भी थका था। वह दीवान पर आराम से लेट गया था। खाने के लिए उठने के पहले उसने व्हिस्की का एक और गिलास पिया और उसे खत्म करते-करते नशे में चूर होकर सो गया। उसे बाद में कुछ यह भी एहसास हुआ था कि कमरे में कहीं कुछ हो रहा है, पर वह करवट लेकर लेटा था और घूमकर आँख खोलना उसके लिए सम्भव न था। वह एक तरह की बेहोशी में था। सवेरे चार बजे ही उसकी नींद खुल सकी। तब उसने देखा कि गोविन्द के पचास हजार रुपए उसके ब्रीफकेस में वैसे ही मौजूद थे, ब्रीफकेस बाथरूम में पड़ा था और बाथरूम की पिछवाड़ेवाली खिड़की खुली थी। पर उससे बाहर जाने का कोई रास्ता न था। पुलिस का खयाल था कि उसने खिड़की से भागना चाहा होगा, पर पहले नशे की हालत में वैसा न कर पाया होगा और बाद में चार बजे सवेरे खिड़की के नीचेवाली गली में लोग जग गए होंगे।

शंकर से घटना का विवरण सुनते हुए डॉ. फड़के की घनी भौंहें खिंचकर आपस में मिल गई थीं। उन्होंने कहा, "दो-तीन बातों की जानकारी की जा सकती है। शायद कुछ नए तथ्य सामने आ जाएँ। उदाहरण के लिए, फैसले में चौकीदार के जिस बयान का जिक्र है उससे लगता है, उसका बयान रस्म अदायगी जैसा है। देखना चाहिए, चौकीदार और कितना जानता है।"

वे मुस्कराए, कहने लगे, "अच्छे, 'हुडनिट' वाले उपन्यास में सबसे पहले तो चौकीदार पर ही सन्देह किया जाना चाहिए। क्या पता, उसे गोविन्द के खिलाफ कोई भारी शिकायत रही हो, उसी ने कमरे में घुसकर गोविन्द की हत्या कर दी हो, फिर अन्दर से दरवाजा बन्द करके, बाथरूम की खिड़की से उतरकर अपनी जगह वापस आकर सो गया हो।"

"पर चौकीदार को गोविन्द से ऐसी क्या शिकायत हो सकती थी?" शंकर ने पूछा।

"कोई भी। मसलन, गोविन्द ने उसकी लड़की से, बशर्ते कि उसके कोई लड़की हो, अनुचित सम्बन्ध कायम कर लिया हो, या करने की कोशिश की हो।" डॉ. फड़के हँसते-हँसते गम्भीर हो गए। बोले, "बहरहाल, ये सब तो कल्पनाएँ हैं। पर चौकीदार ने जितना कहा है, वह उससे ज्यादा भी जान सकता है।"

तारानाथ डॉ. फड़के को एकटक देख रहा था। उन्होंने तारानाथ से ही कहना शुरू किया—

"कुछ और भी बातें हैं। बाथरूम की खिड़की जिस गली में खुलती है, वहाँ के रहनेवालों से दोबारा पूछताछ की जा सकती है। शायद उन्होंने कुछ देखा हो। फिर गोविन्द ने बैंक से पचास हजार रुपए निकाले या किसी और जगह से? उसे उस दिन मि. दुर्गादास के लखनऊ आने की निश्चित सूचना थी या नहीं? नहीं थी तो उसने रुपए निकाले क्यों? किसी को देना ही था, तो उसे चेक क्यों नहीं दिया जा सकता था? फिर यह भी जानना है कि गोविन्द मि. दुर्गादास के साथ खाना खाने क्यों नहीं गया? वह किस मेहमान का इन्तजार कर रहा था? ऐसा भी हो सकता है कि वह किसी स्मगलर को नकद रुपए देकर उससे माल लेना चाहता हो, वह उसी का इन्तजार कर रहा हो, उसी ने आकर किसी वजह से गोविन्द की हत्या कर दी हो।"

वे फिर मुस्कराए। बोले, "मैं कल्पनाएँ-भर कर रहा हूँ, पर इससे यह न समझिएगा कि इन सवालों का कोई महत्त्व नहीं। कम-से-कम यह तो देखना ही होगा कि पुलिस ने इन सवालों का क्या समाधान निकाला था।"

"पुलिस का समाधान तो स्पष्ट है," तारानाथ ने कहा, "उनके लिए तो हर सवाल का जवाब पापा का अपराध प्रमाणित कर रहा था।"

डॉ. फड़के थोड़ी देर अपनी किताब के पन्ने उलटते रहे। मुलायमियत से बोले, "मि. तारानाथ, एक बार फिर से कोशिश कर डालिए। परमात्मा अब भी कृपालु हो सकता है।"

तारानाथ ने लगभग चौंककर पूछा, "परमात्मा? आप परमात्मा को मानते हैं?"

वे हँसने लगे। बोले, "इस तरह से क्यों पूछ रहे हैं? आप नहीं मानते क्या?"

छह

वह सरयू के पुल पर काफी देर तक खड़ा रहा। सामने सूरज डूबा और शाम की छायाएँ पूरब की ओर बढ़ती-बढ़ती अँधेरा बन गईं।

इस नए पुल ने नदी की धारा को पुराने घाटों से कुछ दूर कर दिया है। घाटों की सीढ़ियाँ और किनारे के कई मन्दिर अब नीरस हो गए हैं। पर धारा और सीढ़ियों

के बीच छूटी हुई जमीन में हरियाली अब धीरे-धीरे भर रही है। अयोध्या का यह भाग वीरान होते-होते बच गया है।

मन्दिरों में रोशनी हो गई थी, पर ऐसी नहीं कि उसमें किसी उत्सव का अतिरेक हो। यह रोज की रोशनी थी जो नदी-किनारे की धुंध, ठंडी हवा और उदासीनता को और भी गाढ़ा कर देती थी। मन्दिरों में बजनेवाले घंटों की आवाज ने उसे याद दिलाया, आरती के समय कनक भवन पहुँचना है।

वह कॉट्सवूल की बुश्शर्ट और टेरीकॉट का पतलून पहने था, पाँवों में सैंडिल। अयोध्या की मलिन, कम रोशनीवाली सड़कों पर चलते हुए न तो वह किसी उत्सुक टूरिस्ट जैसा दिख रहा था, न किसी समुदाय के शिष्य जैसा ही। ट्रकों, रिक्शों और इक्कों की भीड़ में सड़क के किनारे चलते-चलते वह किसी दफ्तर में अच्छी तनख्वाह पानेवाले क्लर्क जैसा लग रहा था। एक तँबोली—घुटा सिर और मत्थे पर रामनामी तिलक—दुकान पर बैठा हुआ पान लगा रहा था। 'मंगल भवन अमंगलहारी' की चौपाई गाते-गाते उसने 'द्रबहु' पर अपनी प्रार्थना खत्म कर दी। पुकारकर कहा, "बाबू जी, पान खाते जाइए।"

वह प्रायः पान नहीं खाता था। पर इस वक्त दुकान पर खड़ा हो गया। तँबोली अनावश्यक जोश से एक लोटे से मट्ठा जैसा मथकर कत्था निकालने लगा और पहले से भी ऊँची और रूखी आवाज में उसने 'मंगल भवन' वाली चौपाई शुरू कर दी।

वह एक के बाद दूसरी चौपाई का क्रम चलाता रहा। उनमें प्रार्थनाएँ भी थीं, परहित के समान दूसरा धर्म नहीं है, इस तरह की शिक्षाएँ भी थीं। ऋष्यमूक पर्वत के पास रामचन्द्र जी पहुँचे, इस तरह की घटनाएँ भी थीं। एक चौपाई की दूसरी से कोई संगति नहीं थी, उनके एक साथ होने का कोई तर्क नहीं था, पर तँबोली की तन्मयता तर्कहीन असंगति के सवाल को निरर्थक बनाकर तारानाथ को चारों ओर से आविष्ट करती रही।

यही इसकी सार्थकता है, उसने सोचा और दुकान पर लगे शीशे में अपना चेहरा देखने लगा।

शीशे में एक जवान दुनियादार आदमी का चेहरा था। उस पर सत्ता का अहंकार नहीं था, वैष्णवों की आत्मनिषेधवाली विनम्रता भी नहीं थी। वह किसी भी दूसरे सहज आदमी का-सा चेहरा था। साधु, औरों ही की तरह, सब कुछ सहज भाव से करता है; सिर्फ उसका मन कर्म में लिप्त नहीं रहता, क्योंकि लिप्त होने के लिए उसके पास परानंद की निरंतर अनुभूति है—शीशे में अपनी छाया देखते हुए उसे बहुत पहले पढ़ा हुआ एक अनुष्टुप याद आ गया : "परपुरुष में आसक्त कुलवधू

बराबर अपने पति के घर में रहती है और गृहकर्म में लगी रहती है। पर वह भीतर-ही-भीतर अपने प्रेमी के सान्निध्य का रस लेती है।"

वह दुखी नहीं होता है, क्योंकि वह अपना सारा दैन्य पहले ही किसी को समर्पित कर चुका होता है। वह अकेला नहीं होता, निराश्रित नहीं होता, क्योंकि उसका सारा व्यक्तित्व बराबर किसी के सामीप्य से घिरा रहता है...।

पान खाकर वह दुकान से सड़क पर आ गया। सड़क से जगह-जगह सीमेंट-कंक्रीट की ऊँची-नीची गलियाँ निकलती थीं। किनारे के मकानों में कोई-न-कोई मन्दिर। सड़कों पर वृद्धाओं की टोलियाँ, स्वस्थ और उद्धत दिखनेवाले साधुगण। अनिवार्य कुत्तों और गायों का साक्षात्कार। कम रोशनीवाले सड़क के बल्ब। खोमचों पर जलती हुई ढिबरियाँ। कस्बे के शोरगुल के बावजूद, सब कुछ सूना-सूना, धुंध से भरा हुआ। कदम-कदम पर संध्या-आरती के बोल। जगह-जगह विकृत स्वरों में, पर आत्मार्पित भाव से, स्तुतिवाचन।

अयोध्या के राजमहल के सामने वह ठिठका, फिर महल की ओर बढ़ गया। मन-ही-मन वह एक निजी मजाक करके खुश हुआ। जमींदारी टूटने के बाद कोई राजा नहीं है; पर अयोध्या में उसके पहले भी कोई राजा नहीं था, क्योंकि कोशलपुर के एकमात्र राजा राम हैं। यहाँ पर अपने को राजा कहलाकर आदमी अपनी हँसी ही उड़ा सकता है।

फिर भी, महल किसी भी राजमहल जैसा था। फाटक से घुसते ही दोनों ओर ऊँची दीवारों से घिरी सुरंग जैसी सड़क, फिर चौकोर मैदान, चारों ओर रहने की इमारतें, फिर एक ओर से निकलने का बहुत बड़ा बाग, एक किनारे मन्दिरों की शृंखला, बाग के बीच में एक और मन्दिर।

राधाकृष्ण के एक छोटे, पर सुरम्य मन्दिर के सामने खड़े होकर उसने देवता को नमस्कार किया। सोचा, तुम वहाँ एक कोने में बैठकर अपने दूसरे रूप की गरिमा का आनन्द लेते हो, यह कैसा आपसी मजाक है? फिर उसकी निगाह बाग के मन्दिर की ओर गई। वहाँ चबूतरे पर एक ओर चाँदनी का कुहासा फैला था। फूलों की खुशबू, धुँधलका, मन्दिर, बाग की अँधेरी पर्त—सबने उसे कई शताब्दी पीछे पहुँचा दिया। वह चबूतरे पर नीचे की सीढ़ियों पर पैर टेककर बैठ गया। काफी देर बैठा रहा। फिर उसने चबूतरे के दूसरे कोने पर बैठे हुए एक बुड्ढे को देखा।

वह उससे तीन-चार गज की दूरी पर, हल्की ठंड के बावजूद, खुले में लेटा हुआ था और बीड़ी पी रहा था। उसने भोजपुरी में एक गीत गाना शुरू कर दिया था जिसका इतना तात्पर्य तारानाथ की समझ में आ गया कि वह किसी नौजवान

माशूका की हरी चूनर के बारे में है। तारानाथ का सिर अपनी ओर मुड़ा हुआ देखकर उसने गाना बन्द कर दिया और पूछा, "क्या टैम हुआ है, साहेब?"

"सात।" उसने कहा। सोचा, आधे घंटे में कनक भवन पहुँच जाना चाहिए।

वह बैठकर चुपचाप बीड़ी पीने लगा। पूछा, "कहाँ के रहनेवाले हैं साहेब?"

"दिल्ली के।"

"दिल्ली तो बड़ी दूर है साहेब!"

"हाँ, यहाँ से दूर है।"

उसने बीड़ी का टुकड़ा चमेली के एक झाड़ पर फेंक दिया। कहा, "भगवान का दर्शन करने आए थे साहेब?"

"हाँ, यही समझ लो।" कहकर उसे अनुभव हुआ, वह एक निरर्थक झूठ बोला है।

"यहाँ अब कुछ बचा नहीं है साहेब," उसने दूसरी बीड़ी सुलगाई। कहा, "मन्दिरों के ऊपर धड़ल्ले से शराब-कबाब चलता है साहेब।"

वह चुप रहा। बुड्ढा आदमी किसी महंत का किस्सा सुनाने लगा जो बड़े धार्मिक थे पर रोज फैजाबाद में एक रईस के यहाँ आकर जुआ खेलते थे; दूसरे काम भी करते थे।

तारानाथ ने उसकी बात काटकर कहा, "तुम यहीं के रहनेवाले हो?"

"नहीं साहेब, हम तो आरा के हैं।"

"यहाँ कैसे आना हुआ?"

"कुछ नहीं साहेब, लौंडे को देखने आया था। साला यहीं डकैती में धर लिया गया है। जेल में पड़ा है।"

जैसे वह किसी ऐसी सड़क दुर्घटना का हाल बता रहा हो, जिससे उसका कोई सम्बन्ध न रहा हो। (यह कैसी निस्संगता है? किस साधन से मिलती है?)

"हुआ क्या था? पुलिस से कोई रंजिश थी क्या?"

"कुछ नहीं साहेब, लौंडा नालायक है। बिगड़ गया है।"

"अफसोस की बात है।"

"काहे का अफसोस साहेब, फँसा है तो झेलेगा। वैसे, अब जेलों में कोई तकलीफ थोड़े ही है। मौज से खा रहा है और मोटा हो रहा है।"

तारानाथ के शब्द चुक गए थे। वह बुड्ढा बड़े इत्मीनान से कहने लगा, "पहले की बात और थी साहेब। हम भी जेल गए थे...।"

"तुमने क्या किया था?"

"कुछ नहीं। गाँववालों ने सन् बयालीस में थाना फूँक दिया था। हम भी वहीं थे। चार दिन बाद क्या हुआ साहेब, कि हम तो खेत जोत रहे थे, एक तिलंगा आया और पकड़ ले गया। रास्ते-भर मारता गया। चार साल की जेल हुई थी। सन् पैंतालीस

में छूटे। उन जेलों का क्या हाल बताऊँ साहेब—बस, समझ लो जिन्दा लौट आए, यही बहुत है। लौंडे को कभी-कभी पूड़ी तक मिल जाती है...।"

तारानाथ उठकर खड़ा हो गया। बिना किसी प्रस्तावना के वह कनक भवन की ओर चल दिया।

सोचा, मैं क्यों नहीं इससे कह पाया कि मैं पापा को देखने आया था? मैंने क्यों नहीं कहा कि वे जेल में हैं? उस दिन मैंने शंकर से क्यों कहा था कि मैं पुरानी सकाम भक्ति में विश्वास नहीं करता हूँ? यह मूढ़ता कब दूर होगी? झूठ का यह आग्रह कब खत्म होगा?

एक निःशब्द प्रार्थना से उसे सारा नभोऽवकाश गूँजता-सा जान पड़ने लगा।

सात

खाने की मेज पर चाँद ने एक कागज लिखकर छोड़ दिया था, "भाभी, आज इतवार है। फिर भी दस-ग्यारह बजे तक लैब में काम करूँगी। उसके बाद एक पिकनिक पर जाऊँगी। शाम तक मुझे भुलाए रहना।"

नीला ने पढ़ा और कहा, "पिकनिक!"

राजनाथ बगल की मेज पर टोस्टर से सिंके हुए टोस्ट निकाल रहा था। बोला, "क्या हुआ?"

"तुम्हारी बहिन खुलेआम कुतिया की तरह घूम रही है।"

नीला के चेहरे की कमनीयता और जबान के फूहड़पन की असंगति राजनाथ को हमेशा लड़खड़ा देती थी। अचकचाकर उसने कहा, "सवेरे-सवेरे शुरू कर दिया न अपना खटराग!"

"चाँद रानी को कुछ क्यों नहीं कहते? उन्होंने भी तो सवेरे-सवेरे अपना धन्धा शुरू कर दिया है।" उसने कागज राजनाथ की ओर बढ़ा दिया। कहा, "पढ़ लो।"

वह नीला के पीछे खड़ा था। कागज पढ़कर लौटाते हुए बोला, "ठीक तो है, इसमें गड़बड़ क्या है?"

"अहा, जैसे कुछ जानते ही न हों!"

"इसमें जानना क्या है?"

"तुम बिलकुल ही अन्धे हो क्या? कुछ भी नहीं जानते?"

प्रश्न-भरी आँखों से उसने नीला को देखा, फिर उसी के पास कुर्सी पर बैठ गया।

उसके बाल ऊलजलूल थे। सोते समय की गँजेटी हुई कमीज के बटन छाती पर खुले थे, पिछले दिन की दाढ़ी ठुड्डी और गालों पर अनियमित धब्बे बना रही थी। मुँह से अटकी हुई सिगरेट के धुएँ के सामने उसकी एक आँख दब रही थी, मत्थे पर लकीरें खिंच आई थीं।

नीला ने चाय की चुस्की ली। उसकी आवाज मुलायम हो गई। कहा, "तुम सचमुच कुछ नहीं जानते? चाँद का रंग-ढंग देखकर मेरा तो जी जलने लगता है।"

"हुआ क्या है?"

"तुम्हारे विमल अंकल! हजार घाटों का पानी पीकर उनकी तबीयत अब भतीजी पर आ गई है।"

"तुमने कुछ देखा है?"

"देखने जैसा तो कुछ नहीं देखा, फिर भी बहुत कुछ देखा है। मैं दोनों को समझती हूँ।"

टोस्ट पर मक्खन लगाते-लगाते उसका हाथ रुक गया, "विमल अंकल...!"

नीला तड़पकर बोली, "तुम फिर भी उस हरामजादे को अंकल कह रहे हो!"

उसने ज्वर के उतरने का इन्तजार किया। पूछा, "तुम्हारे शुबहे का...।"

"तुम अब भी इसे शुबहा कहते हो? तुम्हारे घर में जब कोई भांजा खेलने लगेगा, तभी मानोगे क्या?"

"ओंह, नीला! कभी तो ठीक से बोला करो।"

"यह ठीक से बोलनेवाली बात है? मन करता है मैं खुद जाकर उस खूसट की खोपड़ी तोड़ दूँ।"

"तुमने देखा क्या है?"

"बताऊँ, क्या देखा है?" उसने निर्दयता से कहा।

"मत बताओ।" राजनाथ ने सिगरेट ऐशट्रे में बुझा दी। धीरे-धीरे कहने लगा, "मुझे चाँद पर तरस आता है। पापा की गिरफ्तारी के पहले ही उसकी शादी हो गई होती तो झंझट खत्म होता। पर देरी हमीं ने की, उसके बाद पापा पर मुकदमा चल निकला और उन लोगों ने शादी की बात तोड़ दी। तुम्हें याद होगा कि...।"

"सब याद है। मुझे समझाने से क्या होगा, चाँद को समझाओ।"

"उसे क्या समझाऊँ? वह इतनी सेंसिटिव है कि उससे कुछ कहना बेकार है। अगर वह जान-बूझकर विमल के जाल में फँसना चाहती है तो उसे बचाया भी कैसे जा सकता है।"

"तो तुम चुपचाप देखते रहोगे?"

"नहीं। पर...।"

अचानक वह जोर से हँसने लगी। बोली, "विमल छियालीस साल के होंगे, पक्के तजुर्बेकार। चाँद तेईस साल की है। बीस साल बाद दोनों बिलकुल ओनासिस और जैकी कैनेडी जैसे लगेंगे। जोड़ा अच्छा दिखेगा।"

"नीला, इसका मजाक न करो।"

"क्यों न करूँ? वह मेरी ननद है, मेरा मजाक का रिश्ता है।"

"फिर भी, इसका मजाक न करो। मेरा दम जैसे घुट रहा है।"

नीला ने असाधारण समझदारी दिखाई; चुप हो गई। राजनाथ ने कहा, "शायद वे अभी बहुत आगे नहीं बढ़े हैं। जैसा भी हो, हमें चाँद ही की समझ पर विश्वास करना होगा। शायद मैं उसी से बात करूँगा।"

वह कर्तव्यशील पत्नी की भाँति उसके लिए चाय बनाने लगी। फूहड़पन का दौरा खत्म हो गया। बोली, "भाई को चिट्ठी लिख दो। वही आकर समझाएँ, तुम्हारे कहने से कुछ न होगा। और मैं तो कुछ कहूँगी ही नहीं; कहने लगूँगी तो पता नहीं, मुँह से क्या-क्या निकलने लगे।"

"पर वे अब यहाँ नहीं आ रहे हैं। कल वे सीधे फैजाबाद गए होंगे। वहाँ से फिर कॉलिज वापस लौट जाएँगे। तुमने उनकी चिट्ठी नहीं देखी। लिखा है, इम्तहान के दिन हैं। उन्हें यहाँ आने की फुरसत नहीं है।"

"और कुछ लिखा है?"

"चाँद को तरह-तरह से समझाया है। तुम्हारे लिए लिखा है, तुम पर उन्हें भरोसा है, इस घर को तुम्हें ही सँभालना है।"

"भाई मुझे ठीक समझते हैं। सिर्फ तुम्हीं हो जो मुझे हमेशा बेवकूफ कहा करते हो...।"

आठ

फियट कार के सँकरेपन में विमल को सिकुड़कर बैठना पड़ रहा था। सामने धुआँ उड़ाती हुई एक पुरानी कार धीरे-धीरे चली जा रही थी। विमल ने गर्दन उठाकर सड़क को दूर तक देखा और रफ्तार बढ़ाकर अपनी गाड़ी आगे निकाल ली। चाँद ने आँखों में अचम्भा भरकर कहा, "कमाल के ड्राइवर हैं आप मिस्टर सलूजा! देखते-देखते आपने इतनी बड़ी गाड़ी को पछाड़ दिया!"

"उसने होंठ सिकोड़ लिये, मत्थे पर शिकनें उभर आईं। चाँद उसे देखती रही और इंजिन की एकरस आवाज सुनती रही। दाईं ओर एक टीले के पीछे चलते हुए किसी ट्रैक्टर ने उस एकरसता को तोड़ा। विमल के पीछे की ओर से अपना हाथ उसके मत्थे पर ले जाकर दो उँगलियों से उसने उन शिकनों को हमवार करने की कोशिश की, जैसे वे बालू पर खिंची हुई लकीरें हों।" कहा, "रिलैक्स।"

सड़क के किनारे लगे हुए जामुन के पेड़ों की कतार को बींधकर धूप की तिरछी शहतीरें सड़क के आर-पार पड़ी थीं।

विमल ने पूछा, "तुम गाड़ी चलाओगी?"

किसी बड़ी रियासत की राजकुमारी की अदा से उसने कहा, "मैं शोफर-ड्रिवेन गाड़ी पर चलना ज्यादा पसन्द करती हूँ।"

विमल ने मुँह से सीटी बजाना चाहा, पर वह ठीक ढंग से नहीं बजी। फिर वह उर्दू की एक कविता गुनगुनाने लगा, जिसमें बार-बार कहा गया था कि 'यहाँ से भाग के जाएँ भी तो किधर जाएँ, यही जमीं है, यही आसमाँ जिधर जाएँ।'

चाँद ने कहा, "मिस्टर सलूजा, आपको गाना नहीं आता, यह धन्धा छोड़ दीजिए।"

जवाब में उसने स्टियरिंग व्हील दाएँ हाथ से सँभाला और बाएँ हाथ को चाँद के पीछे ले जाकर उसकी कमर में लपेट लिया। आशा के विपरीत एक बैलगाड़ी जब सड़क के बीच से नहीं टली तो अकेले दाएँ हाथ से गाड़ी को कुछ ज्यादा काटकर निकालना पड़ा। दो पहियों के पटरी पर पहुँच जाने से गाड़ी उछली, फिर सड़क पर पहुँचकर सहज हो गई। उन्हें धक्का लगा। चाँद ने अपने पीछे से उसका हाथ उठाकर, जैसे वह किसी मशीन का पुर्जा हो, स्टियरिंग व्हील पर जमा दिया। कहा, "कार खरीदने के लिए पैसा चाहिए, पर चलाने के लिए तमीज चाहिए।"

विमल ने कहा, "कुछ दिन पहले हमारे यहाँ एक जाहिल ड्राइवर हुआ करता था। वह भी कुछ ऐसी ही बात कहता था।"

चाँद ने अपना रुख बदलकर अफसराना अन्दाज में कहा, "आपके पास ड्राइविंग लाइसेंस भी है या नहीं? जरा दिखाइए।"

उसका हाथ फिर चाँद की कमर में लिपट गया था। उसने घबराए हुए ड्राइवर की तरह कहा, "अभी दिखाता हूँ जनाब, जरा हाथ खाली हो।"

वह उससे सटकर बैठ गई। बोली, "जाओ, माफ किया।"

हरी शर्ट में जकड़ा हुआ उसके वक्ष का उभार विमल की बगल से टकराता रहा। पर वह वहीं तक न था, वह विमल की पूरी चेतना पर टक्कर दे रहा था। एक नरम आलस्य की गुंजलकें उसे सिर से पैर तक बाँधने लगीं। विमल ने चाहा कि वह वहीं रुक जाए, सो जाए। वह सीधा होकर बैठ गया।

सड़क के दाईं ओर कँटीला जंगल फैला था। खेत रूखे और उदास थे, पर जंगल में हरियाली थी। विमल ने कहा, "यह जानती हो, क्या है?"

"क्या है?"

"क्रीपिंग डेजर्ट्स के खिलाफ किलेबन्दी की गई है।"

"आप तो अंकल, यूँ कह रहे हैं जैसे रेगिस्तान रेंगकर बढ़ता आ रहा हो और एक लकीर खींचकर कहा जा सकता हो कि देखो, यह यहाँ तक आ गया है।"

"मैं ऐसा कुछ नहीं कह रहा हूँ।" उसने शायरों की तरह नाटकीय ढंग से कहना शुरू किया, पर यह समझना कठिन न था कि वह चाहता है कि उसे गम्भीरता से सुना जाए, "मैं जानता हूँ कि रेगिस्तानी हरियाली पर इस तरह खुलकर हमला नहीं करता। वह चुपके से अँधेरे में बढ़ता है और जहाँ कुछ दिन पहले फूल खिले थे, वहाँ बालू-ही-बालू रह जाती है। ऊपरी हरियाली का क्या भरोसा? क्या पता कि उसके आसपास जमीन की अन्दरूनी परतों में किधर से रेगिस्तान बढ़ता चला आ रहा है।"

"सस्ती शायरी ज्यादा पढ़ने से इनसान इसी तरह की बातें करने लगता है। दूर से सुनने पर धोखा हो सकता है कि कोई अच्छा-खासा फिलासफर है।"

"मिस चन्द्रा, एक खबर सुन लीजिए। बेवकूफी में आप इस साल की मिस इंडिया होने जा रही हैं।"

"अगले साल की नहीं?"

"अगले साल तक आप शायद मिस नहीं रहेंगी।"

दोपहर को वे मथुरा पहुँच गए। एक जगह मिठाइयों, यानी पेड़े और रबड़ी के थाल रखे देखकर उसने गाड़ी धीमी कर दी। दुकान पर लिखा था, 'श्री शर्मा पवित्र भोजनालय'।

विमल ने कहा, "चलो, हम लोग यहाँ कुछ खा लें।"

"यहाँ?"

"हाँ, यहीं।" उसने गाड़ी रोकते हुए कहा, "आज इतवार का दिन है। दिल्ली का शहरीपन छोड़कर हम लोग मथुरा की ओर भगे हैं। क्या यहाँ भी सूप, फ्राइड फिश वगैरह का चक्कर पालना चाहती हो?"

"मेरे साथ कोई चक्कर नहीं है। कहीं भी कुछ ले लूँगी।"

उसने विमल की बाँह हिलाई, "मैं तो तुम्हारे बारे में सोच रही थी। कहीं ऐसी जगह चलो जहाँ तुम्हें बियर-शियर पीने को मिल जाए।"

"मैं बियर नहीं पियूँगा।"

"क्यों अंकल, तुम बियर क्यों नहीं पियोगे?"

गाड़ी का दरवाजा खोलते-खोलते वह रुक गया और उसके कान के पास मुँह ले जाकर बोला, "मैं नहीं चाहता कि तुम्हें चूमते वक्त मेरी साँस में बियर महक रही हो।"

चाँद ने उसे ताज्जुब से देखा। बोली, "तुम्हारा हौसला तो बहुत ऊँचा दिख रहा है, मिस्टर सलूजा!"

वे कार से नीचे उतर आए। उसके चेहरे में कसाव आ गया। बोला, "मजाक नहीं चाँद, मैं कम-से-कम तुम्हें पियक्कड़ों की तरह नहीं छू सकता।"

उनके सिर पर पीपल का पेड़ खड़खड़ा रहा था। रूखी हवा, धूल और चमकते सूरज में दुकान पर बैठी हुई एक दुबली-पतली औरत तक पहुँचते-पहुँचते चाँद को एहसास हुआ, उनकी बातचीत हँसी के बावजूद गलत ढर्रे पर जा रही है। वह खामोश रही। विमल ने औरत से पूछा, "खाना मिलेगा?"

मटमैली साड़ी में औरत का चेहरा पीला और रूखा था। कत्थई रंग के स्लैक्स, हरी शर्ट, हवाई चप्पल, कटे हुए रेशमी चमकदार बालों में रेशमी चेहरा—चाँद की ओर देखकर विमल को अचानक अपने ऐश्वर्य का अनुभव हुआ। औरत पर उसे तरस आया।

वह दूसरी ओर देख रही थी। उसी तरफ देखती हुई बोली, "आज दाल-चावल तो मिल न सकेगा। पूड़ियाँ सिंक जाएँगी।"

"पर हम तो दाल-चावल ही के लिए रुके थे।"

विमल ने चाँद से पूछा, "क्या कहती हो?"

"कुछ भी खा लेंगे, अंकल।"

औरत की मुर्दा आँखें सामने के चूल्हे पर टिकी रहीं। बोली, "हम चार-छह दिन पूरा खाना न दे सकेंगे। हमारा रसोइया उनके साथ दिल्ली गया है।"

उनकी समझ में पूरी बात नहीं आई। औरत ने अँगीठी पर घी की कड़ाही चढ़ा दी। एक छोकरे से पूड़ियाँ सेंकने के लिए कहा। फिर उनकी ओर मुँह करके बताने लगी, "पता नहीं, कौन-सी बीमारी है उन्हें। यहाँ दिखाया, फिर आगरे ले गई। सब जगह इलाज किया, पर खाँसी नहीं जाती है। अब उन्हें दिल्ली भेजा है। रसोइया उन्हीं के साथ गया है। वहाँ आल इंडिया इंस्टीट्यूट में दिखाना है। आगरे के डॉक्टर ने उनके लिए चिट्ठी लिख दी है।"

उसके आल इंडिया इंस्टीट्यूट कहने पर चाँद ने उसे आँखें फाड़कर देखा। सही होने के इतने निकट उच्चारण की उससे आशा नहीं थी। या तो यह जितना दीखती है उससे ज्यादा शिक्षित है, या विपत्ति जब सिर पर घुमड़ रही थी तब आल इंडिया

इंस्टीट्यूट ऑफ मेडिकल साइंसेज का नाम इतनी बार लिया गया होगा कि अब उस नाम को वह अपनी मातृभाषा की सहजता से बोल सकती है—चाँद ने सोचा; औरत की विपदा सुननेवाली औरत की तरह उसने पूछा, "तुम दिल्ली नहीं गईं?"

हवा जैसे वजनी हो गई हो। औरत ने कहा, "मैं जाती तो यहाँ दुकान कौन देखता?"

वे दोनों चीकटदार कुर्सियों पर बैठ गए। पाँच मिनट के भीतर ही उनके सामने पत्तों पर सब्जी, रायता और अचार आ गया। मिट्टी की तश्तरी में एक शोरबेदार तरकारी, एक पत्ते पर गरम पूड़ियाँ, मिट्टी के सकोरे में पानी। पानी औरत ने अपने हाथ से सकोरों को धोकर दिया। विमल ने सिर हिलाकर, जैसे किसी मुशायरे में किसी शेर पर दाद दी जा रही हो, कहा, "बहुत अच्छे!"

पर औरत के लिए यह प्रोत्साहन बेकार था। वह दोपहर की रुखाई, चीलों की आवाज, पीपल की खड़खड़ाहट, धूल के कुहासे का हिस्सा बन गई थी। किसी को खासतौर से लक्ष्य किए बिना वह कहती रही, "दाल-चावल-रोटी तैयार करने में इतना झंझट है कि अकेले हो नहीं पाता।"

उनमें से किसी ने कुछ नहीं कहा। एक उदासी, जिसका कोई रूप-रंग नहीं था, चीलों के एक गिरोह को अलग-अलग दिशाओं में ठेलकर किसी दैत्याकार छाया जैसी उनके इर्द-गिर्द चक्कर काटती रही।

चाँद ने कहा, "मैं रबड़ी भी खाऊँगी।"

पर उसके स्वर का बनावटीपन छिपा नहीं। विमल ने धीरे से कहा, "दो जगह रबड़ी भी देना।"

औरत के हाथों ने धीमी, लगभग उपेक्षामय, हरकतों से मिट्टी की तश्तरियों में दो जगह रबड़ी निकाली। एक तश्तरी चाँद को देने के बाद दूसरी भी उसी की ओर बढ़ाई। कहा, "इसे अपने अंकल को दे दो।"

जैसे दोनों पर इल्जाम लगाया जा रहा हो, उन्होंने एक साथ औरत को देखा। पर उसकी आँखें पहले जैसी ही उदास, अर्थहीन थीं। चाँद ने उसके हाथ से तश्तरी लेकर विमल की ओर बढ़ा दी। विमल ने ले ली, चुपचाप खाने लगा।

सब कुछ असहज हो गया था। चलते समय विमल ने औरत को पाँच रुपए का नोट दिया। वह काफी देर मन-ही-मन हिसाब जोड़ती रही। धीरे-धीरे उसने सन्दूक से एक रुपए का नोट और एक-एक करके कुछ सिक्के निकाले और उन्हें विमल को दे दिया। फिर कुछ सोचकर उसने दस पैसे का एक और सिक्का निकाला और उसे भी विमल को दे दिया। उसने बिना गिने हुए सभी सिक्के पर्स में डाल लिये।

लगभग एक फर्लांग आगे निकल जाने पर विमल ने कहा, "अब?"

"कहीं भी चलें। जमुना की ओर चल सकते हैं।"

"पर वहाँ पंडे घेर लेंगे। मुझे अच्छा नहीं लगेगा।"

"कहीं और चलें।"

"और कहाँ? द्वारकाधीश के मन्दिर—अगर तुम्हारी दिलचस्पी हो तो।"

"ओह, तुमने भी क्या बात कही? वहाँ कैसे चल सकती हूँ?"

"दिक्कत क्या है?"

"इन स्लैक्स और शर्ट में? द्वारकाधीश के लिए ज्यादा स्मार्ट नहीं दिखूँगी?"

"तब?"

"कहीं भी। फिलहाल सीधे चलें। और देखो विमल, तुम जो चाहते थे वही होगा। अब अंकल-वंकल नहीं, मजाक के लिए भी नहीं।"

"क्यों?"

"मैं तुम्हें कुछ भी कहूँ, पर मैं नहीं चाहती कि दूसरे मुझे बताएँ कि तुम मेरे अंकल हो।"

अपराह्न का मथुरा-संग्रहालय। भटके हुए स्वप्न-खंडों जैसे क्षत-विक्षत पाषाण। निरंतर चलनेवाला एक रूप-सत्र। एक संक्रामक ज्वार, जिसके आवेग को पत्थरों ने रोक लिया है। एक खामोश आवाज, जहाँ सब आवाजें खामोश हो जाती हैं...

चाँद एक वृत्ताकार बरामदे में रखी हुई प्रतिमाओं के व्यूह में खो गई थी।

अभय की मुद्रा में बुद्ध की प्रतिमा। उसी के पास ध्यान में अवस्थित जैन तीर्थंकर। चाँद को लगा, वे मूर्तियाँ साँस ले रही हैं और वह भी उन्हीं के साथ साँस ले रही है। पर ऐसा बहुत देर नहीं रहा। गोलाकार लॉन के दूसरी ओर संग्रहालय के दो कर्मचारी आपस में झगड़ने लगे थे। कुत्तों की तरह वे एक-दूसरे पर झपटे, फिर चीखकर हँसने लगे। तब मालूम पड़ा, यह आपसी मजाक था। चाँद दूसरी मूर्तियों की ओर बढ़ गई।

एक सालभंजिका ने उन्नीस सौ साल के व्यवधान को अपनी निगाह में छिपाकर उसकी ओर देखा—उसे रोक लिया। उसके वक्ष में एक चुनौती-सी थी। चाँद की निगाह अपने-आप सामने खिड़की के शीशे पर चली गई। शीशा पारदर्शी था, पर पीछे कमरे की सघनता से उस पर चाँद का हल्का अक्स उतर आया था। उसने अपना धुँधला बिम्ब देखा। तब उसे अचानक एहसास हुआ, विमल वहाँ नहीं है। उसने अपने चारों ओर देखा, वह कहीं नहीं था।

खंडित नागदेव, रथारूढ़ सूर्य का धड़—पूरा वातावरण उसके लिए दबी हुई सिसकी जैसा हो गया। खंड-खंड पाषाणों पर एक उचटती-सी निगाह डालती हुई वह बाहर की ओर चल दी। इसके लिए उसे संग्रहालय के मुख्य कक्ष में आना पड़ा। उसने चारों ओर देखा। वहाँ कोई न था। वह इमारत के बाहर आ गई।

एक बेंच पर, एक घने पेड़ के नीचे, वह पेट के बल लेटा हुआ था। उसका सिर हाथों के दायरे में छिपा हुआ था। काले पैंट से निकलकर झलकते हुए उसके पाँव, जो बेंच की लम्बाई को पार करके बाहर आ गए थे, चाँद को दूर से दिखाई दिए। उसके मन को हल्का-सा झटका लगा। वह तेजी से बेंच के पास आकर खड़ी हो गई। उसकी कमर को धीरे से पीछे ठेलकर उसने अपने बैठने के लिए बेंच पर जगह निकाल ली।

विमल के जिस्म में हरकत हुई, पर उसने सिर ऊपर नहीं उठाया। उसी तरह लेटे हुए, जैसे कोई पानी के नीचे से बोल रहा हो, कहा, "तुम म्यूजियम देख आओ। मुझे थोड़ी देर आराम कर लेने दो।"

चाँद ने उसके बालों को पकड़कर उसका सिर अपनी ओर करना चाहा। कहा, "इतना थक गए हो?"

"हाँ।" सिर उसी तरह बाँहों के दायरे में पड़ा रहा।

वह खड़ी हो गई। दोनों हाथों से उसने विमल के कन्धे पकड़े और उसे उठाने के लिए खींचने लगी। बोली, "उठो, भारतमाता के नौजवान, हिम्मत से काम लो।"

वह शिथिलता के बोझ से हिलता हुआ उठकर बेंच पर बैठ गया। जेब से काला चश्मा निकालकर उसने आँखों पर लगाया। बोला, "धूप तेज होने लगी है।"

चाँद उसके पास खिसक आई। "रो रहे थे?"

उसने चश्मा उतार लिया और चाँद को सहजता से देखा। उसकी आँखें लाल थीं और चेहरा अचानक बासी दिखने लगा था। चाँद को फिर झटका-सा लगा। दस साल बाद वह चेहरा कैसा दिखेगा! पर जो भी हो, आँखों में रोने की कोई अलामत नहीं थी।

एक मुस्कान का आभास। फिर वह धीरे-धीरे उसके होंठों पर निश्चित उभरी। चाँद उसका असर जानती थी। वह अपनी उम्र से छोटा हो गया। उसने आँखों पर दोबारा चश्मा चढ़ा लिया और कहने लगा, "फिलहाल तो रोने की कोई वजह नहीं है। बस, आगे चलकर तुम्हीं रुलाओगी।"

"पर तुम्हारी आँखें कितनी लाल हैं?"

"मैं कल रात सो नहीं पाया। परसों भी नहीं सो पाया था।"

"क्यों?"

"अकेले घर में मुझे भूतों का डर लग रहा था।"

"पुअर चाइल्ड, तुम्हें मेरी नहीं, एक मम्मी की जरूरत है।"

बिना सिद्धान्त जाने हुए अबोधता के स्तर पर कला को ग्रहण करने का भी एक सौन्दर्य है। मुख्य कक्ष में उन दोनों को भिक्षु यशदित्र द्वारा प्रतिष्ठापित बुद्ध की प्रतिमा ने अपनी शान्त सौम्यता में बाँध लिया। पाँचवीं सदी के जादू ने, अतीत की झील पर उठनेवाली भाप की तरह, उन्हें चारों ओर से आविष्ट कर लिया।

सिर्फ नाक पर लगे हुए आघात को छोड़कर, प्रतिमा सम्पूर्ण थी। पर वह वैसा ही था जैसे किसी गम्भीर द्रावक राग के स्वर-विस्तार में जान-बूझकर, एक सुखद झटका देने के लिए, एक अप्रत्याशित, अशास्त्रीय स्वर लगा दिया गया हो। भौंहों की सुडौल मेहराबें, अर्धोन्मीलित आँखों से शान्ति का अजस्र वर्षण। वे कुछ देर एक-दूसरे का हाथ पकड़े हुए बुद्ध के सामने खड़े रहे। उनके पीछे दो आदमियों ने फुसफुसाकर अपरिचित भाषा में बातें शुरू कर दीं, तब वे वहाँ से आगे बढ़ आए।

पंच-शक्ति सहित नागराज की आवक्ष प्रतिमा। सद्यःस्नाता और मुक्तालोभी हंस। पैने उन्मुक्त उरोजोंवाली सुर-सुन्दरी।

वे फिर पीछे की ओर लौटकर, भिक्षु बुद्धरक्षित द्वारा प्रतिष्ठापित बोधिसत्व की प्रतिमा के पास पहुँच गए। उसी के पास धनपति कुबेर की एक निर्वसन मूर्ति थी—तोंद निकली हुई, आत्मतुष्ट, हाथ में आसव का प्याला। चाँद ने कहा, "यह तुम हो।"

"बहुत ऊँची चापलूसी है। पर मुझ जैसे आदमी पर इसका असर नहीं होगा।" विमल ने कहा।

"आप अपने को आदमी कहते हैं?"

"आप मुझे पत्थर कह रही हैं?" वे थोड़ी देर तक देखी हुई मूर्तियों को दोबारा देखने के लिए टहलते रहे। कनिष्क की एक विराट खंडित प्रतिमा, अत्यंत अलंकृत चतर्भुज विष्णु और सालभंजिकाएँ—अपने-आप उनके मन में एक ऐसे जीवन की अस्पष्ट उत्कंठा उभरने लगी जिसे शताब्दियों पहले अपने सभी पक्षों में सम्पूर्ण उद्दामता के साथ, बिना किसी झिझक के, बिना किसी कुंठा के, अपनाया गया होगा। विमल ने कहा, "हम लोग जी नहीं रहे हैं, घिसट रहे हैं।"

"मथुरा म्यूजियम से तुमने यह अच्छा सबक लिया।"

एक पाँचवीं शताब्दी की सालभंजिका के आगे वे रुक गए थे। उसका हार स्तनों की ऊँचाई के कारण टेढ़ा-मेढ़ा हो गया था। विमल चाँद के कन्धे पर हाथ रखकर उसे देखता रहा। फिर उसी की नकल करता हुआ बोला, "यह तुम हो।"

"नहीं। मैं इससे कहीं ज्यादा अच्छी हूँ।"

"मॉडेस्टी में आपका भी कोई जवाब नहीं है।"

"आदमी को सचाई से घबराना नहीं चाहिए, मिस्टर सलूजा।"

विमल सालभंजिका के हार को देख रहा था। इस कक्ष में वे बिलकुल अकेले थे।

विमल ने उसके कन्धे पर हाथ रखकर कहा, "मान गया। आप ठीक कहती हैं, आपकी फिगर इसके मुकाबले बहुत ऊँची है।"

"ऊँची? आप ऊँची कह रहे हैं? मेरा मजाक उड़ा रहे हैं?"

विमल समझ नहीं सका कि वह नाराज हो रही है या हँस रही है, पर उसने अपनी कमीज का ऊपरी बटन खोल दिया था और उसके बाद वाला खोलने जा रही थी।

विमल को सुनहरे पहाड़ों और घाटियों की एक झलक-सी दिखी। डूबते हुए आदमी की-सी उकताहट के साथ उसने चाँद की उँगलियों को अपनी मुट्ठी में बाँध लिया। फिर उसने लगभग आँखें मूँदकर उसकी कमीज का बटन बन्द किया। कहा, "यही हालत रही तो तुम्हें मथुरा से आगरा ले चलना पड़ेगा।"

"नहीं विमल, मैं पागल नहीं हूँ।" निराश्रित की तरह वह उसके कन्धे से टिक गई थी और आवाज में शोखी की तरलता लुप्त हो गई थी। कुछ देर वह उसके सहारे खड़ी रही, फिर धीरे से बोली, "तुमने देख लिया न, मुझे तुम्हारे आगे शरम नहीं लगती।"

डॉक्टरों की-सी अस्पताली अनासक्ति से उसने चाँद की ओर देखा। फिर उसकी बाँह का कसाव चाँद के कन्धे पर मजबूत हो गया।

...इसी तरह काँच के खिलौने को, पत्थर की मूर्तियों को चूमा जाता होगा : चाँद ने सोचा।

नौ

शाम हो गई थी। कॉलिज के कुछ लड़के रंगीन कमीजों, घिसी हुई जीन और ऊँचे बूटों में, लम्बे बाल और झुकी हुई मूँछों-दाढ़ियों से लैस, फुटपाथ पर टहल रहे थे। कुछ देर पहले वे टी-हाउस में जाकर ताबड़तोड़ अंग्रेजी बोल रहे थे। कुछ ने सड़क पर जानेवाली लड़कियों को हिकारत से देखा था; एक-दूसरे को विश्वास दिलाया था कि उन्होंने अपना विश्वास खो दिया है; कला, राजनीति और बौद्धिकता

के क्षेत्र में पलनेवाले जालसाजों को उन्होंने गालियाँ दी थीं। यह और बात है कि अभी उन्हें जालसाज साबित करने में वे कुछ कच्चे पड़ जाते थे और यह भी और बात है कि उन्हें जालसाज साबित करने की क्षमता पाते-पाते उनमें से खुद बहुत-से उन्हीं जालसाजों के गिरोह में शामिल हो जानेवाले थे।

गिरोह राजनाथ की दुकान के सामने से गुजरा। दुकान में नाच की एक धुन बज रही थी जिस पर उनके पैर थिरकने लगे। मुँह से वही धुन निकालते हुए वे दुकान में घुस आए। काउंटर के पीछे एक लड़की किसी ग्राहक से बातें कर रही थी। एक लड़के ने, मोटे फ्रेम का चश्मा उतारकर, बड़ी-बड़ी लटकती हुई आँखों से लड़की को देखा, फिर बहुत मुलायम आवाज में अनिवार्य अंग्रेजी के सहारे एक पॉप म्यूजिक के रिकॉर्ड के बारे में पूछा।

वह अपने पीछे दीवार में लगे हुए ड्राअरों को ध्यान से देखती रही, फिर एक ड्राअर खींचकर उसने एक बड़ा रिकॉर्ड निकाला। अंग्रेजी में कहा, "इस लांगप्ले में यह भी आ गया है। इस वक्त अलग से पैंतालीस आर. पी. एम. में यह नहीं मिलेगा।"

"चलेगा," इस बार वह हिन्दी में बोला। उसने अपनी आँख पर चश्मा लगा लिया और ऐसा करते ही वह किसी शोध-विद्यार्थी जैसा दिखने लगा। लड़की ने पूछा, "इसे पैक कर दें?"

"नहीं," उसके पीछे से किसी लड़के ने गुर्राती हुई आवाज में कहा, "पहले इसे हम लोगों के लिए बजाओ।"

दुक़ान के कोने में बिलकुल पिछली दीवार से सटी हुई मेज के पास राजनाथ बैठा हुआ तारानाथ का पत्र पढ़ रहा था। पत्र लखनऊ से लिखा गया था।

"...फैजाबाद में मैं पापा से मिला। सबसे बड़ी सांत्वना इससे मिली कि वे दुखी नहीं दिखे। पता नहीं, तुमने उनसे मिलकर क्या सोचा था; मुझे लगा, उन्होंने अपने संकट को समत्व के साथ ग्रहण कर लिया है।

"मेरे साथ शंकर भी फैजाबाद गया था (साला पियक्कड़ भाई के पीछे हर जगह लगा रहता है।) हम दोनों डॉ. फड़के से भी मिले थे। तुम उनसे अगली बार जरूर मिलना। वे अपराधशास्त्र के जाने-माने विद्वान हैं, और बड़े आस्तिक हैं। (क्यों नहीं! भाई को आस्तिक ही मिलते हैं!) पापा के मामले में उन्होंने काफी दिलचस्पी दिखाई। उनका विश्वास है कि पापा निर्दोष हैं। उन्होंने हमें मामले की फिर से छानबीन करने की सलाह दी है। उन्होंने पुलिस की कुछ धारणाओं पर दोबारा जाँच कराने की जरूरत समझी है। शंकर डॉ. फड़के से बहुत प्रभावित है और उसने काम शुरू भी कर दिया है। उसके बिना मैं तो कुछ कर ही न पाता। (माला तो जप ही सकते हैं!)

"यह भी एक संयोग है कि पापा को फैजाबाद जेल में रखा गया है। वहीं अयोध्या है, जगन्निवास मर्यादापुरुषोत्तम श्रीराम की लीला-भूमि। (ये लोग कितने फजूल विशेषण इस्तेमाल करते हैं।) मर्यादापुरुषोत्तम की कृपा पापा को मिलनी ही चाहिए। तभी उन्होंने उनको अपने निकट के जेल में बुलाकर रखा है। (फैजाबाद जेल में फाँसी भी लगती है, भाई को शायद यह मालूम नहीं।)

"शाम को मैं अयोध्या भी गया। कनक भवन में भगवान राम के दर्शन किए। (क्या कहा उन्होंने?) वाल्मीकि ने उनके लिए कहा है कि वे गाम्भीर्य में समुद्र के समान हैं, धैर्य में हिमवान के समान। मैंने पापा के लिए प्रार्थना की कि वे जब तक जेल में हैं, इन्हीं गुणों का अपने में आरोपण करके दीनता से बचे रहें। (सीधे-सीधे राम ही बन जाएँ।)

"कनक भवन बड़ा सुखद और शान्त स्थान है...।"

फिर पूरे पैराग्राफ में कनक भवन की गरिमा का वर्णन था। राजनाथ ने मन-ही-मन कहा, "रानीखेत भी बड़ा सुखद और शान्त स्थान है।"

"अब एक बहुत जरूरी बात। वैसे उसमें शायद कुछ है नहीं, पर इसे अभी अपने तक ही रखना..."

लगा कि कमरे की छत टीन की तरह उड़कर सड़क पर गिर गई है। लड़कों की पसन्द का एक दूसरा रिकॉर्ड एक चीख के साथ बजना शुरू हो गया था। वे गाने की धुन पर पैर पटक रहे थे, लम्बी गर्दनों को आगे उचकाकर रिकॉर्ड के साथ गा रहे थे।

शॉप असिस्टेंट पूरे दृश्य को बेरुखी से देख रही थी, पर उसका भी एक पैर गाने की धुन पर धीरे-धीरे चल रहा था। राजनाथ का ध्यान उचट गया था। उसके होंठों तक आया, 'नॉनसेंस।' पर उसे अपने पर हँसी-सी छूटी, क्योंकि उसका पैर भी ग़ाने की धुन पर धीरे-धीरे हिलने लगा था।

तारानाथ के पत्र की कुछ लाइनें पढ़ते ही उसके सामने से दुकान, लड़के, गाने का रिकॉर्ड—सब एक साथ पुँछ गए। कब वह गाना खत्म हुआ और नाच की एक उससे भी ज्यादा फसादी धुन कब शुरू हो गई—इसका उसे पता भी नहीं लगा।

"...तुम्हें याद होगा, एक चौकीदार गोविन्द की दुकान पर रात के बारह बजे सोने आया करता था। वह उसी जीने पर लेटता था जिससे चढ़कर ऊपर के गेस्ट-रूम तक पहुँचा जाता है। उसने पुलिस से कहा था कि उसे घटना के बारे में कुछ भी मालूम नहीं है। उसने बताया था कि वह जब सोने के लिए आया था तब सेठ लोग सो गए थे। मैंने और शंकर ने कल उससे बात की। वह पहले

अपना पुराना बयान दोहराता रहा, फिर बड़ी पूछताछ के बाद उसने एक अजीब बात बताई।

"उसका कहना है कि उस दिन वह जल्दी ही लगभग ग्यारह बजे सोने आ गया था। तभी बारिश होने लगी। कुछ देर बाद एक आदमी जीने से चढ़कर ऊपर के गेस्ट-रूम में गया। वहाँ उसने अन्दर से दरवाजा बन्द कर लिया होगा क्योंकि बाद में दरवाजा अन्दर से ही बन्द पाया गया था और उसे पापा ने पुलिस के आने पर ही खोला था। चौकीदार कहता है कि वह उस समय ऊँघ गया था और किसी के आने का उसे बड़ा हल्का आभास हुआ था। इतना हल्का कि वह पुलिस से कोई निश्चित बात कहने में हिचक गया था। अब भी उसे निश्चय नहीं है, पर वह इसे एक सम्भावना मानता है। हमने उसे यकीन दिलाया कि वह अब कुछ भी कह सकता है, उससे उसकी कोई हानि नहीं होगी।

"चौकीदार का कहना है कि शायद वह उस आदमी को देखकर पहचान भी ले। वह कहता है, 'शायद'। फिर भी इससे आगे की छानबीन की सम्भावनाएँ खुल जाती हैं। मैं तो नहीं, पर इस सिलसिले में हो सकता है, शंकर जल्द ही दिल्ली आए...।"

उसने पत्र को समेटकर जेब में रख लिया, टेलीफोन डायल करके उतावलेपन से घंटी का बजना सुना। फिर कहने लगा, "नीला, सुनो। सुनो, नीला! ओह, दिस डैम्ड म्यूजिक।" दूसरे कान में उँगली खोंसकर वह कहता रहा, "भाई की चिट्ठी आई है। सुनो, पापा के मामले की फिर से जाँच हो रही है। नहीं, पुलिस की नहीं, प्राइवेट जाँच हो रही है। कुछ नई बातें सामने आई हैं। हो सकता है, असली खूनी पकड़ा जाए।"

बात खत्म करते-करते उसकी आवाज की झनक खत्म हो गई। एकाध बार उसने फोन पर कहा, "हाँ, हो सकता है।" फिर कुर्सी पर बैठकर धीरे-धीरे बोलने लगा, "कुछ भी तय नहीं है, नीला। अभी से मैं कोई आशा नहीं लगा रहा हूँ। सच तो यह है कि भाई के खत में ऐसी कोई बात नहीं थी। सिर्फ तुमको बताना था, बता दिया। ठीक है, ठीक है...जल्दी आ जाऊँगा।"

दो लड़के उसके पास खड़े हुए कुछ कह रहे थे। जैसे गर्म भाप से भरे हुए कमरे से वह बाहर निकला हो और बाहर की परिचित दुनिया को पहचानने की कोशिश कर रहा हो, उसने पूछा, "क्या कहा आपने?"

उनमें से जो ज्यादा खूबसूरत था—कायदे से मत्थे तक सँवारे बाल, गहरा हरा कुर्ता, मॉडलों की धज—आगे बढ़कर बोला, "माई नेम'स क्रिस्टी, व्हाट इज योर्स वाला रिकॉर्ड है?"

वह एक दुश्मन से बात कर रहा था। गुर्राकर बोला, "नहीं, मेरे यहाँ नहीं है। यह गन्दा रिकॉर्ड है। हम लोग नहीं रखते।"

फसादी रिकॉर्ड अब भी बज रहा था। उसने उसी तरह गुर्राकर लड़की से कहा, "बहुत हो लिया, अब यह शोरगुल बन्द करो।"

दूसरा भाग

एक

लेबोरेटरी में एक ऊँचे मोढ़े पर चाँद माइक्रोस्कोप में आँख लगाए बैठी थी। काफी देर तक वह उँगलियों से उसकी लेंस को ठीक करती रही, फिर एकदम निश्चल हो गई। अचानक उसने सिर ऊपर उठाया, आँख पर गिरते हुए बालों को झटका देकर पीछे फेंका और मुँह से इस तरह सीटी बजाई जैसे किसी गुब्बारे की हवा निकल गई हो।

मुकर्जी दूसरी मेज के पास खड़ा एक टेस्ट-टयूब हिला रहा था और चाँद को देख रहा था। उसने पूछा, "क्या है?"

"कूड़ा।"

"तब तो तुम्हारी रिसर्च पूरी हो गई। काफी बड़ी डिस्कवरी है।"

वह मोढ़े से नीचे कूद आई, घूमकर उसी के सहारे टिक गई और प्रोफेसरों की शैली में कहने लगी, "मुकर्जी, माई डियर, यह मजाक की बात नहीं है। जिसे तुम बड़ी कीमती चीज समझे थे, उसके बारे में अगर तुम्हें विश्वास हो जाए कि वह कूड़ा है, तो उसके बाद फिर कुछ और जानने को नहीं रह जाता। यह सबसे बड़ा ज्ञान है। नॉलिज ट्रांसेंडेंटल। देखो, अपने भारतवर्ष में बड़े-बड़े संत-महंत उमर-भर ज्ञान की खोज करते रहे और अन्त में उन्होंने पाया कि संसार कूड़ा है। क्या समझे मुकर्जी मोशाय?"

"समझा यह कि यह टाट जैसा कुर्ता तुम पर फबता है।"

चाँद ने भौंहें सिकोड़कर ऐसे देखा जैसे उसने किसी ऐसी भाषा में बात की हो जो इस शहर में किसी की समझ में नहीं आती। होंठ दबाकर और कन्धे उठाकर अपने-आप को उसने इशारे से बताया—पता नहीं यह क्या कह रहा है। अचानक दीवार पर लगी घड़ी की ओर देखकर बोली, "लंच का वक्त हो गया। काम बन्द।"

मुकर्जी ने आज्ञाकारी बालक की तरह काम बन्द कर दिया। उसने चमड़े के एक बैग से कागज में लिपटे हुए कुछ फल और उबले हुए अंडे निकाले। एक छोटी-सी डेस्क खोलकर उससे प्लेटें, छुरी, नमक-कालीमिर्च की शीशियाँ आदि निकालकर पूरा सामान लेबोरेटरी की मेज पर लगा दिया। चाँद ने कॉफी का थर्मस, दो प्याले और सैंडविचों का एक डिब्बा अपनी ओर से रखा।

सैंडविच खाते हुए जो-भी-हो-होता-रहे वाले अन्दाज में उसने मुकर्जी से पूछा, "तुम अब भी बंगला कविताएँ लिखते हो?"

"कभी-कभी।"

उसने फिर किसी बुजुर्ग प्रोफेसर की तरह हाथ उठा अंग्रेजी में कहा, "इसे चालू रखे रहो नौजवान। देश को इसकी बड़ी जरूरत है।"

"देश जाए चूल्हे-भाड़ में।" मुकर्जी ने एक मशहूर छात्र नेता की आवाज की नकल करते हुए, यानी फटे गले से कहा, "कविताएँ तो लड़कियों पर रोब डालने के लिए लिखी जाती हैं।"

"रोब पड़ा भी किसी पर?"

"बहुतों पर पड़ा है, फार एक्जाम्पुल—तुम्हीं पर।"

"क्यों नहीं, क्यों नहीं!" कहकर उसने किसी प्रोफेसर की गम्भीरता से सिर हिलाया।

सहसा वह खिलखिलाकर हँसने लगी। घरेलू ढंग से बोली, "वैज्ञानिक होने का मजा तो तब है जब कि वह बिलकुल चोटी का वैज्ञानिक हो। कम-से-कम नोबेल लॉरिएट।"

"नहीं तो...?"

"नहीं तो सारी उम्र लेबोरेटरी अटेंडेंट की तरह बितानी पड़ती है। उसमें कुछ नहीं है।" मुँह बनाकर उसने अपना सिर दाएँ से बाएँ घुमाया, "बिलकुल कुछ नहीं। इसीलिए तुम्हारा कविताओं का काम बेजा नहीं है।"

उसने एक वक्तव्य-सा दिया—"सेकंड क्लास वैज्ञानिक होने के मुकाबले थर्ड क्लास कवि होना ज्यादा अच्छा है।"

"क्यों और कैसे?"

"कवि चाहे जितना अदना हो, हमेशा अकड़कर कह सकता है कि ये गद्य आलोचक मुझे समझ नहीं पाते। यह कहते ही वह महाकवि बन जाता है। हम-तुम ऐसी कौन-सी बात कह सकते हैं? बताओ, मुकर्जी मोशाय।"

"हम कह सकते हैं कि हिन्दुस्तान में इंटेलेक्चुअल इन्वायरमेंट नहीं है। अगर हमें भी अमेरिका जैसी सुविधाएँ मिलतीं तो हम सब डॉक्टर खुराना हो जाते।"

"हुश्। यह भी कोई कहने की बात हुई! यह तो रोना हुआ!" उसने कम हिन्दी जाननेवाले बंगालियों की नकल की, "तुम बंगाली लोग भौत जल्दी फ्रस्टेटेड हो जाता।"

"तुम हिन्दीवालों की खोपड़ी में यह बात कभी नहीं घुसेगी कि मैं बंगाली नहीं हूँ, हिन्दुस्तानी हूँ।"

"तुम यू. पी. वाले हो! तुम्हारे बंगाल में यू. पी. ही को हिन्दुस्तान कहते हैं न?"

"मैं हिन्दुस्तानी हूँ, इंडियन।"

"समझ गई। तुम अपने पुराने दायरे से बाहर आ रहे हो। बहुत बड़ी बात है।" उसने कई बार सिर हिलाया, जैसे खूब समझ रही हो कि एक गलत आदमी सही रास्ते पर आ रहा है।

बातचीत के दौरान वे खाने का सामान भी साफ करते जा रहे थे। मुकर्जी ने एक सैंडविच मुँह से लगाई। चाँद ने रोककर कहा, "उसे रख दो, जूठी है।"

"तभी तो खा रहा हूँ।"

"अच्छे बच्चे किसी का जूठा नहीं खाते।" एक अनुभवी गवर्नेस की आवाज में उसने मुकर्जी को समझाया।

वह चाँद के चेहरे पर निगाह लगाए हुए सैंडविच खाता रहा। वह उकताई-सी उसे देखती रही। बोली, "यह सब छोड़ो!"

"क्या सब?"

"मेरे जिस्म पर कुर्ते की तारीफ...यह जूठा खाना-वाना।"

"तुम्हें बुरा लगता है?"

"...देखो मुकर्जी, हम लोग आठ महीने से साथ-साथ रिसर्च कर रहे हैं, अच्छी-खासी दोस्ती हो गई है।" इस तरह जैसे किसी दूसरे के मामले में बड़ी समझदारी की राय दी जा रही हो, उसने कहा, "इसे चौपट न करो तो कैसा रहेगा!"

मुकर्जी ने कॉफी का प्याला मेज पर रख दिया। कहा, "तुम सचमुच इसके बारे में बात करना चाहती हो?"

"चाहती हूँ नहीं, कर रही हूँ।" उसने मुकर्जी के प्याले में सहज ढंग से कॉफी डालना शुरू किया, "इतने साल हम लोग साइंस पढ़ते रहे हैं, हमें मालूम रहना चाहिए कि हम कहाँ हैं?"

"मुझे मालूम है कि मैं कहाँ हूँ।"

"नहीं मालूम है। मालूम होता तो परसों शाम सिनेमा में तुम इस तरह—ऐसा न दिखाते कि तुम मेरे साथ डेटिंग पर निकले हो।"

"चाँद, तुम अब बोर कर रही हो।" वह उठकर खिड़की के पास चला गया। बाहर फूल, हवा और धूप थी।

वह मुकर्जी के पास आकर खड़ी हो गई। बोली, "आओ, इधर बैठ जाओ, तुम्हें एक किस्सा सुनाऊँ—फर्स्ट क्लास साइंस फिक्शन।"

वह स्टूल पर जमकर बैठ गई और कहने लगी, "बहुत, बहुत दिनों की बात है, तब मैं छठे-सातवें दर्जे में पढ़ती थी, एक बड़ा पुराना फिल्म देखने गई : 'मैडम क्यूरी'। ऐक्टरों के नाम भूल गए हैं, पर उससे कोई फर्क नहीं पड़ता। कहानी की नसीहत न भूले, इतना काफी है।

"मैडम क्यूरी तब मैडम क्यूरी न थीं। वे पोलैंड से फ्रांस जाती हैं और प्रोफेसर क्यूरी के साथ काम करने लगती हैं। प्रोफेसर क्यूरी को उनके साथ काम करते-करते कुछ दिन बाद अटपटा-सा मालूम होने लगता है। एक रात प्रोफेसर को नींद नहीं आती। उसे रुपहले परदे पर यूँ दिखाया गया है कि प्रोफेसर के सोने का कमरा बन्द है, दरवाजे के नीचे की दराज से रोशनी का फैलाव बाहर झाँकता रहा है, उसके ऊपर से छाया दाएँ से बाएँ, बाएँ से दाएँ गुजरती है, यानी प्रोफेसर कमरे के अन्दर टहलते हैं और बार-बार दरवाजे के सामने से गुजरते हैं।

"सबेरे वे दिन की शुरुआत शादी के प्रस्ताव से करते हैं। वे मेरी से कहते हैं, 'देखो, हम लोग वैज्ञानिक हैं, कोर्टशिप और प्रेम में अपना वक्त बरबाद नहीं कर सकते। बोलो, तुम मेरी पत्नी बनोगी?' यानी दूसरी रात की नींद खराब करने के मुकाबले उन्होंने मेरी को अपनी पत्नी बनाना बेहतर समझा।

"यह किस्सा मुझे सिर्फ इस नसीहत के लिए याद आया कि हम लोग वैज्ञानिक हैं—हैं न? और प्रेम के झमेलों में अपना वक्त बरबाद नहीं कर सकते..."

मुकर्जी खिड़की के बाहर लॉन को देख रहा था। उसने एक सिगरेट सुलगा ली थी। वहीं से बोला, "अगर मैं प्रोफेसर क्यूरी की तरह..."

"नहीं मुकर्जी," वह उठकर खिड़की के पास आ गई, "अगर मैं कर सकती तो यहीं इसी वक्त तुमसे कहती, बोलो, मुकर्जी मोशाय, मेरे शौहर बनोगे? पर मैंने अब तक ऐसा नहीं किया तो उससे क्या साबित होता है? यही कि मैं तुमसे प्रपोज नहीं कर सकती।"

रुककर उसने अंग्रेजी में कहा, "अब मैं वैसा नहीं कर सकती तो दूसरा तरीका यही है कि हम लोग पहले की तरह हो जाएँ और वैसे ही साथ-साथ काम करते रहें—दोस्तों की तरह।"

"ऐसी बातें तुम कितनी आसानी से कह सकती हो!"

"मुकर्जी, मैं उसे तुम्हारे लिए और अपने लिए मुश्किल नहीं बनाना चाहती। अगर तुम्हें यह जानकर ही कोई सन्तोष हो तो मैं वह भी कहे देती हूँ। मैं पहले ही से किसी को प्यार करती हूँ।"

"किसको?"

कमरे के अन्दर जैसे कोई धुंध घिर आई थी। उसे मिटाने की कोशिश में उसने हँसने की कोशिश की। बोली, "एक आदमी को।"

"किस आदमी को?"

"उस आदमी को।"

उसने खिड़की के बाहर इशारा किया। एक बूढ़ा माली लँगड़ाता हुआ लॉन पार कर रहा था।

मुकर्जी का खिंचा हुआ चेहरा चाँद के सामने एक परदे की तरह टँग गया। वह बोला, "मुझे बताने की जरूरत नहीं। मैं जानता हूँ।"

"सच?"

"हाँ, उसका नाम विमल है।" उसने गुस्सा दबाने की कोशिश छोड़ दी—"उसके पास कोई काम नहीं है। सिर्फ कार लेकर वह दिन-भर इधर-उधर लोफिंग करता है। तुम उसी को प्यार करती हो। कुछ दिन हुए, तुम उसी के साथ पिकनिक पर गई थीं। उसने कार का दरवाजा खोलकर तुम्हारी कमर में हाथ लगाकर तुम्हें सीट पर बैठाला था। मैंने देखा था।"

"और क्या देखा था?" वह चेहरे से कमजोरी की परछाईं दूर रखना चाहती थी, फिर भी उसे लगा, उसका चेहरा लाल हो रहा है और आवाज उस व्यंग्य को चमका नहीं पा रही है जिससे उसने मुकर्जी को दबाना चाहा था।

पर मुकर्जी पर उसका असर हो गया था। सिगरेट के धुएँ ने उसके चेहरे को घेर लिया था और उससे बचने के लिए उसने एक आँख दबा ली थी। सिगरेट को मुँह से निकाले बिना, होंठों के कोने से उसने कहा, "तुम मुझे क्या समझती हो? मैं कोई पीपिंग टॉम हूँ?"

उसके लिए कमरे में गन्धक की गन्ध—जो पहले ही से हवा में थी—अब घुटन बन गई थी। कुछ देर तक वह निश्चल बैठ रही; धीरे से बोली, "तुम गलत समझते हो मुकर्जी, विमल निकम्मा और लोफर नहीं। तुम उससे दो मिनट बात कर लोगे तो तुम्हें मेरी बात का यकीन हो जाएगा। तुम हमारी मुसीबतें जानते हो, पर यही नहीं जानते कि उससे हमें कितना सहारा मिला है। पर यह सिर्फ एहसान की बात नहीं है। उसने मेरे अधूरेपन को खत्म कर दिया है। उसे प्यार करके सब

तरह के रिश्ते मुझे एक जगह मिल गए हैं। तुम्हें मेरा खयाल है तो मेरे लिए तुमको उसका कृतज्ञ होना चाहिए। बिना जाने हुए उसे गालियाँ मत दो।"

वह कमरे के बाहर बाथरूम की ओर चल दी। चलते-चलते नाराज होकर बोली, "मुझे रुलाने की कोशिश मत करो।"

दो

इतवार। पूरे बँगले को सवेरे के आलस ने जकड़ लिया था। खामोशी। सिर्फ मेहँदी की दीवार पर चलती हुई माली की कैंची रह-रहकर उसे तोड़ने की कोशिश कर रही थी।

तारानाथ बरामदे में एक दीवार पर लुढ़का हुआ पिछले दिन का अखबार पढ़ रहा था। सम्पादक का पृष्ठ, जिसे हर शाम अखबार आने पर वह दूसरे दिन के लिए छोड़ देता था, उसने पूरा कर लिया। पर उसके बाद पन्ना नहीं उलटा गया। उसी पृष्ठ को न देखती हुई निगाह से देखता रहा।

एक घने पेड़ के नीचे से निकलकर शंकर बरामदे के दूसरी ओर आया। सीढ़ियाँ चढ़कर वह तारानाथ के पीछे आकर खड़ा हो गया और तारानाथ का अखबार की ओर देखना देखता रहा। फिर वह तारानाथ के दीवान का चक्कर लगाकर उसके सामने पड़ी हुई कुर्सी पर बैठ गया।

तारानाथ ने पूछा, "कब लौटे?"

"कल रात।"

"तुम्हारे लिए चाय मँगाई जाए?"

"नहीं। मैं फार्म की ओर जा रहा हूँ।"

"लखनऊ में कैसा रहा?"

उसने कलाई में बँधी घड़ी की ओर देखा। बोला, "बताने में देर लगेगी। मेरे साथ फार्म की ही ओर क्यों नहीं चलते? बात होती रहेगी।"

तारानाथ कपड़े पहनने के लिए उठा। उसके चेहरे पर कुछ ऐसा था कि शंकर ने कहा, "परेशान होने की बात नहीं है। खबर बुरी नहीं है।"

"परेशान तो मैं तुमको कर रहा हूँ। अपने से तो यही शिकायत है, खुद आराम से बैठा हुआ हूँ।"

"लखनऊ में मुझे दो दिन यूँ ही रुके रहना पड़ा। गोविन्द का लड़का कलकत्ते

गया था, उसी के इन्तजार में। उसके वापस आने पर बात हुई। पहले सीधे मुँह बोल ही नहीं रहा था, ऐसे बात की जैसे उसके बाप को मैंने ही मारा हो...।"

वे एक गलियारे से गुजर रहे थे, किनारे-किनारे घने पेड़ों की टेढ़ी-मेढ़ी कतार थी। उन पर धूल जमी हुई थी। हरियाली उसके नीचे दफन हो चुकी थी। जोर की एक बारिश होनी चाहिए—तारानाथ ने सोचा और संकुचित हुआ कि शंकर की बात सुनते हुए उसका मन इधर-उधर भटक रहा है।

रास्ते में कई पेड़ों और लतरों ने मिलकर एक गुफा बना ली थी। वहाँ किसी ने ईंटों का छोटा चबूतरा बनाया था। धूल, सीलन और काई—सबने मिलकर उसकी मजबूती को छिपा दिया था। लगता था, चबूतरा बहुत पुराना है और जगह-जगह टूट चुका है।

"...बड़ी मुश्किल से वह एक शाम अपने हत्थे चढ़ पाया। तब कहीं ढंग से बातचीत शुरू हुई। ढंग से—यानी व्हिस्की सामने रखकर। उसे हिन्दुस्तान से इंग्लैंड तक के कई सच्चे-झूठे किस्से सुनाए, ज्यादातर झूठे। अपनी शराफत की धाक जमाने के लिए न जाने कितनी बातें ईजाद कीं। उनमें दो बातें यह हैं—हमारे बुजुर्गवार ने तुम्हारे कॉलिज में कैमिस्ट्री लैब बनाने के लिए पन्द्रह हजार रुपए दिए हैं न। मैंने एक जीरो जोड़कर बताया कि हम लोगों ने डेढ़ लाख रुपए अभी-अभी अपने कॉलिज को दान दिए हैं। उसी तरह तुम्हें याद होगा कि पिछले महीने फार्म पर एक मजदूर का पैर टूट गया था। उसे एक हजार रुपए की मदद हम लोगों ने दी थी। गोविन्द के लड़के को मैंने बताया कि हमने अपने फार्म के सभी आदमियों का दस-दस हजार रुपए का जीवन बीमा कराया है, उसे समझाया कि हम अब फार्म को कोआपरेटिव बनाकर चलाने जा रहे हैं...।"

"तब तो वह व्हिस्की का गिलास छोड़कर तुम्हारे पाँव पर गिर पड़ा होगा।"

"अच्छा खानदानी सिंधी इतनी आसानी से पाँव पर नहीं गिरता प्रिंसिपल साहब! मैंने समझ लिया कि इस तरह झूठ बोलना बिलकुल अपने को झूठा बनाना है। मैंने पैंतरा बदल दिया...।"

चबूतरे पर कुछ पत्थर रखे थे और उनके आसपास बासी फूल छितरे हुए थे। तारानाथ ने आँख मूँदकर हाथ जोड़े और सिर झुकाया। फिर पहले की तरह आगे बढ़कर शंकर के साथ हो लिया। बोला, "फिर?"

शंकर ने कोई जवाब नहीं दिया।

"कौन-सा पैंतरा बदला तुमने?"

"तुम्हारा पूजा-पाठ खत्म हो जाए तब आगे की बात...।"

"वह तो खत्म हो लिया।"

"अभी आगे और भी कई पत्थर पड़े मिलेंगे...।"

"अच्छा भाई, माफ कर दो। समझ लो ये पत्थर चबूतरे पर नहीं, मेरी अक्ल पर पड़े थे। आगे की बात तो बताओ।"

"आगे की बात जरा उलझन की है। मैं कह रहा था, मैंने अपना पैंतरा बदला। लड़के को समझाना शुरू किया कि हम दूसरी तरह से भी पैसा खर्च करना जानते हैं। कलकत्ते में एक रात के लिए दस-दस हजार रुपए खर्च किए हैं। पेरिस में तो एक बार मैंने...अब तुम साधु-संत ठहरे, तुम्हें कहाँ तक बताऊँ कि लड़के को क्या-क्या सुनाया। बस, यही समझ लो कि डेढ़ लाख के दान का उस पर भले ही कोई असर न हुआ हो, ऐयाशी के किस्से सुनकर लड़का वहीं फ्लैट हो गया। बोला, भाई साहब मैं विलायत जाऊँगा। मैंने कहा कि इसके लिए उतनी दूर जाने की जरूरत नहीं। एक तार मेरे नाम भेज देना, जब चाहोगे, कलकत्ते या दिल्ली ही में विलायत को पकड़ मँगाऊँगा।

"इस तरह दो-तीन शामें साथ बिताकर मैं उससे गोविन्द की हत्या की बात कर सका।

"वह तुम लोगों से बहुत कुढ़ा हुआ है। सिर्फ तुम्हारे बारे में इज्जत से बात करता है। पूजा-पाठ का रोब है न! फिर तुम शराब नहीं पीते, सिगरेट नहीं पीते, प्याज तक नहीं खाते। खैर, छोड़ो इसे।

"लड़के की बात से इतना साबित हो गया है कि पापा जब हत्यावाली रात को लखनऊ गए थे तो गोविन्द को इसकी पहले से कोई सूचना नहीं थी। न पापा की उसके पास कोई चिट्ठी आई थी, न उन्होंने कोई तार भेजा था और जहाँ तक लड़के की जानकारी है, गोविन्द और पापा की उस दिन पहले फोन से भी कोई बात नहीं हुई थी। पार्टनरशिप खत्म होने की बात उठने के बाद गोविन्द पापा की चिट्ठी-पत्री बहुत सँभालकर रखता था। उसके कागजात में ऐसी कोई सूचना नहीं है कि उसे उस दिन उनके लखनऊ आने का पता था। पापा भी यही कहते हैं कि वे उस दिन अचानक ही लखनऊ पहुँचे थे।

"बैंक में उन दिनों गोविन्द का हिसाब देखने से पता चलता है कि उसने पचास हजार रुपए हत्या के एक दिन पहले निकाले थे। यह भी साफ हो गया है कि उसने वे रुपए दुकान की तिजोरी में रखे थे। दूसरे दिन, अपने लड़के के सामने उसने उन्हें अपने ब्रीफकेस में सहेजकर रख लिया था। लड़के ने इसके बारे में उससे कोई सवाल नहीं पूछा। उसे पता था कि तस्कर व्यापार में माल लेने के लिए नकद रुपए साथ रखने पड़ते हैं।

"पापा के साथ पार्टनरशिप तोड़ने की लिखा-पढ़ी का इन्तजाम गोविन्द ने पहले से ही कर लिया था। उसने अपने वकील से दस्तावेज का मसविदा अपनी

हत्या के आठ दिन पहले तैयार करा लिया था। मसविदा भी दुकान में रखा हुआ था। इस सबसे एक बात साफ हो जाती है कि गोविन्द ने वे रुपए पापा के लिए नहीं निकाले थे। उसे पापा के लखनऊ आने की तारीख का पता न था। फिर, पापा की पार्टनरशिप खरीदने के लिए स्वाभाविक था कि पूरा भुगतान लिखा-पढ़ी के बाद चेक से किया जाता।

"मेरे साथ दो शामें बिता लेने के बाद गोविन्द के लड़के की इस छानबीन में दिलचस्पी हो गई है। वह भी सोचता है कि यह रुपया गोविन्द ने किसी दूसरे को देने के लिए निकाला था। बहुत मुमकिन है कि वह किसी स्मगलर का रुपए के साथ इन्तजार कर रहा था। वह पहले दिन न आया होगा तो गोविन्द ने उसकी दूसरे दिन प्रतीक्षा की होगी।"

वे फार्म के पास आ गए थे। तारानाथ ने कहा, "शंकर...।" कहकर वह चुप हो गया।

पर शंकर ने ध्यान नहीं दिया। वह नहीं समझ सका कि कोई डूबता हुआ आदमी बोल रहा है जिसे तैरना न आता हो, जिसने घबराहट में हाथ-पाँव फटकारते हुए अचानक पाया हो कि वह घुटने-भर पानी में आ गया है।

"मैंने एक और भी काम किया। गोविन्द के लड़के की मदद से मैंने दो आदमियों का पता लगाया। वे स्मगलिंग का माल गोविन्द के पास लाया करते थे। सोने के बिस्कुट और घड़ियाँ—इन्हीं की कीमत इतनी ज्यादा हो सकती है कि उसके लिए पचास हजार रुपए निकाले जाएँ। तभी दूसरों को छोड़कर मैं इन आदमियों की चाल-ढाल देखता रहा। एक दिन मैं दुकान के चौकीदार को इन आदमियों की ओर ले गया और दूर से उन्हें दिखाया। पर चौकीदार कह नहीं सका कि उस रात पापा के बाद दुकान के ऊपर आनेवाला दूसरा आदमी इनमें से कोई था या नहीं था।"

तारानाथ ने कहा, "पुलिस...।"

"वहाँ तो हमीं पुलिस थे भाईजान।"

"तारा, हत्या की रात विमल अंकल कहाँ थे? जानते हो?"

"विमल अंकल के बारे में क्यों पूछ रहे हो?"

"मतलब है, तभी पूछ रहा हूँ। बताओ, वे उस दिन कहाँ थे?"

"दिल्ली में।"

"वे लखनऊ कब पहुँचे थे।"

"दूसरे दिन। पापा की गिरफ्तारी का हाल सुनते ही वे कार से वहाँ पहुँच गए थे।"

वे एक शेड के नीचे जाकर बैठ गए थे। शंकर एक डगमगाती हुई कुर्सी पर था, तारानाथ एक मैली-सी चारपाई पर लेट गया था।

शंकर ट्रैक्टर के निकल जाने का इन्तजार करता रहा। जब उसकी आवाज कुछ धीमी पड़ गई तो बोला, "तारा, सोचकर जवाब दो। तुम्हें किसने बताया कि विमल अंकल उस दिन दिल्ली में थे? यह किसने कहा कि वे दूसरे दिन कार से लखनऊ पहुँचे?"

"तो क्या यह सच नहीं है?"

"नहीं। पर पहले सोचकर बताओ, तुमसे किसने कहा था...?"

तारानाथ शंकर के चेहरे की ओर देखता रहा। बोला, "कह नहीं सकता, शायद राज ने कहा हो, या—शायद नीला ने। सच तो यह है, हम सब यही मानकर चले हैं कि विमल अंकल..."

"क्यों? तुम किसके कहने पर ऐसा मानकर चले थे?"

"सच तो यह है—शंकर, मैं नहीं बता सकता। पता नहीं कहाँ से हमें यह जानकारी मिली कि विमल अंकल उस दिन...।"

शंकर ने पूछा, "कहीं ऐसा तो नहीं है कि खुद विमल अंकल ने तुमसे कहा हो कि वे उस दिन दिल्ली थे।"

"कह नहीं सकता। शायद नहीं। उन्होंने शायद ऐसा कुछ नहीं कहा।"

"उन्होंने कहा क्या था?"

"कहना मुश्किल है। मुझे सोचना पड़ेगा।"

"तारा, मैंने पता लगा लिया है, गोविन्द का लड़का खुद कह रहा था—हत्या के दिन विमल अंकल लखनऊ ही में थे। वे वहाँ पहले से मौजूद थे। हत्या के दिन लगभग चार बजे वे दुकान पर भी गए थे। लड़के के सामनें उनकी गोविन्द से बातचीत भी हुई थी। रात को दुकान के ऊपर ग्यारह-साढ़े ग्यारह बजे जो आदमी गया था, वे विमल अंकल ही तो नहीं थे?"

तारानाथ को लगा, शंकर की ओर देखते ही उसे जिसका सामना करना पड़ेगा उसे वह झेल न सकेगा। बोला, "तुम्हारा मतलब क्या है? तुम सोचते हो कि यह काम विमल अंकल ने किया होगा?"

"पता नहीं। पर मैं समझता हूँ कि मेरे लिए यहाँ आकर रास्ता रुक **रहा है**।"

कुछ मजदूर आपस में लड़ने लगे थे। उनकी तीखी आवाजें पत्थरों की तरह टकरा रही थीं। गर्म हवा के साथ धूल की मटियाली झिलमिलाहट धूप की निर्विकारता को झकझोरने लगी थी। तारानाथ को अचानक एहसास हुआ, डीजल तेल की गन्ध पूरे शेड में छाई हुई है।

"जैसा कि तुम अभी कह रहे थे तारा, अगर बाद में हमें मालूम पड़े कि यह हत्या विमल अंकल ने की थी..."

"मैं यह नहीं कह रहा था।"

"अच्छा, तुम नहीं कह रहे थे, मैं कह रहा था; अगर विमल अंकल ही अपराधी साबित हों तो तुम क्या सोचोगे?"

"वे अपराधी नहीं हो सकते। ऐसा मुमकिन नहीं है। पर हों भी तो...क्या बताऊँ क्या सोचूँगा। शायद यही कि अकेले परमात्मा ही दोषों से परे है, हम सबमें कोई भी निर्दोष नहीं है।"

"तब चलो, हम लोग यह जाँच-पड़ताल यहीं खत्म कर दें। अगर आखिर में यही नतीजा निकालना है कि नोबाडी इज परफेक्ट तो आगे मेहनत करना बेकार है। यह नतीजा तो हमें अभी से मालूम है।"

शंकर की तल्खी बढ़ती चली गई, "जानते हो, मैं क्या करूँगा? अगर मुझे पता चला कि विमल ने गोविन्द की हत्या की है तो मैं उसे यहीं गंगा के कछार में लाकर चुपचाप अपनी जीप के नीचे कुचल दूँगा। उसकी लाश तक का पता न चलेगा।"

कुछ सोचकर उसने कहा, "उस पर एक गोली तक बरबाद करने की जरूरत न होगी।"

शेड में डीजल की गन्ध जैसे कुछ और तेज हो गई।

तीन

चाँद ने ज्यादा छानबीन किए बिना कुछ बेलबाटम पायजामे, स्लैक्स, कमीजें, कुर्ते आदि खरीदे और उनका कैशमेमो कटवाने लगी। नीला ने कहा, "चाँद, अभी रुक जाओ। मैं तुम्हारे लिए कुछ साड़ियाँ भी खरीद दूँ।"

"साड़ी भी!" उसने होंठ बाहर निकाल दिए। बचपन में जब उसे दूध पीने को कहा जाता था, वह इसी तरह होंठ बनाती थी।

"साड़ी में तुम बहुत प्यारी लगती हो। आओ, इधर चुन लो।"

"पर भाभी, लैब में मैं प्यारी लगने के लिए नहीं जाती।"

"पर लैब के बाहर...।"

"वहाँ के सिवाय मुझे जाना ही कहाँ है?"

"मुझसे कह रही हो?"

चाँद ने दुकान में चारों तरफ इस तरह देखा जैसे किसी को खोज रही हो। कहा, "यहाँ और कोई तो है नहीं, तुम्हीं से कह रही होऊँगी।"

नीला का चेहरा लाल हो गया। "थोड़ा मजाक अपने दोस्तों के लिए भी बचा रखो और साड़ी न लेनी हो तो न लो।"

चाँद ने नीला की बात अनसुनी कर दी। दुकानदार से बोली, "दिखाइए, भाई साहब! साड़ियाँ भी ले ली जाएँ।"

दुकानदार ने अनावश्यक उत्साह से कई साड़ियाँ उनके सामने काउंटर पर फैला दीं। उनमें कई बनारसी और भड़कीले कामवाली नाइलान जार्जेट की साड़ियाँ थीं। चाँद ने उन्हें खिसकाकर काउंटर के दूसरी ओर ठेल दिया। बोली, "मेरी शादी नहीं हो रही है भाई साहब, कामकाजी लड़कियों का पहनावा दिखाइए।"

"तब तो और भी अच्छी साड़ियाँ निकालनी पड़ेंगी," उसने नीला से कहा, "मैं तो काउंटर पर खड़ा-खड़ा यही देखा करता हूँ भाभी। अच्छी-से-अच्छी साड़ियाँ आजकल वर्किंग गर्ल्स ही ले जाती हैं।"

चाँद एक ओर हैंडलूम की कुछ कीमती साड़ियाँ उलट-पुलट रही थी। नीला ने नाइलान जार्जेट की साड़ियों में से एक हल्के नीले रंग की चुनी। कहा, "एक तो यह रही।"

चाँद उसे काफी देर उलट-पलटकर देखती रही जैसे वह कोई नए रंग का खिलौना हो। दुकानदार से पूछा, "यह तस्कर-व्यापारवाला माल तो नहीं है?"

"यह क्या होता है?"

उसने कहा, "अच्छे व्यापारियों को यह शब्द हमेशा याद रखना चाहिए। तस्कर-व्यापार माने स्मगलिंग।" फिर अंग्रेजी में कहा, "स्मगलिंग यू नो ऑफकोर्स।"

दुकानदार ने कहा, "यह सब पढ़ाने के लिए मैं ही मिला हूँ बहन जी?" उसने छत पर चलते हुए पंखे की ओर शिकायत से देखा और एक कोने की ओर बढ़कर उसकी रफ्तार बढ़ा दी। नीला से बोला, इन्हें समझाइए, भाभी। आप लोग भी बिजनेस में हैं। कम-से-कम आपको तो समझना चाहिए। हम लोग अपनी ओर से बिजनेस थोड़े ही करते हैं। वह तो ग्राहक ही हमसे बिजनेस कराता है। हमें तो उसी को खुश रखना है। वह जो माल चाहेगा, उसे हम सात समुंदर पार से लाकर देंगे...।"

"सात समुंदर पार से क्यों? हांगकांग, सिंगापुर, नेपाल कहिए।"

"...अब, माल ही न मिले तो मजबूरी है।"

वह हँसा; उसके नकली दाँत, लगा, उछलकर बाहर आ जाएँगे। पर नीला ने उसका साथ नहीं दिया। जैसे कोई कल घुमाई गई हो, उसने अपनी हँसी को बीच में काट दिया। चाँद से कहा, "यह नाइलान जार्जेट पसन्द न हो तो उधर देख

लीजिए; कोटा का नया माल है, लखनऊ के चिकन का नया स्टॉक है। वैसे यह नाइलान जार्जेट लासानी है।"

चाँद ने कहा, "माफ करना, भाई साहब, मैंने गलत जगह पर सही बात, या सही जगह पर गलत बात उठा दी थी।"

"मैं समझता हूँ, समझता हूँ।" दुकानदार कुछ भी नहीं समझा।

चाँद ने नीली साड़ी को एक बार फिर उलटकर देखा। दुकानदार ने उसे अपने हाथ में लेकर नीला की ओर बढ़ाया। कहा, "ये तो लेंगी नहीं, पर आप इसे ले जाएँ भाभी। बहुत नफीस जापानी साड़ी है। बाजार में और कहीं यह चीज मुश्किल से मिलेगी।"

"पर भाई साहब, मैं आपसे स्मगलिंग ही के बारे में तो कह रही थी। यह खतरनाक धन्धा है। इसमें जान तक जा सकती है। हम लोगों की जान-पहचान का एक बिजनेसमैन...।"

"जानता हूँ, बहन जानता हूँ।" उसने कहा। नीला ने चाँद की बाँह निर्दयता से दबाई, चाँद ने जोर से साँस ली। कहा, "मैं एक कोकाकोला पियूँगी।"

"ओह, बहन। मैंने तो पहले ही पूछा था।"

चाँद के हाथ एक चटख रंगोंवाली साड़ी पर थे। उसके डिजाइन में रंगों के मिश्रण से एक अमूर्त कला का कम्पोजीशन दिखाने की कोशिश की गई थी। आज से पन्द्रह साल पहले यह एक दुर्लभ कृति मानी जाती, पर आज यह बाजार में हर दस कदम पर पाई जा सकती थी।

"इस साड़ी को ले रही हो चाँद! यह तो, क्या कहूँ—तुम्हारी तबीयत की बात है—घर-घर में मिलती है।"

"तो अपने घर में भी सही भाभी।" उसने साड़ी दुकानदार की ओर फेंकी। कहा, "यह। और यह भी। और यह भी।"

कोकाकोला आ गया था। पहला घूँट पीने के बाद चाँद ने नीला का कन्धा छुआ। पूछा, "परसों मुझे डिफेंस डिपार्टमेंट की उस रिसर्चवाली जगह के लिए इंटरव्यू में जाना है। क्यों भाभी, साड़ी ही में जाना चाहिए न?"

"नहीं, कोई जरूरी नहीं। तुम टी-शर्ट और शॉर्ट्स में चली जाना।"

"मैं तो यही पहनकर जाती, पर बड़ों की इच्छा भी कोई चीज है। तुम चाहती हो तो साड़ी पहनकर ही चली जाऊँगी।"

"मैं कुछ भी नहीं चाहती।"

"बुरा मत मानो भाभी, तुम जो भी साड़ी चुन दोगी मैं उसी को पहनकर चली जाऊँगी।"

"शुक्रिया। पर, तुम्हारी बात से लगता है मैं तुम्हें कोई जंगली पोशाक पहना रही हूँ।"

"नहीं भाभी," चाँद ने पाठ जैसा दोहराना शुरू किया, "मैं जानती हूँ—साड़ी बहुत अच्छी पोशाक है। इसे पहनकर नारियाँ बड़ी ग्रेसफुल दिखती हैं। साड़ी बिलकुल हमारी फॉरेन पॉलिसी की तरह है, इसमें सब कुछ छिपा हुआ है और सब कुछ दीखता भी है। दोनों की ही धाक सारी दुनिया पर है। भारत के असर से अब विदेशों में भी साड़ी पहनी जाने लगी। अमरीकी औरतें फ्राक-व्राक का चक्कर छोड़कर अब साड़ियाँ ही पहनने लगी हैं, साड़ियों का एक्सपोर्ट बढ़ रहा है, इन्दिरा गांधी साड़ी पहनती हैं।"

कहकर उसने पूछा, "क्यों ठीक है न?"

दुकानदार छत की ओर मुँह करके जोर से हँसा। लगा, उसे स्मगलिंग के आरोप से बरी कर दिया गया है, तनी हुई पिस्तौलें जेबों में वापस चली गई हैं।

नीला ने एक साड़ी की ओर इशारा करके कहा, "इंटरव्यू में वह साड़ी पहनकर जाना।"

"महारानी की आज्ञा का पालन होगा।" चाँद ने अंग्रेजी में जवाब दिया।

बाहर कार में बैठते ही दोनों के चेहरे खिंच गए।

नीला गाड़ी चलाती रही। दो चौराहे पीछे छूट गए। स्कूटरों, टैक्सियों और कारों की भीड़ से अलग होकर वे एक छायादार सड़क पर बढ़ने लगीं। नीला ने रफ्तार बढ़ा दी। सामने की ओर देखती हुई बोली, "तुम्हें स्मगलिंग को लेकर उसके सामने यह ड्रामा न करना था।"

"यह ड्रामा था? तुम भी इसे ड्रामा कहती हो?"

"तुमने उससे जान जाने की बात कही थी।"

"मुझे न कहना चाहिए था। फिर भी, तुम इसे ड्रामा कहोगी?"

राजनाथ के सामने शायद अब तक नीला ने फूहड़पन का फौवारा खोल दिया होता। पर यहाँ उसने अपना बायाँ हाथ स्टियरिंग से हटाकर चाँद के कन्धे पर रख दिया। बोली, "तुम अपने को दूसरों से इतना अलग क्यों समझती हो? हम लोग भी तो उसी पहाड़ के नीचे दबे हैं।"

कोई जवाब नहीं।

"तुमने उस दिन कहा था, इस सबका तुम्हारे काम पर कोई असर नहीं पड़ेगा।"

कोई जवाब नहीं।

"कल मुकर्जी मिला था। कह रहा था, तुम्हारा काम आगे नहीं बढ़ रहा है। किसी तरह से...।"

चाँद का कन्धा कुछ खिंच गया। नीला का असम्मानित हाथ नीचे खिसक आया।

चौराहे के पास गाड़ी रोककर वह हरी रोशनी का इन्तजार करने लगी। एक लँगड़ाता हुआ कुत्ता उसकी गाड़ी का चक्कर काटने लगा।

"तुम कभी समझदार भी बनोगी?"

चाँद ने घूमकर नीला की ओर देखा। बोली, "तुम उलटी बात कर रही हो, भाभी। मैं जरूरत से ज्यादा समझदार हूँ। मेरे साथ यही मुसीबत है।"

सामने रोशनी हरी हो गई थी और पीछे की गाड़ियों ने हॉर्न बजाना शुरू कर दिया था। चाँद को दरवाजा खोलते देखकर नीला ने पूछा, "क्या इरादा है?" उसने गाड़ी स्टार्ट कर दी।

"मैं यहीं उतर रही हूँ।"

"क्यों?"

पीछे हॉर्न की आवाजें जिद पकड़ने लगी थीं। एक कार बहुत सँकरे में टेढ़ी-मेढ़ी होकर उनके दाएँ से निकली। ड्राइवर ने जहरीली आँखों से नीला की ओर देखा, वह उससे भी ज्यादा जहरीली आँखों से चाँद को देख रही थी।

"मैं दो-तीन घंटे बाद घर पहुँचूँगी।"

नीला ने गाड़ी को गियर में डाला। बोली, "उसी शोहदे के यहाँ जा रही हो न?..."

पर चाँद उससे दूर हटकर फुटपाथ पर पहुँच गई थी।

कुत्ता पूरे जोर से चीखता हुआ तीन टाँगों के सहारे सड़क की दूसरी ओर भागा। नीला को पता भी न चला कि वह उसकी गाड़ी से कुचलते-कुचलते बचा है। ढेर-सी अनकही अश्लीलताओं ने उसके दिमाग को चाँप लिया था। आँखों के सामने और गले के अन्दर भाप-सी उठने लगी...। उसने कहा, "यह जब तक उसके बिस्तर को दो घंटे रौंद न लेगी...।" फिर यह एहसास होते ही कि वह कार में अकेली है, चुप हो गई।

चार

मुकर्जी अपने-आपसे नाराज हो रहा था। चाँद ने उससे जो कहा था, अगर वह इतना वाजिब न होता तो शायद इतनी नाराजगी न होती।

चाँद के खिलाफ सबसे बड़ी शिकायत यह थी—उसे यह बताने का क्या हक है कि वैज्ञानिकों का वक्त बड़ा कीमती होता है, कि उन्हें प्रेम के बारे में सोच-सोचकर वक्त न बरबाद करना चाहिए।

एक बूढ़े दुकानदार के प्रेम में वह इतनी बेवकूफ हो गई है कि वह समझती है, इतनी बड़ी उलझन इतनी आसानी से पार हो जाएगी। जीवन-मृत्यु का यह गम्भीर प्रश्न मैडम क्यूरी की कहानी से हल हो जाएगा।

पर प्रश्न की गम्भीरता चाँद के लिए भी है, अकेले मुकर्जी के लिए ही नहीं... जहाँ नाराजगी थी, वहाँ उसे एक दुश्चिन्ता कुरेदने लगी। ऐसा नहीं हो सकता कि चाँद उसे बिलकुल न चाहती हो। पर, उसकी जिन्दगी में विमल एक ग्रहण की तरह आ गया है। वह चाँद से रूठकर उसे इस ग्रहण से अकेले जूझने को नहीं छोड़ सकता। वह जब अपनी समझ से मुकर्जी को अपने लिए निरर्थक समझती है तभी उसको मुकर्जी की सबसे ज्यादा जरूरत है। पुअर चाँद!

तब, जब तक चाँद विमल से छुटकारा न पा जाए, वह खुद क्या करेगा? लैब में उसे देखकर, उसकी हल्की-फुल्की बातें सुनकर, अपने को सार्थक मानता रहेगा?

सोचकर मुकर्जी अपने ही ऊपर मुस्कराने लगा। उसने अपना चेहरा किसी आईने में देखना चाहा। पर, खम्भे के सहारे जो तँबोली पान की दुकान फैलाए हुए बैठा था, उसके आसपास कोई आईना न था। "मुझे थोड़ा प्यार करो, पर बहुत दिन प्यार करो"...अंग्रेजी कविता की एक भूली हुई पंक्ति एक विदूषक की तरह उसके आगे खड़ी हो गई। अगर चाँद थोड़ा-थोड़ा प्यार बीस आदमियों में चालीस साल तक बाँटती रहे तो क्या वह उनके साथ कतार में खड़ा होना चाहेगा?

...मृत्यु के मुख में भी खड़े होकर मैं जानूँगा—तुम हो और मैं हूँ। दोनों की आँखों में हमने जगत को देखा है, दोनों ने एक-दूसरे को देखा है, मरुपथ के ताप को हम दोनों ने ही सहन किया है।...हम दोनों जितने दिन जीवित रहेंगे, इसी गौरव के साथ संसार में चलते रहेंगे।

कहाँ कविगुरु का यह आदर्श और कहाँ 'मुझे थोड़ा ही प्यार करो, पर बहुत दिन तक प्यार करो।' नहीं, एम. एस-सी. की डिग्री की तरह वह दूसरे डिवीजन का प्यार लेने को तैयार न होगा। प्यार का सिर्फ एक डिवीजन होता है।

तँबोली से लेकर उसने दो पान खाए, एक सिगरेट सुलगाई और काले चश्मे को उतारकर उसने एक बार चारों ओर देखा। सामने सड़क पर रेंगनेवाली कारों की भन्नाहट उसे दोपहर के सन्नाटे में मधुमक्खियों की गूँज-जैसी जान पड़ी। हवा के एक झोंके के साथी गर्मी की एक ताजी भभक आसमान से फूटी। सड़क के किनारे की इमारतों में फुटपाथ और बाजार का एक साथ काम देनेवाले बरामदे

वीरान थे। सिर्फ दो-एक लड़कियाँ, जो शायद कॉलिज से सीधे घर नहीं गई थीं, तेजी से आ-जा रही थीं और हाफ-पैंट और छोटी बुश्शर्टों में टहलनेवाले कुछ विदेशी पर्यटक गर्मी के पहले उबाल का स्वाद ले रहे थे।

मुकर्जी लम्बे बरामदों में, एक उदास आवारगी से घिरा हुआ, चक्कर काटता रहा। थोड़ी-थोड़ी दूर पर किताबें, टाइयाँ, रूमाल और बिसातखाने का माल बेचनेवाले काम से उदासीन होकर दीवालों और खम्भों के सहारे टिके थे। वे ज्यादातर सस्ती सिगरेटें फूँकते हुए यथार्थ और भ्रम के बीच की दुनिया में बेखबर-से अटके हुए थे। शुरू गर्मी की दोपहरी ने इमारतों और सड़कों को एक अफीमखाने में बदल दिया था।

अखबारों की एक दुकान पर रुककर उसने चार पन्ने का एक पत्र खरीदा। एक दुकान के अधखुले दरवाजे से सटकर, वहाँ की छाँह और अन्दर की एयरकंडीशनिंग का अर्द्धकाल्पनिक फायदा लेते हुए, उसने चारों पन्ने पढ़ डाले। सन्तोष की एक साँस उसके मोटे होंठों से बाहर आई। छात्र-यूनियन की राजनीति में कॉलिज से निकाले जाने पर उसी के एक साथी ने यह पाक्षिक पत्र निकाला था। खराब कागज, खराब छपाई, खराब अंग्रेजी—सबको माफ करते हुए उसने उसे मन-ही-मन शाबाशी दी, क्योंकि उसमें शिक्षामंत्री और वाइसचांसलर को कुछ चुस्त गालियाँ देने के बाद एक प्रोफेसर को हवालात भेजने का सुझाव दिया गया था।

प्रोफेसर के साथ एक लड़की—बी. ए. की छात्रा, बहुत जूनियर—कई बार कार में देखी गई थी। बाद में लड़की ने कॉलिज छोड़ दिया था और दक्षिण भारत में अपने परिवार के साथ रहने को चली गई थी। इसके पीछे किसी रहस्य की गन्ध पाई गई थी। पत्र ने इस घटना की जमीन पर यह समाजशास्त्रीय स्थिति दोहराई थी कि हिन्दुस्तानी नौजवान को अपनी उम्र की लड़कियों के साथ रोमांस तक करने का हक नहीं है, वे लड़कियाँ सिर्फ ऐसे अधेड़ लोगों की जायदाद हैं जो वकील हैं, डॉक्टर हैं, इंजीनियर हैं, प्रोफेसर हैं, व्यापारी हैं, जिनके पास मोटरें हैं, पैसा है, लड़कियों को घुमाने का, उन्हें ऐश कराने का बूता है। उनके लिए यह लाजिमी नहीं कि खुद उनमें ऐश करने का बूता हो। सामान्य नौजवान के लिए बस इतना बचा है कि वह उन लड़कियों को घूरता रहे, सड़कों पर बेकारी के साथ चहलकदमी करता रहे, सपने देखता रहे, बाहरी दुनिया की हरामखोरी के साथ अपने भीतर की दुनिया से भी जूझता रहे। यहाँ सब फरेबों के साथ ब्याह भी एक फरेब है, क्योंकि उसकी जड़ में प्यार नहीं है, दलालों की लेन-देन है। नौजवान चाहे जितने आत्मसम्मानवाला हो, अगर उसे किसी लड़की का साथ करना है तो उसे इन्हीं दलालों की मार्फत चलना होगा, नहीं तो उसे अकेलेपन के अन्धे कुएँ में पड़े रहना होगा। बराबरी का प्रेम-विवाह यहाँ इसीलिए अपवाद है। पत्र में आँकड़े देकर बताया गया था कि

पिछले पाँच सालों में छात्राओं के उन प्रेम-विवाहों की संख्या, जो अध्यापकों के साथ हुए थे, छात्रों के साथ होनेवाले प्रेम-विवाहों से कहीं ज्यादा थी। "इससे तुम क्या समझे?" सम्पादक ने पाठक से पूछा था।

वास्तव में कुछ दिन हुए लेख के इस पहलू पर सम्पादक ने मुकर्जी से ही बिना माँगे हुए प्रशिक्षण पाया था। इसलिए मुकर्जी को इस लेख में अपना कृतित्व दिखाई पड़ रहा था। उसी के साथ उसे सम्पादक का मजाक याद आ गया।

मुकर्जी ने उसे समझाया था--प्रोफेसर का यह गन्दा रोमांस एक अकेली घटना नहीं है, इस देश में सभी जगह नौजवानों को अपने स्वाभाविक प्रेम के क्षेत्र से इसी तरह देश-निकाला दिया जाता है। अच्छी मोटर, अच्छी शराब, अच्छा पैसा, अच्छी प्रेयसी—यह सब यहाँ कुछ ही लोगों को मिलता है—और यह भी ज्यादातर चालीस की उम्र पार करने के बाद।

"बात बहुत सही है मोशाय, पर सिर्फ मेरे लिए, तुम्हारे लिए नहीं।"

"यह हम सबके लिए सही है।"

"नहीं, मोशाय, तुम्हारे लिए नहीं। तुम्हें तो अपनी लैब में रोज एक नया एक्सपेरिमेंट करने की चीज मिली ही हुई है।"

"वल्गर मत बनो।"

"बिगड़ रहे हो मोशाय? तब तो बिलकुल ही साबित हो गया कि मैं ठीक कहता हूँ।"

दोपहर की तपन, सामने खुला हुआ पत्र, सड़क पर मोटरों की उभरती-गिरती थरथराहट—इस सबको एक किनारे खिसकाकर चाँद का आकर्षण उसके सामने एक क्लोज-अप तस्वीर की तरह टिक गया। उसके गोरे पाँव और तलुवे...।

मुकर्जी ने अपने को हँसने से रोका—लोग तलवे चाटने की बात हिकारत से करते हैं, पर चाँद के तलुवों को न जाने उसने कितनी बार बिना झिझक चाटना चाहा होगा, वह उन तलुवों को कनॉट सर्कस के पार्कों में लाखों आदमियों की जलती हुई निगाहों के सामने, मुहावरे में नहीं, सचमुच चाट सकता है...।

उसके गोरे पाँव और तलुवे जो फ्लैट चप्पलों में इतने सहज लगते थे कि उनके नीचे की जमीन उन्हीं की हो जाती थी, रेशमी गर्दन, हमवार पेट, कमीज या नाइलान के पुलोवर से उभरा हुआ—भटके हुए जहाजों के लिए लाइटहाउस की तरह—निगाहों को बराबर अपनी ओर केन्द्रित करनेवाला वक्ष, आँखों पर बराबर गिरने और बराबर झिड़के जानेवाले बाल—उसे यकीन दिलाने लगे कि वे उसी के हैं।

बेचारी चाँद, वह कृतज्ञता को प्रेम समझ बैठी है! मुकर्जी ने फिर से मन-ही-मन दोहराया—शायद वह नहीं जानती, पर उसे मदद की जरूरत है।

"मुझे रुलाने की कोशिश न करो।" उसने कहा था। ऐसी बात क्या उससे भी कही जा सकती है जिससे कोई नाता ही हो!

नहीं, अभी कुछ भी खत्म नहीं हुआ है। उसकी दिक्कतों को अपनाकर मैं फिर से शुरुआत करूँगा। आखिर विमल ने भी तो यही किया है! पता नहीं यह कैसा प्यार है! धन्यवाद कहने का यह कौन-सा तरीका है! उसे धन्यवाद कहने का सही ढंग मैं बतलाऊँगा। विमल को चाय पर बुलाकर उसे कहना चाहिए, "मैं आपकी बड़ी कृतज्ञ हूँ। आप मेरे लिए बिलकुल पापा की तरह हैं।" इतना काफी होगा। फिर विमल, अपनी टाँगों के बीच अपनी दुम दबाकर, राजनाथ और उसके दोस्तों के साथ ड्राइंगरूम में ब्रिज या रमी खेलने के लिए बैठ सकता है।

उसने पहली सिगरेट का बचा हुआ हिस्सा फेंककर दूसरी सिगरेट सुलगाई और धीरे-धीरे टहलता हुआ बरामदे में आगे बढ़ने लगा। एक मैली पतलून और गँजेटी हुई बुश्शर्ट पहने हुए एक दुबला-पतला आदमी उसके पीछे से तेज कदम बढ़ाता हुआ आया और उसके बराबर आते-आते धीमा पड़ गया। वह कुछ दूर मुकर्जी के साथ चला, फिर उसे घूरता हुआ आगे चला गया। मुकर्जी ने उसकी पीठ की ओर हिकारत से देखा—गनीमत है, अभी यहाँ लोग रास्ता चलते लोगों के हाथ गन्दी तस्वीरें नहीं बेचते।

लगभग पचास गज चलने के बाद मुकर्जी को वही आदमी एक खम्भे के सहारे बैठा हुआ मिला। उसकी आँखें लाल थीं और वह एक हाथ से अपने बाल मल रहा था। भौंहें मत्थे पर चढ़ी हुई थीं। पिए होगा, उसके पास पहुँचते-पहुँचते मुकर्जी ने सोचा।

जब वह उसके सामने से निकला, उसे एक बहुत धीमी कराह सुन पड़ी। थमकर उसने उस आदमी को देखा। उसने अपने बालों से खेलना बन्द कर दिया था और उसका सिर छाती पर टिक गया था। मुकर्जी ने पूछा, "क्या बात है?"

लगभग हाँफते हुए उस आदमी ने कहा, "एक स्कूटर रोक दीजिए, मुझे बुखार है।"

मुकर्जी ने उसके मत्थे पर हाथ रखा। फिर सड़क के किनारे खड़े होकर तीन-चार मिनट प्रतीक्षा करता रहा। उस वक्त कोई भी खाली स्कूटर-रिक्शा सामने से नहीं निकला। एक खाली टैक्सी आती हुई दीख पड़ी। उसने हाथ उठाकर उसे रोका।

उस आदमी ने कहा, "टैक्सी नहीं, उसके पैसे मैं न दे पाऊँगा। स्कूटर...।"

टैक्सी रुक गई थी। मुकर्जी ने पूछा, "तुम्हें जाना कहाँ है?"

"दूर नहीं, चाँदनी चौक तक।"

"मैं टैक्सी का भाड़ा दे दूँगा।"

टैक्सी ड्राइवर ने उतावलेपन से हॉर्न बजाया। उस आदमी की निगाह में हिचक दिखाई दी। पर मुकर्जी ने उसे हाथ पकड़कर उठाया और टैक्सी में बैठा दिया। उसके हाथ में तीन रुपए के नोट रखकर कहा, "इतना काफी होगा।"

उसने नोटों पर मुट्ठी नहीं बाँधी पर उन्हें गिरने भी नहीं दिया, सिर्फ लाल-लाल आँखों को उठाकर मुकर्जी को देखा और सिर सीने पर लटका लिया। टैक्सी चल दी।

महापुरुषों के जीवन-चरित्र में इसी तरह की घटनाएँ लिखी जाती हैं। किसने किया था : ईश्वरचन्द्र विद्यासागर ने या महादेव गोविन्द रानाडे ने? उन्होंने एक बुढ़िया से लकड़ी का गट्ठर लेकर, उसे अपने सिर पर रखकर, उसके घर पहुँचा दिया था। अगर चाँद इस वक्त उसे कहीं से छिपकर देख रही होती तो उसने क्या सोचा होता? शायद वह सचमुच ही छिपकर कहीं से देख रही है कि मुकर्जी ने टैक्सी रोकी है, एक बीमार का हाथ थामकर उसे उसमें बैठाया है, उसे किराए के पैसे दिए हैं।

बरामदे से एक गैलरी अन्दर की ओर गई थी। मुकर्जी उस पर टहलता हुआ मोड़ तक आया। आगे भी, और मोड़ पर भी, दीवारें थीं। वह उसी तरह वापस लौट आया। अपनी कमजोरी पर उसे खीज-सी हुई। गैलरी के मोड़ पर उसने शायद चाँद को पाने की उम्मीद की थी। शायद वहीं से उसने मुकर्जी को बीमार के साथ ईश्वरचन्द्र विद्यासागरवाला या रानाडेवाला सलूक करते देखा था!

तुम लाइलाज गधे हो, मुकर्जी मोशाय। दिन में भी सपना देखते हो।

"बाबूजी, दो दिन से नहीं खाया है।"

पन्द्रह-सोलह साल का एक लड़का उसके सामने हाथ फैलाए खड़ा था। चेहरे पर जमे हुए मैल और फटी कमीज के बावजूद लड़का देखने में सुन्दर था, उसमें कोई विकृति नहीं थी। मुकर्जी ने कहा, "यहाँ भीख माँगना जुर्म है।"

लड़के ने इसे अनसुना कर दिया। दोहराया, "बाबूजी, दो दिन से भूखा हूँ।"

"तुम्हें भीख नहीं माँगनी चाहिए।"

लड़के ने उसके सामने से हाथ खींच लिया। अकड़कर कहा, "तो फिर कोई काम ही दिला दीजिए बाबूजी।"

"अच्छा बाबा, तुम्हें भीख ही माँगनी चाहिए। जाओ, कहीं और जाकर भीख माँगो।"

ईश्वरचन्द्र विद्यासागर या रानाडे के व्यक्तित्व का आकर्षण ऐसी गर्मी में घटता जा रहा था।

एक स्कूटर सामने से आ रहा था। उसने रुकने का इशारा किया।

स्कूटरवाले ने पूछा, "कहाँ चलना है?" वह अचकचा गया। उस पर बैठते-बैठते वह भूल-सा गया था कि उससे यह भी पूछा जा सकता है।

विज्ञान का विद्यार्थी। रवीन्द्र संगीत गाने में कई तमगे मिले। प्रेम के गीत लिखनेवाला कवि। स्थानीय बंगीय नाट्य-संस्थान का सदस्य। उन्हीं चरित्रों के अभिनय के योग्य, जिनमें आवाज का उतार-चढ़ाव हो, हाथ, आँख और सिर का पूरा-पूरा इस्तेमाल हो। दुर्गापूजा के उत्सवों के संयोजन में रुचि। इस सबके साथ प्रभुता के पीठाधीशों से नाराजगी। तेईस साल पूरे कर चुकने के बावजूद किसी भी लड़की के जिस्म पर पुरुष होने के एहसास से हाथ फेरने में असफल। धोखेधड़ी के प्रति एक किशोर विरक्ति। कुल मिलाकर—साँवला रंग, मोटे नथुने और मोटे होंठ, सलोने गाल, बड़ी और कँटीली आँखें तक मिलाकर—तय था कि उसकी शादी में अच्छा दहेज और बहुत अच्छी पत्नी आनी चाहिए।

स्कूटर-रिक्शे का इंजन अब भी चल रहा था। ड्राइवर ने दोबारा पूछा, "हाँ साहब, किधर चलना है?"

"साउथ एक्सटेंशन की तरफ चलो, मकान वहीं बताएँगे।"

पाँच

किसी अपरिचित के घर जाने के लिए यह गलत वक्त था। तीन बजे थे और अप्रैल की दोपहर, जिसने शहर को एक हड़ताली दिन की शक्ल दे रखी थी, अभी ढलने के लिए तैयार नहीं थी।

घंटी का बटन दबाने के साथ ही मुकर्जी को एक हड़बड़ी ने दबा लिया। अब तक आज उसने जो सोचा और किया था, उससे जैसे उसका कोई घनिष्ठ सम्बन्ध नहीं रहा हो। पर अब, यथार्थ के सीधे मुकाबले में, उसे अपनी पूरी हरकतें बचकानी जान पड़ने लगीं।

बटन दबते ही अन्दर सुरीली आवाज की घंटियाँ एक क्रम से बजीं। मुकर्जी को गले में कफ का एक गोला-सा अटकता हुआ जान पड़ा, उसकी आँखें जलने लगीं। उसने खखारकर गला साफ करना चाहा; पर उसे लगा, कोई उसे टोक देगा।

घंटी का बजना बन्द हो गया था पर भीतर किसी तरह की हरकत नहीं हुई। दरवाजे पर जालीदार किवाड़ें थीं, सिटकनी अन्दर से बन्द थी। उसके पीछे प्लाईवुड

का किवाड़ खुला हुआ था। मुकर्जी को अन्दर के धुँधलके की तहों में कुछ नीची कुर्सियाँ और एक चौड़ा सोफा दीख पड़ा। कमरे के दूसरी ओर खाने की मेज और रेफ्रिजरेटर होगा, मुकर्जी ने सोचा।

अन्दर घंटी बज चुकने के बाद का सन्नाटा अब भी काफी गहरा था। वह बाहर के सन्नाटे पर हावी होने लगा। इतने धीरे से कि खुद उसे भी न सुन पड़े, मुकर्जी ने बचत की साँस ली और असम्भव स्थिति से बचने के लिए बरामदे से सड़क की ओर जानेवाली सीढ़ी पर पाँव रखा। घंटी दोबारा भी बजाई जा सकती है, यह सम्भावना उसके मन में आई ही नहीं।

तब तक जालीदार दरवाजे के पीछे धूप की एक रेखा टेढ़ी होकर झूलने लगी। विमल ने ड्राइंगरूम से मिले हुए एक कमरे का दरवाजा खोल दिया था और बाहर की ओर बढ़ रहा था। धूप की रेखा रोशनदान से निकलकर जालीदार दरवाजे से टकरा रही थी। एक अपराधी के-से संकोच से मुकर्जी ने घूमकर देखा। जालीदार दरवाजा भी खुला।

एक दिन मुकर्जी ने उसे लैब की खिड़की से देखा था। वह चाँद को कार की ओर लिये जा रहा था। तब वह इतना लम्बा न दिखा था। पर आज वह उसे जितना था उससे ज्यादा लम्बा दिखा। उसने स्लीपिंग सूट के पायजामे पर शायद जल्दबाजी में एक कमीज पहन ली थी। उसके सारे बटन खुले हुए थे। मुकर्जी ने सन्तोष के साथ देखा, उसकी छाती के बहुत-से बाल सफेद हो चुके हैं। फिर भी यह सन्तोष काफी सन्तोषजनक नहीं था, क्योंकि उसके कन्धे चौड़े थे, छाती पर सिर्फ इतना मांस था कि कालर की हड्डियों का हल्का आभास देने के बावजूद, बाकी हड्डियाँ और पसलियाँ आसानी से ढक गई थीं और उसके जिस्म से प्रौढ़ता का नहीं, एक फूहड़ ताकत का आभास होता था।

वह निश्चल खड़ा था; पर मुकर्जी को लगा, वह किसी भी क्षण तेंदुए की तरह कमर मोड़कर झपट सकता है। उसकी निश्चलता में उसे एक अजीब-सी—सचलता नहीं—क्षिप्रता दिखाई दी। उसके सिर के बाल गिरने शुरू हो गए होंगे, पर विकलता के बावजूद वे मत्थे की स्वाभाविक चौड़ाई की सीमा पर टिके थे। वे कनपटियों पर सफेद हो रहे थे, पर उससे उसके चेहरे में बासीपन नहीं आया था। नींद का असर अब भी उसकी आँखों में था, और मुकर्जी को शक हुआ, उसकी आँखों में नींद टूटने की नाराजगी भी है।

उसके पहले ही शब्द ने उसके शक को रिहा कर दिया। बहुत सधी हुई आवाज में उसने कहा, "आप?"

मुकर्जी ने अपनी प्रतिभा के सभी बिखरे हुए डोरों को अपनी ओर खींचने और

उनको बटकर मजबूत करने का काम शुरू कर दिया। कहा, "चाँद, मेरा मतलब है, चन्द्रा, यहाँ तो नहीं आई?"

"नहीं तो," मुकर्जी को शुबहा हुआ, वह उसकी घबराहट पर मुस्करा रहा है। "क्या उसे यहाँ आना था?" अचानक उसने पूछा, "पर आप कौन हैं?"

"मैं मुकर्जी हूँ, बी. मुकर्जी।"

"बी. मुकर्जी? बिमल मुकर्जी तो नहीं? मेरा नाम विमल है, विमल सलूजा।"

"नहीं, मेरा नाम बिशाख है।" विमल की भौंहें कुछ सिकुड़ीं। मुकर्जी ने अंग्रेजी में कहा, 'थोड़ा सा कम चलता हुआ नाम है, बिशाख। आप जानते होंगे, विशाखदत्त एक नाटककार का नाम है, संस्कृत के।"

"ओह!" उसने बड़ी भद्रता से कहा, "पर चाँद को आप कैसे जानते हैं?" उसने पूरा दरवाजा खोला, "पर अन्दर आइए न मुकर्जी साहब, आप तो बाहर ही खड़े हैं।"

अन्दर कूलर की ठंडक थी, घनिष्ठ धुँधलका था। बाहर का जालीदार दरवाजा अपने-आप बन्द हो गया था। विमल ने उस पर परदा खींच दिया, फिर कमरे के दूसरे कोने से एक कुशन उठाकर लाया, और इससे पहले कि मुकर्जी तकल्लुफ में कुछ कह सके, उसकी कुर्सी पर पीठ के पीछे लगा दिया।

"आप चाँद के बारे में पूछ रहे थे। कैसे सोचा कि वह यहाँ आएगी?"

कट्, कट्, कट्—दूसरी ओर से खिड़की पर आवाज हुई। ऐसा होना न चाहिए था, पर मुकर्जी के कन्धे सकपकाकर हिले, जैसे कहीं कुछ हो रहा हो जिसके लिए वह तैयार न हो। विमल ने कहा, "चिड़िया है, दो-चार दिन से यहीं खेल कर रही है।"

"चाँद मेरे साथ पढ़ती है, बल्कि थी। अब हम लोग साथ ही रिसर्च कर रहे हैं।"

"क्या उसने आपसे कहा था, वह यहाँ आएगी?"

"चाँद...।"

"मैं यही पूछ रहा था।"

"नहीं, मैंने फोन किया था। घर से पता चला, बाहर गई है। नीला भाभी ने बताया कि शायद आपके यहाँ आई होगी।"

"नीला ने बताया?"

"जी हाँ। मैं उन्हें भाभी कहता हूँ।"

"उन्होंने आपसे कहा...?"

"जी हाँ।"

चिड़िया फिर रोशनदान पर दस्तक दे रही थी। विमल उठकर खिड़की के पास गया। मोटा परदा खींचते ही गर्म रोशनी का एक रेगिस्तानी रास्ता कमरे के आर-पार

बन गया। उसने किवाड़ खोलकर झाँका, फिर खिड़की बन्द कर ली। परदा पहले ही की तरह खींच दिया। कमरा पहले से भी ज्यादा धुँधला और नम हो गया।

"मुकर्जी साहब, क्या लेंगे आप? चाय? कोल्ड ड्रिंक?"

"कुछ नहीं, थैंक्यू। इस वक्त तो...।"

"कॉफी?"

"जी नहीं, मैं कह रहा था, कुछ भी लेने का मन नहीं।"

"मन की कैपेसिटी बढ़ाइए जनाब। ऐसा कीजिए...।"

"पर चाँद...।"

"आप देख नहीं रहे हैं? काश, वह सचमुच यहीं होती।"

"आप काश कह रहे हैं? क्यों?"

कह चुकने पर मुकर्जी को लगा, आज वह शुरू से ही बेवकूफी कर रहा है और अब उसने किसी उपन्यास के सरकारी वकील की तरह यूँ ही तपाक से बोलकर अपने को बेवकूफ साबित भी कर दिया है।

पर विमल पहले ही उठकर कमरे के कोने में बने हुए एक दरवाजे की ओर चल दिया था। उसने सुना नहीं, या सुना भी हो तो उसका एहसास नहीं होने दिया। दो मिनट बाद जब वह कमरे में दोबारा आया तो उसके हाथों में एक ट्रे थी। दो छोटे और नाजुक गिलासों में अनन्नास का ठंडा रस था।

मुकर्जी दीवार से सटी हुई दो ठिंगनी-सी अलमारियों की किताबें देख रहा था। कमरे के धुँधलके में किताबों के ताजे और रंगीन आवरण ही दीख रहे थे। विमल ने सोफे के पास तिपाई पर ट्रे रखकर एक स्विच दबाया। जहाँ मुकर्जी खड़ा था, वहीं दीवार पर एक ट्यूबलाइट जली। पहली ही झलक में उसने किताबों के शीर्षक पढ़े—'वार एंड पीस', 'अन्ना करेनिना', 'मैडम बावरी', 'रिबेका', 'गुड अर्थ', 'कार्पेट बैगर्स'।

विमल की खुली छाती पर सफेद बाल देखकर उसे जो सन्तोष हुआ था, उसका मुकर्जी को दोबारा एहसास हुआ—यह साला इतनी कोशिश करने पर भी चलताऊ किताबों की मीडियाक्रिटी से ऊपर नहीं उठ पाया।

"तो नीला ने आपको बताया, चाँद यहाँ आई होगी?"

"जी हाँ, नीला भाभी ने।"

"...रिबेका, पीटन प्लेस, कार्पेट बैगर्स, एडवेंचर्स...।" ये सब तो इस सस्ते दुकानदार के लिए ठीक हैं, पर 'वार एंड पीस'—यह माल कुछ दूसरा है। मुकर्जी को किसी छठी ज्ञानेन्द्रिय ने समझाया, इससे बहुत सोच-समझकर बात करो।

अनन्नास का गिलास चुपचाप उसकी ओर बढ़ाया गया, हाथ में लिया गया।

"पर चाँद यहाँ नहीं आई है।"

"वह तो देख रहा हूँ। आपका फ्लैट बड़ा प्यारा है।"

मुकर्जी ने सोचा, यह किताबों की अलमारियाँ सजाकर इज्जतदार बनने की कोशिश कर रहा है।

"इस फ्लैट में क्या है? सुनसान पड़ा है। अकेले आदमी का फ्लैट...।"

"आप कुँवारे हैं?"

"नहीं।"

"तो...?"

"जी हाँ, पर मेरी बीवी बरसों हुए मर चुकी है।"

मुकर्जी ने सोचा, ऐसी करुण घटना के लिए इसके पास कोई भद्रतापूर्ण शब्द नहीं है, इस तरह भी कह सकता है—मेरी बिल्ली दस दिन पहले मर चुकी है।

"आप तो कुँवारे होंगे?"

"जी हाँ, अब तक तो हूँ ही।"

"घबराइए नहीं, अभी...।"

"ऐसा है, देखिए, चाँद...।"

अनन्नास का खाली गिलास उसने छोटी तिपाई पर रख दिया। कहता रहा, "चाँद और हम—दोनों ही डिफेंस डिपार्टमेंट में कुछ जगहों के इंटरव्यू के लिए जानेवाले हैं। साइंटिफिक सर्विसेज में...रिसर्च का काम है। उसके लिए हमें साथ-साथ कुछ तैयारी करनी है।"

विमल कुर्सी की पीठ से टिका हुआ, ढीला-ढाला बैठा था। उसके चेहरे पर ऊब थी या थकान, मुकर्जी समझ नहीं सका। उसने कहा, "चाँद के घर यहाँ से फिर फोन कर लें।"

"उसकी कोई जरूरत नहीं है।" कहकर मुकर्जी ने अपनी आवाज को नियंत्रित किया, "हो सकता है, कहीं और चली गई हो। त्रिवेदी के यहाँ या परमेश के यहाँ...।"

"ये कौन हैं?"

ये भी हमारे साथ रिसर्च करते हैं।"

एक क्षण की खामोशी। विमल ने अपनी कमीज के बटन नीचे से बन्द करने शुरू कर दिए। अचानक मुकर्जी के लिए वह असह्य हो गया। उसे लगा, कोई जज अपना गाउन पहनकर कोई फैसला सुनाने जा रहा है। उसने विमल के ऊलजलूल बालों को देखकर अपने को कमरे की गैररस्मी हैसियत से आश्वस्त किया।

"मुकर्जी साहब, बताइए न, इस वक्त आप आए किसलिए थे?"

"मैंने कहा न, नीला भाभी ने...।"

उसने हाथ उठाकर उसे बात करने से रोक दिया। पहली बार मुकर्जी को लगा, उसके और विमल के बीच अब तक बराबरी का व्यवहार एक फरेब-भर था। पर विमल ने आसानी से कहा, "नीला ने क्या कहा था, यह किस्सा खत्म कीजिए। असल बात पर आइए।"

"अगर आपको मेरा यकीन हो तो, समझ लीजिए, असल बात कुछ भी नहीं है।"

कहकर वह खड़ा हो गया। "आपकी नींद में खलल डाला, इसका अफसोस है। कोल्ड ड्रिंक का शुक्रिया!" अपनी समझ में उसने घड़ी पर काफी प्रभावपूर्ण निगाह डाली। अंग्रेजी में कहा, "मुझे भय है, मुझे अब चल देना चाहिए। चार बजे मुझे...।"

विमल कुर्सी पर उसी तरह पड़ा रहा। बोला, "मुकर्जी साहब, बैठ जाइए। आपकी जानकारी के लिए मैं एक बात कहना चाहता हूँ।"

उठकर एक कोने की मेज से वह सिगरेट की डिब्बी और लाइटर ले आया। अपनी जगह खड़े हुए मुकर्जी की ओर उसने डिब्बी बढ़ाई, न चाहते हुए भी उसने एक सिगरेट ले ली। मुकर्जी की सिगरेट के बाद उसने अपनी सिगरेट सुलगाई और फिर पहले की तरह कुर्सी पर बैठकर मुकर्जी की ओर थकी हुई-सी आँखों से देखने लगा।

मुकर्जी उसके बोलने का इन्तजार कर रहा था। विमल आलस के साथ सिगरेट पीता रहा, आलस के साथ ही धुएँ की लहरें ऊपर उठकर मिटती रहीं। फिर वह धीरे से उठकर मुकर्जी के पास आया। हाथ बढ़ाकर कहा, "अच्छी बात है, मुकर्जी साहब।"

पर मुकर्जी ने हाथ नहीं मिलाया। कहा, "आप कुछ कहने जा रहे थे।"

"जाने भी दीजिए।" उसने मुकर्जी के सामने से खाली गिलास उठाकर ट्रे में रखा, कहा, "हो सकता है, मुझे ही धोखा हुआ हो।"

अचानक मुकर्जी कुर्सी पर बैठ गया। बोला, "आप नहीं कहना चाहते तो मैं ही कुछ कह लूँ।"

"चाँद के बारे में?"

"जी हाँ, जी हाँ। चाँद के बारे में। पर आपने कैसे समझ लिया कि उसी की बात करूँगा?"

"इतनी देर से और हो क्या रहा था? आप उसी की बात तो कर रहे थे।"

कट्, कट्, कट्। मुकर्जी ने इस बार खिड़की की ओर तक नहीं देखा। मन-ही-मन उसने चिड़िया की गर्दन मोड़ दी। बोला, "ठीक है। तो मैं उसी की बात कर रहा हूँ। मैं उसका वेल विशर हूँ।"

"मैं भी।"

"मैं भी क्या?"

"मैं भी उसका वेल विशर हूँ। हम दोनों हैं।"

मुकर्जी ने अपनी सिगरेट ऐशट्रे में दबा दी। कुछ सँभलकर कहा, "राजनाथ और नीला भाभी आपको और चाँद को लेकर उलझन में पड़ गए हैं।"

"उन्होंने ही आपको भेजा है?"

"जी नहीं। मैं खुद आया हूँ। जिस तरह—आपसे कैसे कहा जाए—वह आपके पीछे पागल हो रही है—मैं सोचता हूँ, उसका क्या होगा?"

विमल की खामोशी के कारण मुकर्जी की आवाज कुछ और तीखी हो गई। एक अयथार्थ माहौल ने उसे ढक लिया। उसे अब अपने ही नाटक में मजा आने लगा। उसे महसूस हुआ, वह सपना देख रहा है और उसके किसी भी व्यवहार की जिम्मेदारी उस पर न होगी। वह कहता रहा—"आपको यह खेल बन्द कर देना चाहिए। आप बूढ़े हो रहे हैं, वह आपकी लड़की की उम्र की है।"

विमल ने कहा, "आप मेरे लड़के की उम्र के हो सकते हैं, पर इसी से आपको लड़का नहीं बना सकता, आपको झापड़ मारकर बाथरूम की ओर नहीं ढकेल सकता।" उसने बाहर के दरवाजे की ओर बढ़ते हुए कहा, "यह बालिगों की दुनिया है भाई जान।"

दरवाजा खोलने के पहले वह रुककर बोला, "मैं आपको पसोपेश में नहीं डालना चाहता था, पर आप खुद अपने लिए दिक्कत पैदा कर रहे हैं। तो सुनिए, मैंने आज एक बजे के लगभग चाँद को फोन किया था। और नीला और चाँद में से कोई भी घर पर न थी। आपके यहाँ आने के पन्द्रह मिनट पहले तक भी वे वापस नहीं आई थीं। और आप मुझे सुनाते आ रहे हैं कि आपको नीला भाभी ने बताया कि चाँद यहीं आई होगी।..."

"आपको उसे छोड़ देना चाहिए। दुनिया में शराफत नाम की भी...।"

"ठहरिए, पूरी बात सुन लीजिए। फिर आप चाँद के बारे में खुद चाँद से नहीं, मुझसे बात करना चाहते हैं। क्यों? इसलिए नहीं कि आप उसके लिए परेशान हैं, बल्कि इसलिए कि शायद आपने इधर जल्दी-जल्दी बहुत-सी फिल्म देख डाले हैं।"

विमल ने दरवाजा खोल दिया। बाहर की धूप और हवा को चेहरे पर महसूस करते ही वह इतना कहकर झिझका। बोला, "माफ कीजिएगा, पर शुरुआत आपने की थी।"

"मिस्टर विमल सलूजा, ज्यादा स्मार्ट बनने की कोशिश न करो। तुम्हें कभी माफ नहीं किया जाएगा।" कहते ही उसे ऐसा कहने पर अफसोस हुआ, क्योंकि ऐसा वाक्य सीधे फिल्मों से ही लिया हुआ जान पड़ा।

बाहर बरामदे में आते ही दोनों ने देखा, "चाँद सामने सड़क पर टैक्सी से उतर रही है।"

छह

चाँद सोफे पर लापरवाही से लेटी हुई थी। आँधियों से भरे हुए वीराने में उसने अपने चारों ओर शीशे का महल खड़ा कर लिया था। वह विमल का साथ था। वहाँ से वह धूल की घटाओं को अपने चारों ओर, अपने सिर पर देखकर भी अछूती रह सकती थी।

ढीले फैशन का पायजामा उसके बाएँ पाँव से सिमटकर घुटने तक आ गया था। उससे बाहर निकली हुई गोरी पिंडली, सोफे के दबाव से फूटता हुआ जिस्म का बेतकल्लुफ उभार, आँखों पर तिरछे हुए बाल—सब खामोशी से ऐसा इत्मीनान दिलाते थे कि यात्रा का अन्त आ गया है।

विमल चाय की ट्रे लेकर कमरे में आया। सोफे के पास एक मेज पर उसे रखकर उसने चाँद की ओर देखा। उसका एक हाथ टेढ़ा होकर सोफे के कोने पर बेजान-सा टिका था। उसे सहेजकर उसके सामने कर दिया। चाँद ने बिना हिले हुए कहा, "चाय बन गई?"

"हाँ। पर तुम...।"

वह फुर्ती से उठकर बैठ गई। बोली, "तुमने काफी मेहनत कर ली है। बाकी काम मैं कर लूँगी।"

उसने प्यालों में चाय डाली, एक प्याला विमल को देकर दूसरा अपने हाथ में ले लिया। एक चुस्की लेकर कहा, "तुम चाय बहुत अच्छी बनाते हो। मैं हमेशा तुम्हीं से बनवाया करूँगी।"

विमल ने कुछ नहीं कहा।

"तुमने थैंक्यू तक नहीं कहा, मैं तुम्हें इतना अच्छा काम दे रही थी...।"

"थैंक्यू!"

"तुमने कुछ कहा? क्या कहा तुमने?"

विमल ने अपना प्याला मेज पर रख दिया। बोला, "चाँद...!"

"तुम मुकर्जी के बारे में सोच रहे हो?"

"नहीं, तुम्हारे बारे में।"

"बोर न करो। मेरे बारे में क्या सोचना है? मुझे अच्छा-खासा रिसर्च का काम मिल रहा है। तनख्वाह भी मिलेगी। मैं अपना फ्लैट लेकर ठाठ से रहूँगी। तुम्हें चाय बनाने के लिए रख लूँगी...।"

"...फिर वही शुरू कर दिया!"

"जब मुझे कभी 'नोबेल प्राइज' वगैरह मिलेगा, तब देखना, क्या रंग होंगे। मैं उस वक्त किचन में जाकर चाय बनाने लगूँगी, सारे प्रेस का सामना तुम्हीं को करना पड़ेगा मि. सलूजा। दुनिया-भर में मि. सलूजा की...पर तुम सुन नहीं रहे हो?"

"सुन रहा हूँ। दुनिया-भर में मि. विमल सलूजा की...।"

"पर सलूजा तुम्हें हटा देना पड़ेगा। लगता है कोई लैटिन अमेरिकन नाम है। तुम मेरा सरनेम ले लेना। मेरा सरनेम क्या है?"

उसने विमल की ओर देखा और बात वहीं टूट गई।

"क्या बात है विमल? इधर आओ। क्या मैं बहुत बेवकूफ हूँ?"

मेज पर अधपिए प्यालों की चाय ठंडी होती रही। सब कुछ के बावजूद एक अधूरापन नहीं मिट रहा था। कहीं कुछ खो गया था।

विमल ने अपना गाल उसके सिर पर टिका लिया।

"तुम्हें मुकर्जी से प्यार होता तो लोग इसे कितनी आसानी से लेते।"

"हम लोग मुकर्जी की बात खत्म कर चुके हैं।"

"फिर भी, मैं भुला नहीं सकता। वह तुम्हारे लिए इतना परेशान है कि—कभी-कभी मैं सोचता हूँ, कहीं सचमुच ही तो तुम्हारे लिए परेशान होने की जरूरत नहीं है?"

"वह परेशान नहीं है, बेवकूफ है। उसे फिल्म देखना बन्द कर देना चाहिए।"

"मैंने भी उससे यही कहा था।"

"क्या कहा था?"

"कि उसने शायद बहुत-सी फिल्म देख ली हैं। पर उसके जाने के बाद मैं सोचता हूँ, वह ठीक कह रहा था। मैं तुम्हें बरबाद कर रहा हूँ।"

वह उससे हटकर दूर बैठ गई। बोली, "मुझे एक सिगरेट दो।"

उन्होंने प्याले खाली करके उनमें नई चाय डाली। अपनी-अपनी सिगरेट सुलगाई। खामोशी।

चाँद ने कहा, "हम लोग न जाने किन कमीनों की बस्ती में रह रहे हैं। उन्हें यही बड़ा अजीब लग रहा है कि एक लड़की एक आदमी से अकेले में मिलती है।" उसके गले में धुआँ फँस गया और वह खाँसने लगी, "सदियों पुराने बुजुर्गों की तरह वे हमें एक-दूसरे से अलग करने की कोशिश कर रहे हैं। और यह मुकर्जी? इस तरह का आदमी आज से सौ साल पहले रहा होता तो, अपनी जलन मिटाने के

लिए तुम्हारी हत्या कर देता। अब आज का आदमी ज्यादा चालाक हो गया है। वह अब तुम्हें आकर समझाता है कि तुम मुझे बरबाद कर रहे हो। तुमको भड़काकर वह तुम्हीं से तुम्हारी हत्या कराना चाहता है। और तुम हो कि...।"

उसने ऐशट्रे में अपनी सिगरेट दबाकर मसल दी।

"मैं सोचता हूँ...।"

"जरूर सोचो। तुम्हें सोचने पर मजबूर करने ही को तो वह आया था। वह कामयाब होकर चला गया है। अब तुम बेवकूफ की तरह सोचते रहो।"

अचानक वह खामोश हो गई। विमल के पास खिसककर उसने उसका चेहरा अपनी दोनों हथेलियों के बीच दबाया। फिर अपना मत्था उसके होंठों पर रखकर उसी के ऊपर टिक गई। बोली, "बास्टड्र्स! वे हमें मिटाने पर तुले हुए हैं।"

विमल के हाथ उसकी पीठ पर थे, "क्या कर रही हो चाँद? यह क्या हो रहा है?"

"मैं रो नहीं रही हूँ। मुझे तुमसे कुछ कहना है। अकेले मुकर्जी ही नहीं, सभी हमारे पीछे पड़े हैं। सुनो, मुझे तुमसे कुछ कहना है विमल, मुकर्जी का इससे कोई मतलब नहीं। मैं उसके खिलाफ जो भी कहूँ, वह भला आदमी है। मैं एक दूसरी आफत को लेकर परेशान हूँ।"

"कैसी आफत? राजनाथ तुम्हारी मर्जी के खिलाफ तुम्हारी शादी करने जा रहा है? फ्रिक न करो। ऐसा भी होता है।"

चाँद ने कहा, "यह हँसी की बात नहीं है। वे लोग तुम्हारे खिलाफ जाल रच रहे हैं।"

"कौन लोग?"

"वही। भाई, उनके एक दोस्त हैं शंकर, राज भैया, भाभी—वे सभी। वे कहने लगे हैं कि गोविन्दा का खून तुमने किया है। कहते हैं कि तुमने पापा को जान-बूझकर फँसाया है।"

वह एक हाथ उसकी पीठ के आर-पार ले जाकर उसे कसे हुए था। लगा, एक क्षण के लिए उसके हाथ में खून का बहाव थम-सा गया है। उसके बाद उसके हाथ का कसाव और मजबूत हो गया।

"शंकर इस मामले की फिर से जाँच कर रहा है। कल वह यहाँ आया था। उसके साथ दो और आदमी थे।...तुम सुन क्यों नहीं रहे हो? मेरी तरफ देखो; हाँ, इसी तरह देखते रहो। सुनो, यह सब क्या हो रहा है? वे जो दो आदमी थे न, उनमें कोई एक धोबी है। वह गोविन्द की दुकान के पिछवाड़े रहता है। दूसरा दुकान का चौकीदार है। वे दोनों तुम्हें दूर से देखने आए थे। शायद उनका कहना है कि उन्होंने तुम्हें वहाँ देखा था—गोविन्द के फ्लैट में। पता नहीं, उनका क्या कहना है?

नीला भाभी मेरे सामने इसकी बात नहीं करतीं, पर वह और राज भैया आपस में कुछ कह रहे थे। पता नहीं, वे क्या चाहते हैं!"

"वे यही चाहते हैं कि गोविन्द के हत्यारे का पता लग जाए, तुम्हारे पापा बेकसूर साबित हो जाएँ। मैं भी यही चाहता हूँ।"

"पर यह सब बेवकूफी नहीं तो क्या है? नीचे से ऊपर तक, सुप्रीम कोर्ट तक मामले को देखा जा चुका है। अब वे क्या कहना चाहते हैं?"

विमल उठकर कमरे के दूसरे कोने की ओर चला गया। वहाँ सिगरेट का नया पैकेट था। उसने वहीं अपने लिए दूसरी सिगरेट सुलगाई। फिर जैसे कोई भूली बात याद आ गई, चाँद की ओर पैकेट दिखाकर कहा, "लोगी?"

"नहीं।" अचानक उसकी आवाज धीमी हो गई, जैसे आसपास लोग चुराकर उनकी बात सुन रहे हों, धीरे से बोली, "वे तुम्हें फाँसी दिलाने पर आमादा हैं।"

"तुमने बहुत दूर की सोची।"

"तुम्हें यह सब मजाक-सा जान पड़ता है?"

"और क्या जान पड़ना चाहिए। ट्रेजडी? एक ट्रेजडी तो पहले ही हो चुकी है।"

खड़े होकर उसने चाँद के कन्धे पर एक अनमना-सा हाथ फेरा। बोला, "यह चाय ठंडी हो गई है। तुम रुको, मैं दूसरा पॉट ले आता हूँ।"

उसके जाते-जाते चाँद का आवेग जैसे एक बार फिर लौट आया। उसने विमल के दोनों हाथों को खींचकर उन्हें अपने हाथों में ले लिया। उसकी हथेलियों से अपनी आँखें ढक लीं। विमल सोफे पर बैठ गया। वह उसकी उँगलियों से खेलती रही, उन्हें देखती रही। बोली, "उन्हें और कुछ नहीं, ये उँगलियाँ देखनी चाहिए। क्यों विमल, क्या तुम इनसे किसी का गला घोंट सकते हो?"

"तुम लेटी रहो। मैं चाय का दूसरा पॉट लाता हूँ।"

पर, वह चाय का पॉट लाने के लिए तुरन्त नहीं उठा। चाँद की निकटता ने उसे जकड़ लिया था। चुपचाप बैठा हुआ सिगरेट पीता रहा।

"तुम्हें सीधे भाई से बात करनी चाहिए। कम-से-कम उन्हें तो सही बात मालूम होनी चाहिए।"

"उन्हें मालूम हो जाएगी। जिसे तुम शंकर कहती हो न, वह बहुत समझदार आदमी है। वह अपने-आप सचाई का पता लगा लेगा।"

"तुम उन्हें जानते हो?"

"अब जान गया हूँ। वह मुझसे आज सवेरे मिलने आया था।"

एक क्षण बाद चाँद ने कहा, "तुमने मुझे बताया क्यों नहीं?"

"मैंने ही तो बताया है।"

"नहीं, पहले क्यों नहीं बताया?"

"और कितना पहले बताता?"

वह विमल को घूरने लगी। बोली, "तुम्हें सब मालूम है, और तुमने मुझसे बताया भी नहीं! और मुझे देखो, भाभी को रास्ते में छोड़कर मैं यही बताने के लिए इधर आई हूँ।"

वह चुप रहा। चाँद ने कहा, "तुम्हें मुझको फोन करना चाहिए था। उसी वक्त बताना चाहिए था।"

"अब कोई खास बात हुई तो ऐसा ही करूँगा।"

"खास बात न हो, तब भी ऐसा ही करना।"

वह उठने लगा, पर चाँद का हाथ उसकी गोद में आ गया था। वह वैसे ही बैठा रहा। चाँद ने कहा, "उन्होंने क्या पूछा?"

"कोई खास बात नहीं। मुझसे घर के-से आदमी की बात करता रहा। हम दोनों एक ही बात चाहते हैं। दोनों ही सचाई का पता लगाना चाहते हैं।"

"उन्होंने तुम पर तो शक नहीं किया?"

"वह ऐसा क्यों करने लगा? वह तो वैसा ही होता जैसे मैं उस पर शक करने लगता।"

"उनका इतनी आसानी से विश्वास न करना चाहिए।"

"पर वह कोई पुलिस में नहीं है चाँद। वह हमीं लोगों जैसा मामूली आदमी है।"

"हम लोग मामूली आदमी नहीं हैं।"

"तुम नहीं हो, मैं हूँ।"

"विमल, सच-सच बताना, उनको तुमसे तो इत्मीनान है न?"

"इत्मीनान न होने की कोई वजह नहीं। पर मेरी ही तरह उसे तुम्हारे पापा के फैसले से इत्मीनान नहीं है।"

"पर विमल...।"

भविष्य को कुरेदने की कोशिश में वह बराबर बोलती गई, अपने चारों ओर लगे हुए जंगल में अपनी ही आवाज से आगे चलने का साहस खोजती रही।

सात

वकील की कोठी नई थी और दफ्तर में ऐसा कुछ भी नहीं था कि काफ्का के उपन्यासों की याद आती। तारानाथ को कुछ अजीब-सा लगा—इस छोटे शहर में भी वकालत करके इतना पैसा कमाया जा सकता है।

वह जिस कुर्सी पर बैठा था, उसके कुशन बड़े मुलायम थे और उस पर बैठते ही एक सन्तोष-भरी साँस अनायास निकलती थी। उसकी बगल में शंकर बैठा था। वकील मेज के दूसरी ओर था। कमरे की दीवारें कानून की किताबों की थीं। वकील के दाईं और बाईं ओर रैकों पर भी किताबें थीं। पर उसकी ग्लास की सतहवाली मेज एक ऐशट्रे, दो पेपर वेट, तीन-चार बाल-प्वाइंट वाली पेंसिलों और एक टेबिल लैम्प के सिवाय बिलकुल खाली थी। कमरे में वकील को मिलाकर हर चीज साफ-सुथरी और अपनी जगह पर थी।

दो ओर की दीवारों पर ट्यूबलाइट की रोशनी फैल रही थी जिससे कमरे में एक उत्सव की-सी हवा थी। वकील के पीछे की खिड़की कूलर की ठंडक रोकने के लिए बन्द थी, पर तारानाथ को बराबर लग रहा था कि उसके खुलते ही चाँदनी, ठंडी हवा, गए वसंत की गन्ध और एक जापानी ढंग के उद्यान के दृश्य खुल जाएँगे।

वकील, दिन-भर अच्छी मेहनत कर चुकने और अच्छी रकम कमाने के सन्तोष में, अपनी कुर्सी पर फैला हुआ सिगार पी रहा था। शंकर उसे दुर्गादास का पूरा मामला समझाकर पिछले दिनों की छानबीन का परिणाम बता रहा था।

एक बार उसने उँगलियों में सिगार लेकर छत की ओर देखते हुए कहा, "हत्या का मामला बड़ा गम्भीर होता है।"

उसका चेहरा अनियमित और कुरूप था, पर उसके पूरे व्यक्तित्व में एक ऐसी शालीनता और चुस्ती थी कि उसके शरीर की प्रत्येक चेष्टा बिना प्रयास के विशिष्ट बन जाती थी। उसके इस अत्यंत साधारण वाक्य का भी एक असाधारण अर्थ जान पड़ा।

न जाने क्यों, इस वाक्य की ध्वनि कूलर की भन्नाहट में खोते ही तारानाथ को याद आया, वह उस कुर्सी पर बैठा है जिस पर प्रायः हत्यारे और डकैत बैठते रहते हैं। असुविधा का एक निरुद्देश्य भाव उसके मन में पैठा, पर तब तक दरवाजा खोलकर एक नौकर कमरे में एक ट्रे के साथ आ गया। ट्रे पर शर्बत के तीन गिलास और कटे हुए खरबूजों की प्लेट थी। तारानाथ को लगा, वह सहजता की दुनिया में वापस आ गया है।

शंकर अपनी बात समाप्त करने जा रहा था। तारानाथ ने उठकर वकील के पीछे की खिड़की खोल दी। उस पर जापानी शैली का उद्यान तो नहीं दिखा, पर बाहर हवा थी, चाँदनी थी, लॉन था, उसके बाद कुछ घने पेड़ थे।

वकील पर खिड़की खुलने का कोई असर नहीं पड़ा। वह पहले की तरह सिगार पीता रहा।

"...यह एक भयंकर स्थिति है। विमल हम लोगों के घर के-से आदमी हैं। यह सोचना भी अपराध-सा लगता है कि उन्होंने गोविन्द का खून किया और बाद में वे पापा के ऊपर चलनेवाले मुकदमे में हमारी ओर से पैरवी करते रहे। पापा को जब फाँसी की सजा सुनाई गई तब भी उन पर कुल इतना असर पड़ा कि उन्होंने तुरन्त अपील करने की सलाह दी। अपील तो वैसे भी होती। और वे अब भी तारा के अंकल बने हुए उसके घर के मामलों में पूरी दिलचस्पी ले रहे हैं। इतनी जाँच कर चुकने के बाद आगे क्या किया जा सकता है, यह आप ही बता सकते हैं।"

वकील ने सिगार मुँह से निकाल लिया और अपना कुरूप चेहरा तारानाथ की ओर केन्द्रित कर दिया। कहा, "मेरी बात शायद आपको अच्छी न लगे, पर अपने पिता के प्रेम ने आपको अन्धा कर दिया है।"

"हो सकता है।"

पर उससे वह सन्तुष्ट नहीं हुआ। बुझे हुए सिगार को ऐशट्रे पर सावधानी से रखकर उसने अपना पूरा हाथ फैलाते हुए कहा, "विमल के खिलाफ मुझे तो कोई सबूत नहीं दीख पड़ता। पता नहीं, आप लोग उसे अपराधी मानने को कैसे तैयार हो गए। आप अपने पिता को निर्दोष मानना चाहते हैं। इसके सिवाय इस धाँधलेबाजी की और कोई वजह नहीं दिखती।"

शंकर कुछ कहने जा रहा था। वकील की एक काली और मोटी तर्जनी के इशारे ने उसे चुप कर दिया। वह कहता रहा, "सुनिए, ऐसे मामलों में हमें अपने निजी निष्कर्ष भी न्याय के सिद्धान्त पर ही निकालने चाहिए। न्याय और प्रमाण के आधार पर विमल के खिलाफ कौन-कौन-सी बातें हैं, हम उन्हें एक-एक करके देख लें।"

उसने पेंसिल उठाकर उसका सिरा मेज पर ठोंका, "पहली बात तो आपने यह बताई कि चौकीदार ने किसी को रात के ग्यारह बजे गोविन्द के फ्लैट में जाते देखा। पर बाद में विमल को देखकर वह निश्चय से नहीं कहता कि वह विमल ही था। दूसरी बात धोबी का बयान। उसने किसी लम्बे आदमी को फ्लैट के पिछवाड़े कुछ क्षणों के लिए खड़ा देखा। पर वह भी विमल को देखकर निश्चय से नहीं कह सकता कि वह विमल ही था। वहाँ कोई भी हो सकता था, विमल ही अकेला इनसान नहीं है। फिर तीसरे, विमल का अपना बयान—जिससे आप लोगों के दिमाग में खलबली मच गई है। वह कहता है कि वह उस रात गोविन्द के फ्लैट पर गया था पर उसे और दुर्गादास को नशे की हालत में देखकर कुछ मिनट बाद लौट आया था। यह बयान सच भी हो सकता है। कम-से-कम इसे झूठ साबित करने लायक आपके पास कोई प्रमाण नहीं है। अगर चौकीदार कहता कि उसने विमल को अन्दर आते देखा, बाद में वह बराबर जागता रहा पर विमल फ्लैट से बाहर नहीं आया, तो

शायद यह सोचा जा सकता था कि वह खिड़की से पिछवाड़े की ओर उतर गया होगा। पर चौकीदार खुद स्वीकार करता है कि वह सो गया था। यह कैसे माना जा सकता है कि विमल अन्दर जाकर उसी दरवाजे से बाहर नहीं आया?

"तुम्हें कानून का एक मूलभूत सिद्धान्त समझा दूँ। इस तरह के सबूत में—जिसमें परिस्थितियों से ही कोई निष्कर्ष निकालना हो—यह देखना लाजिमी है कि किसी परिस्थिति से सिर्फ एक निष्कर्ष निकल रहा है या एक से ज्यादा। अगर अकेला यही निष्कर्ष निकले कि फलाँ आदमी अपराधी है, तो ठीक है। अगर यह निष्कर्ष निकले कि उस आदमी के सिवाय कोई दूसरा व्यक्ति भी अपराधी हो सकता है तो उस परिस्थिति को आप उसके खिलाफ नहीं जोड़ सकते। जैसे, एक परिस्थिति यह है कि धोबी ने फ्लैट के पिछवाड़े किसी लम्बे आदमी को खड़ा देखा, तो पहले यह सिद्ध होना चाहिए—और मैं कानून की नहीं, अपने सन्तोष की भी बात कर रहा हूँ—कि हत्या उसके पहले हो चुकी थी। तब इस बात की सम्भावना पैदा होगी कि विमल गोविन्द की हत्या करके खिड़की के रास्ते नीचे उतरा था। हालाँकि तब भी यह सम्भावना बनी रहेगी कि कोई दूसरा आदमी खिड़की से नीचे आया होगा। यह जानना भी जरूरी है कि खिड़की कब से खुली थी, क्योंकि अगर वह काफी पहले से खुली थी तो हत्यारा पिछवाड़े पाइप के सहारे चढ़कर खिड़की से अन्दर भी जा सकता था। खुली खिड़की बाहर आने के लिए ही नहीं, अन्दर जाने के लिए भी इस्तेमाल हो सकती थी...।"

दूर बैंड बज रहा था और सिनेमा के गाने लाउडस्पीकर पर आ रहे थे। इनकी और कई तरह की मिली-जुली अस्पष्ट आवाजें खिड़की के रास्ते कमरे में आने लगीं। आतिशबाजी से खिड़की के पार, पेड़ों के बहुत पीछे, रह-रहकर आकाश में एक क्षण के लिए रोशनी की एक लकीर-सी खिंचती थी और खिंचने के ही क्रम में बुझती जाती थी। सब कुछ अर्थहीन है। तारानाथ ने सोचा—जिसे हम सचाई कहते हैं वह एक बिलकुल ही निजी तौर की सचाई है, जिसे कमरा बन्द करके हम अकेले में अच्छी तरह पहचान लेते हैं। दरवाजा खोलते ही, सड़क पर आते ही, उसकी शक्ल बदल जाती है। किसी से उसका परिचय कराने के क्रम में ही वह अपरिचित हो जाती है।

"...नहीं भाई शंकर, यह ठीक नहीं है। विमल के खिलाफ उसके बयान को छोड़कर आपके पास कुछ भी नहीं है और वह बयान भी उसके खिलाफ नहीं है।"

शंकर ने पहले ही की तरह, जैसे वकील के तर्कों ने उस पर कोई असर न डाला हो, कहा, "पर सब परिस्थितियों को एक साथ देखने पर भी आप विमल के खिलाफ कोई प्रमाण नहीं देख पाए?"

"नहीं।"

"मेरा मतलब कानूनी प्रमाण से नहीं है...।"

"तो फिर आप किस प्रमाण की बात कर रहे हैं?"

"मैं...आप ऐसे प्रमाण का अस्तित्व नहीं मानते जो कानूनी तौर पर भले ही न माना जाए, पर जो आपको निजी तौर पर विश्वास दिला सकता हो?"

उसने कन्धे उचकाकर दोनों हाथ फैला दिए। कहा, "इस ऐब्सट्रैक्ट बहस से क्या फायदा? कानूनी प्रमाण के सिद्धान्त यूँ ही नहीं बने हैं। उनके पीछे उन सब खतरों से निबट लिया गया है जो हमें असत्य या अर्द्ध-सत्य के भुलावे में डाल सकते हैं। पर बताइए, इस मामले में सब परिस्थितियों को एक साथ लेने पर भी आपको विमल के खिलाफ कौन-सा तथ्य दिखाई देता है?"

शंकर ने कुछ हिचककर कहा, "आपको शायद मैंने बताया नहीं, विमल ने पहले कभी नहीं कहा कि हत्या की रात लखनऊ में था। बराबर यह आभास देता रहा कि उस दिन वह दिल्ली में था।"

"नहीं, यह बात भी आप मुझे अभी बता चुके हैं। पर मैं जानना चाहता हूँ, उस दिन उसने दिल्ली में होने का, या लखनऊ से बाहर होने का आभास किस तरह दिया था?"

शंकर ने तारानाथ की ओर देखा। तारानाथ ने कहा, "कह नहीं सकता। किसी ने तब शायद उनसे साफ-साफ नहीं पूछा कि उस दिन वे कहाँ थे। हम लोगों को पुलिस ने ही लखनऊ से फोन किया था। वहाँ प्लेन से चलने के पहले हममें से किसी ने विमल अंकल को फोन किया, तब पता चला कि वे लखनऊ जा चुके हैं।"

वकील ने अपना बुझा हुआ सिगरेट जला लिया। धुआँ छोड़ते हुए बोला, "विमल ने किसी से नहीं कहा कि वह हत्या के दिन दिल्ली में था, या लखनऊ में नहीं था। पर उसने किसी से यह भी नहीं कहा कि वह उस दिन लखनऊ में था और हत्या की रात वह गोविन्द के फ्लैट पर गया था। यही तो स्थिति है न?"

शंकर ने कहा, "शायद!"

तारानाथ ने कहा, "जी हाँ।"

"तो उससे विमल के खिलाफ आप क्या निष्कर्ष निकालेंगे?" वकील ने तारानाथ से पूछा। जवाब शंकर ने दिया, "वकील साहब, इस सबसे विमल के खिलाफ क्या एक निश्चित सन्देह नहीं पैदा होता?"

"सन्देह निश्चित नहीं होता।"

"उसे भी जाने दीजिए, सन्देह तो पैदा होता है?"

"उससे क्या? सन्देह ही पर सजा होनी हो, तब तो ठीक ही हुआ है। सबसे ज्यादा सन्देहजनक स्थिति दुर्गादास ही की थी।"

एक क्षण वे चुप रहे। वकील ने अंग्रेजी में कहा, "आप लोग एक परछाईं का पीछा कर रहे हैं।"

कहकर उसे शायद लगा, वह तारानाथ की भावना को कुचल रहा है। बोला, "मुझे खेद है, तारानाथ जी। अपने पिता की हार स्वीकार करने के अलावा आपके लिए और कोई रास्ता नहीं है।"

इसका जवाब शंकर ने दिया, "ये तो स्वीकार कर चुके हैं, पर मेरे लिए यह मुमकिन नहीं है।"

तारानाथ खिड़की के बाहर देखता रहा। छिटपुट आतिशबाजी अब भी हो रही थी। बैंड बजना बन्द हो गया था, इसलिए लाउडस्पीकर पर फैलते हुए फिल्मी गानों की धुनें अब उतनी अस्पष्ट नहीं रह गई थीं।

शंकर ने कुछ तीखेपन से कहा, "क्योंकि मुझे सचाई का पता चल गया है। मुझे अब पूरा विश्वास है कि यह हत्या विमल ने की है। अगर अब तक मिला हुआ सबूत आपकी निगाह में काफी नहीं है तो मैं और कोशिश करूँगा। कुछ ही दिनों में मैं आपके आगे पूरा सबूत लाकर रख दूँगा।"

वकील ने बेरुखी से कहा, "ठीक है। अगर इस कोशिश से दुर्गादास के बारे में आप लोगों का मन हल्का हो सके तो कोशिश किए जाइए।"

इस बार तारानाथ ने कहा, "एक बात मैं साफ कर दूँ। जो जाँच शंकर ने कराई है, वह सिर्फ हम लोगों का मन हल्का करने के लिए नहीं है। हम लोग तो एक खास उद्देश्य से इस मामले की सचाई खोज रहे हैं। हम चाहते हैं कि अगर पापा सचमुच निर्दोष हैं तो सही अपराधी को खोजा जाए, उसे दंड दिया जाए।"

वकील ने मुँह से बुझा हुआ सिगार निकाल लिया, पर कुर्सी पर पहले की ही तरह पीठ टिकाए आराम से बैठा रहा। उसने सिर्फ कहा, "ओह!"

वे दोनों उठने का उपक्रम करते रहे, पर वकील ने जैसे उनकी चेष्टाएँ नहीं देखीं। उसने बड़ी नरमी से पूछा, "आप लोग कानून के मामले में सचमुच ही इतने अनजान हैं?"

उन्होंने कोई जवाब नहीं दिया।

"आप लोग सही अपराधी को दंड दिलाना चाहते हैं। पर यह कैसे हो सकता है।" सिर हिलाकर उसने अंग्रेजी में कहा, "असम्भव!"

उसने मुस्कराकर कहा, "फिल्मों में यही तो दिखाते हैं कि किसी को फाँसी लगने जा रही है। अचानक असली अपराधी मौके पर प्रकट हो जाता है और चीख-

चीखकर अपना अपराध स्वीकार करने लगता है। बस, पहले आदमी को वहीं छोड़ देते हैं और असली आदमी को हिरासत में ले लेते हैं।"

वह कहता रहा, "ये सब बेवकूफी की कहानियाँ हैं। ऐसी फिल्में बनाने वाले—क्या कहा जाए—बिलकुल सरकस के जोकर हैं। जब कभी मुझे जी-भर हँसना होता है तो किसी ऐसी फिल्म में चला जाता हूँ जिसमें कोर्ट-सीन हो।"

वह हँसा, "और कोर्ट-सीन अब तो लगभग हर फिल्म में रहता है।"

फिर उसने गम्भीरता से कहा, "यह तो ठीक है कि मुलजिम के निर्दोष साबित होने पर उसे छोड़ा जा सकता है, चाहे वह सबूत नाटकीय स्थिति में ही क्यों न मिला हो। अपील तक में अदालत कोई भी नया सबूत ले सकती है। यह सब हो सकता है, पर अपील की सब स्टेजें खत्म हो जाने पर किसी दूसरे आदमी को पकड़कर उसी जुर्म में उसके खिलाफ नए सिरे से मुकदमा चलाने का कोई कानून नहीं है। इस तरह का दूसरा मुकदमा चल ही नहीं सकता। कम-से-कम अपने देश में तो ऐसा नहीं है।" उसने रुककर पूछा, "आपको यह नहीं मालूम है?"

शंकर ने कहा, "मैंने इस बारे में सोचा न था।"

"सबसे पहले तो इसी बारे में सोचना था।"

कमरे की खामोशी में जैसे कोई अजनबी तत्त्व घुल गया हो। बाहर हवा के झोंके से जब एक डाल खड़खड़ाई तो अचानक वकील को कुछ असहज जान पड़ा। उसने तारानाथ को समझाना शुरू किया, "आपके पिता के मुकदमे में आखिरी फैसला हो चुका है। सुप्रीम कोर्ट ने अपील खारिज कर दी है। उन पर अन्तिम रूप से अपराध प्रमाणित हो गया है। उनके हक में अब अगर कोई नया सबूत आए भी तो वह बेकार है। अपराधी वही रहेंगे।"

शंकर ने कहा, "हमने एक अपराध-विशेषज्ञ की राय ली थी। उनका कहना था कि पापा अपराधी नहीं हो सकते। उन्होंने नए सिरे से छानबीन करने की सलाह दी थी।"

"उन्होंने आपके मन के सन्तोष के लिए कहा होगा।"

"हम लोग बच्चे नहीं हैं, हमारा मन बहलाने के लिए उन्होंने ऐसी सलाह क्यों दी?"

"मैं नहीं जानता। सिर्फ इतना जानता हूँ कि वे अपराध-विशेषज्ञ ही होंगे, कानून-विशेषज्ञ नहीं।"

उसने होंठ दबाकर धीरे से सिर हिलाया। चेहरा और भी बदसूरत हो गया, पर उसकी आवाज में मुलायमियत थी। कहा, "मुझे अफसोस है, पर कानूनी स्थिति वही है जो मैं बता रहा हूँ।"

"उनके लिए अब कुछ भी नहीं हो सकता?" तारानाथ ने पूछा।

उसी तरह होंठ दबाकर उसने दोबारा सिर हिलाया। कहा, "कुछ भी नहीं, सिवाय इसके कि सरकार उन्हें जेल से कभी भी रिहा कर सकती है। पर अपराधी वे तब भी रहेंगे।"

जैसे कोई सर्जन ऑपरेशन के कमरे से अपना वीरान चेहरा लेकर बाहर आए और कहे—मुझे अफसोस है, पर हम मरीज को बचा नहीं सके; कुछ वैसी ही निर्विकारता वकील की आवाज में थी। फिर उसकी निगाह शंकर पर पड़ी।

एक साँस खींचकर उसने मेज में लगी हुई घंटी का बटन दबाया और कहा, "मैं समझता हूँ, आपको एक व्हिस्की की जरूरत है।" तारानाथ से उसने पूछा, "और आप? आप क्या लेंगे?"

गीता की एक पंक्ति 'दिशो न जाने न लभे च शर्म' तारानाथ के मन में बार-बार उठती रही। शंकर, जिसने एक व्हिस्की की जरूरत तीन-चार व्हिस्कियों से पूरी की थी, जीप के स्टियरिंग व्हील को एक आज्ञाकारी कुत्ते की तरह सहलाते हुए, आधे रास्ते तक बराबर बोलता रहा। वह समझाता रहा कि कानून की निगाह में पापा भले ही अपराधी बने रहें, पर वह साबित कर देगा कि वे खूनी नहीं हैं, वह असली अपराधी के चेहरे पर पड़े हुए मुखौटे को फाड़ देगा, वह पूरे समाज में पापा को फिर से अपनी सम्मानपूर्ण जगह पर प्रतिष्ठापित करेगा, वह अखबारों में अपनी जाँच के परिणाम धारावाहिक रूप से छपाएगा और विमल को खरगोश की तरह भागने पर मजबूर कर देगा, पर वह भाग न पाएगा क्योंकि वह उसके पहले ही कुचल दिया जाएगा।

जीप की रफ्तार बातों की रफ्तार के साथ तेज होती जा रही थी और रोशनी की दोहरी जबानें सीधी सड़क और किनारे लगे पेड़ों को निगलती चली जा रही थीं। तारानाथ ने स्टियरिंग व्हील पर लगे हुए शंकर के हाथ को धीरे से छुआ। यह रफ्तार कम करने और उसकी बात को ध्यान से सुनने का इशारा था। उसने कहा, "मुझे वकील साहब की बातें बहुत सही जान पड़ती हैं। हम लोग अपने साथ बहुत काफी मजाक कर चुके हैं। अब यह नाटक बन्द होना चाहिए।"

"तुम क्या कह रहे हो? यह जाँच तुम खत्म कर देना चाहते हो?"

"मैं बिलकुल यही कह रहा हूँ।"

"व्हिस्की मैंने पी है पर नशा शायद तुम्हें हो गया है।"

"नहीं शंकर, मेरा नशा उतर गया है।"

"तुम्हें सचाई का पता लगाने में कोई दिलचस्पी नहीं है?"

तारानाथ कुछ कहने के पहले हिचकिचाया, फिर बोला, "तुम कहोगे कि मैं बकवास कर रहा हूँ। पर तुम जो कर रहे हो उसका सत्य से कोई सम्बन्ध नहीं है। तुम सत्य की खोज नहीं कर रहे हो; तुम सिर्फ कुछ तथ्य खोज रहे हो। उनसे जब पापा का कुछ बनता या बिगड़ता नहीं तो उनके पीछे भटकने से क्या फायदा? वकील साहब ठीक कह रहे हैं, सन्देह से सन्देह का निराकरण नहीं हो सकता। हमें यह जाँचवाला तमाशा यहीं पर छोड़ देना चाहिए।"

आठ

उस दिन वे दोनों शाम के सात बजे तक लेबोरेटरी में काम करते रहे। जब वे बाहर आए, इमारत की उस मंजिल पर लैब अटेंडेंड के सिवाय कोई नहीं था।

वे तिमंजिले पर थे। धुँधलके में गैलरी एक ट्यूब जैसी लग रही थी जिसके एक सिरे पर नियन लाइट का पारा झलमला रहा था और दूसरे सिरे पर डूबी हुई शाम थी। दोनों साथ-साथ लिफ्ट की ओर बढ़े। एक अनायास खामोशी में उनके कदमों की आवाज एक-दूसरे से टकराई।

लिफ्ट ऑटोमेटिक था। मुकर्जी ने पैनल पर लगा हुआ बटन दबाया और उसके ऊपर आने की प्रतीक्षा करने लगा। बोला, "प्रोफेसर मजूमदार से सेमिनार के बारे में बात करने कब चलोगी?"

चाँद ने कहा, "आज के बाद हम लोग इसके बारे में कभी बात नहीं करेंगे।"

"मैं सेमिनार की बात कर रहा था।"

लिफ्ट उनके सामने आकर रुक गया। चाँद ने कहा, "तुम जानते हो मैं किसकी बात कर रही हूँ। आजकल मैं जब घर से चलती हूँ तो यह सोचते ही थक जाती हूँ कि तुमसे फिर उसी बारे में बात करनी होगी। पर आज यह आखिरी बहस थी। अब हम जानते हैं कि हम कहाँ हैं।"

"तुम नहीं जानतीं।"

"फिर भी। ये बहसें बन्द होनी चाहिए।" वह लिफ्ट के अन्दर आ गई। दोनों एक ही दीवार से पीठ सटाकर खड़े हो गए। मुकर्जी ने कहा, "मैं ऐसी गारंटी नहीं दे सकता। शायद कुछ दिन बाद तुम खुद ही इस बारे में बात करना चाहोगी।" अचानक उसकी आवाज मुलायम हो गई। बोला, "चाँद, प्लीज, इसे बहस न कहो। मैं तुमसे खुलकर अपनी बात करता रहता हूँ। इस पर रोक न लगाओ।"

"तुमने फिर वही शुरू कर दिया।"

लिफ्ट का दरवाजा बन्द हो गया। वह बोला, "मैं तुम्हें तुम्हीं से बचाना चाहता हूँ।"

"इतना और जोड़ दो कि अपने लिए।"

"हाँ, अपने लिए भी। पर उसी से मैं गलत नहीं हो जाता।"

लिफ्ट नीचे खिसकने लगी। उसने कोई जवाब नहीं दिया। अपना पर्स दाएँ हाथ से बाएँ में बदला।

उनके कन्धे—नहीं, कन्धे पर पड़ी उसकी साड़ी और मुकर्जी की बुश्शर्ट एक-दूसरे को छू रही थी। मुकर्जी ने सोचा कपड़े भी प्यार कर सकते हैं। उसका कन्धा जलने लगा। उसने चाँद के चेहरे पर एक अनिश्चित मुस्कराहट-सी देखी। यह भ्रम था। पर वह और चाँद की गर्दन का मोड़ बातचीत की पूरी तल्खी बहा ले गए।

उसने चाँद को अपनी ओर खींचा और उसे चूमने की कोशिश की। न जाने कैसे, चाँद की नाक का एक हिस्सा, होंठों का एक कोना और गर्दन की चिकनाहट एक साथ उसके होंठों की परिधि में आ गई। चुम्बन की इस पैरोडी के साथ लिफ्ट नीचे की मंजिल पर आकर रुक गई।

मुकर्जी का बायाँ हाथ उसके कन्धों को घेरे था। चाँद ने अपने को छुड़ाया। ऊपर के पैनेल में बल्ब की मद्धिम रोशनी थी। मुकर्जी ने देखा, उसके चेहरे पर गुस्सा नहीं है, सिर्फ एक हैरानी है।

लिफ्ट का दरवाजा खुला। उसी के साथ उन्हें सड़क पर जाती हुई किसी कार का जोरदार हॉर्न सुनाई पड़ा। हॉर्न काफी देर बजता रहा।

सामने बहुत चौड़ा और रोशनीदार बरामदा था। फिर कुछ सीढ़ियाँ थीं, उसके बाद लॉन था। वहाँ की ठंडक ऊपर फैलनेवाले धुएँ की तरह लिफ्ट की उमस की ओर ठिठक-ठिठककर बढ़ रही थी।

सब कुछ उलझा हुआ था। पर मुकर्जी ने दिखाने की कोशिश की कि वह सहज है। उसने चाँद को लिफ्ट से बाहर निकलने का इशारा किया। वह दीवार से पीठ सटाए उसे सिर्फ देखती रही।

मुकर्जी ने बाहर निकलना चाहा। चाँद ने कहा, "मुकर्जी, फिर कभी ऐसा मत करना। नहीं तो...।"

"मैं तुम्हें प्यार करता हूँ। मेरी यही सफाई है।"

वह घूमकर, लिफ्ट की दूसरी दीवार से पीठ टेककर खड़ा हो गया। चाँद उसे पहले ही की तरह देखती रही। मुकर्जी ने कहा, "तुम्हें बुरा लगा! मुझे अफसोस है।"

बरामदा खाली था, पर लॉन में लोग चल-फिर रहे थे। वे दोनों दीवार से टिके हुए लिफ्ट में वैसे ही खड़े रहे।

"मुझे भी अफसोस है।" चाँद ने कहा, "अपनी आँखों से तुम्हारा यह हाल देख रही हूँ। पर हमें आगे भी साथ-साथ काम करना है। इसलिए मैं तुम्हें आगाह करती हूँ—अब मुझे कभी छूना नहीं।"

मुकर्जी ने अपनी पीठ दीवार से काफी जोर के साथ सटा ली। कहा, "मैं कोई वादा नहीं कर सकता। तुम दिन-पर-दिन प्रूडिश होती जा रही हो। अपने को सुधारो। नार्मल बनो। इस हालत का यही इलाज है।"

एक क्षण के लिए वह चुप रही। फिर सधी आवाज में बोली, "तुम्हारी डिग्निटी खत्म हो गई है। अपने को गिरा हुआ देखने में तुम्हें उलटे मजा आने लगा है। तभी जो लड़की तुम्हें प्यार नहीं कर सकती, उसे भी तुम लालच से देखते हो। बड़ी उमर के व्यभिचारियों में तो इसे समझा जा सकता है, पर तुम ऐसा कैसे कर सकते हो?"

इमारत का चौकीदार बरामदे की सीढ़ियों पर आकर खड़ा हो गया। इनमें से किसी ने भी उसे नहीं देखा। मुकर्जी ने कहा, "तुम मुझे उसी विमल के कारण गालियाँ दे रही हो।" अचानक वह फुफकारने लगा। बोला, "मैं तुम्हें दुखी नहीं करना चाहता था। इसीलिए तुमसे कहा नहीं। पर उसे तुम नहीं जानतीं। उसे मैं जानता हूँ। उस हरामजादे को मैं जानता हूँ।"

"चीखो नहीं। नहीं तो तुम्हें अस्पताल ले जाना पड़ेगा।"

"मुझे नहीं, तुम्हें पागलखाने जाना चाहिए। तुम उसे नहीं जानती हो। सुनो चाँद, चाँद प्लीज, सुनो। वह खून तुम्हारे पापा ने नहीं किया था। विमल ने किया था। तुमने सुना? वह खून विमल ने किया था। और उस हत्यारे की जगह तुम्हारे पापा हैं जो जेल में सड़ रहे हैं।"

बिना पलक झपकाए वह उसे देखती रही। बोली, "तो यह तुम भी जानते हो?"

"तो तुम पहले से ही जानती हो?" मुकर्जी ने आँखें मूँद लीं। "और तब भी...।"

चाँद ने जैसे इसे सुना न हो। बोली, "तुम्हें नीला भाभी ने बताया होगा। आजकल वह सबसे यही कहती फिरती हैं। तुम्हें कोई नई बात नहीं बताई गई है।"

चौकीदार लिफ्ट के पास आ गया था। कुछ बोला नहीं, उनके आसपास मँडराता रहा।

चाँद ने कहा, "ईर्ष्या ने तुम्हारी समझ को खत्म कर दिया। पता नहीं, तुम अपने साथ क्या करना चाहते हो।"

"मैंने पहले ही कह दिया। मैं तुम्हें प्यार करता हूँ।" उसने अंग्रेजी में कहा, "मेरी यही सफाई है।"

"हम लोग इस पर बहस कर चुके हैं। इस तरह के प्यार के खिलाफ, जो लिफ्ट में अकेली लड़कियों पर हमलावर बनने लगे, कानून में कई दफाएँ हैं। तुम्हें इसके लिए पुलिस के हवाले किया जा सकता है।"

"अपने पापा के मुकदमे के बाद तुम कानून, और पुलिस का कई बार हवाला दे चुकी हो। मानता हूँ, तुम इनके बारे में बहुत जानती हो। मैं उस बारे में कुछ नहीं जानता।"

उसकी आँखों में घनी निराश्रयता भर गई। अचानक एक कमजोर लड़की की तरह उसने मुकर्जी के चेहरे को देखा, शायद सान्त्वना का कोई आभास वहाँ देखना चाहती हो। बोली, "यह तुम कह रहे हो? और इसके बाद भी यह कहते हो कि तुम मुझे प्यार करते हो?"

चौकीदार ने कहा, "साहब...।"

मुकर्जी लिफ्ट से बाहर बरामदे में आ गया और चाँद के निकलने की राह देखता रहा। वह सिर झुकाए हुए बाहर आई। धीरे-धीरे सीढ़ियों की ओर चली। मुकर्जी चुपचाप उसके पीछे चलता रहा। सड़क पर आते ही चाँद कुछ सहज होकर चलने लगी। मुकर्जी ने अंग्रेजी में कहा, "आजकल मेरी समझ में नहीं आता कि तुम्हें खुश रखने के लिए क्या किया जाए।"

वह कुछ नहीं बोली। दोनों सड़क पर दूर-दूर बनी हुई बत्तियों की रोशनी को, जिसे पेड़ों की छाँह ने और भी अस्त-व्यस्त कर दिया था, कुचलते हुए चुपचाप चलते रहे।

नौ

बगल में एक रिकॉर्ड-चेंजर लिये हुए विमल दुकान के अन्दर आया। बोला, "इसकी सुई बदलनी होगी।"

दुकान के मालिक ने कहा, "पहले तशरीफ तो रखिए जनाब। क्या लेंगे, ठंडा या गरम?"

"कुछ भी नहीं, सरदार जी। जल्दी वापस भागना चाहता हूँ। बाहर मौसम कुछ अजीब-सा हो रहा है।"

बाहर आसमान पर कितनी धुंध थी, और कितने बादल—उन्हें अलग-अलग देखना मुश्किल था। गर्म हवा के पहले झोंकों के साथ कुछ बूँदें तपती हुई धरती पर गिरी थीं; फिर वही पहले जैसी धुंध, वही उमस।

दुकान का मालिक सामने खड़े हुए आदमी से अंग्रेजी में बात करने लगा। भाषा बदलते ही उसका व्यक्तित्व बदल गया। अब वह एक दुकानदार न था, वह किसी भारतीय दूतावास का पहला या दूसरा सेक्रेटरी हो सकता था। वह पेरिस के संग्रहालय के बारे में उसे कुछ बता रहा था। बोला, "इसे न छोड़िएगा, वरना आप एक लाजवाब तजुर्बे से वंचित रह जाएँगे।"

दोनों ने उत्साह से हाथ मिलाए, सरदार जी ने उसके भविष्य के लिए शुभकामनाएँ बरसाईं, हिन्दी में कहा, "खुश रहो, काके!" और उसके दुकान के बाहर जाते ही विमल से पूछा, "अब बताइए जनाब, विलायत से कब लौटे?"

सवाल ने विमल को यथार्थ की ओर खींचा। वह उन दोनों की बातचीत के आखिरी क्षणों में उलझा हुआ था। उसे अचानक महसूस हुआ, बहुत दिनों से किसी ने उससे हाथ मिलाकर उसके सौभाग्यशाली होने की शुभकामना नहीं जताई, उससे किसी ने नहीं कहा, 'खुश रहो'।

"मैं तो यहीं था सरदार जी। विलायत...।"

"अजी आपसे महीनों-से मुलाकात नहीं हुई। मैं तो समझा था आप विलायत चले गए।" सरदार जी ने नकली गम्भीरता से कहा। मुझे यह मजाक पहले ही समझना चाहिए था, विमल ने सोचा। बहुत दिन बाद मिलने की शिकायत सरदार पहले भी इसी तरह से करता था।

"बहुत फँसा रहा सरदार जी।"

"मालूम है जी दुर्गादास का मुकदमा—आपको बड़ी भाग-दौड़ करनी पड़ी।"

"हाँ, वह भी था। और भी उलझनें थीं।"

दुकान का एक मिस्त्री उनके पास मँडरा रहा था। सरदार जी ने उससे कहा, "इसकी सुई बदलनी है।"

वह रिकॉर्ड-चेंजर लेकर दुकान के भीतरी कमरे में चला गया। सरदार जी ने कहा, "अब बताइए, चाय या कोकाकोला?"

विमल ने इस तरह से सिर हिलाया कि बातचीत का यह पहलू वहीं खत्म हो गया।

"बेचारा बच नहीं पाया।"

"कौन सरदार जी?"

"मैं दुर्गादास की बात कर रहा था।"

सरदार जी ने उसे गौर से देखा, या उसे शायद लगा कि उन्होंने उसे गौर से देखा। विमल ने कहा, "आप मसूरी नहीं जा रहे हैं?"

"नहीं जी।" उसने रुककर कहा, "हम कश्मीर जा रहे हैं।"

"गुड लक! जरूर जाइए।"

"आप?"

"मैं मसूरी जाने की सोच रहा हूँ।"

अब भी उसे कहीं से कोई कहता हुआ नहीं सुन पड़ा, 'खुश रहो। गुड लक'।

तभी दुकान का शीशेदार दरवाजा ढकेलकर राजनाथ अन्दर आया। सरदार जी ने कहा, "आइए जी। आप ही लोगों की याद हो रही थी।"

"हम लोगों की?"

विमल ने कहा, "हलो, राज।"

राजनाथ ने विमल को ठिठकती नजर से देखा, फिर सरदार जी के पास जाकर खड़ा हो गया। एक कागज निकालकर बोला, "इन्हें दिखला लीजिएगा। हमारा नया स्टॉक अभी आया नहीं है। जो भी रिकॉर्ड यहाँ निकल आएँ, छँटवाकर रख लीजिएगा।"

सरदार जी ने कागज पर सरसरी निगाह डाली। बोले, "कुछ तो मिल ही जाएँगे। जरा दो मिनट रुकिए।"

"जल्दी नहीं है। मैं छह-सात बजे तक मँगवा लूँगा।"

"अजी तशरीफ तो रखिए। आपकी एक चीज रखी हुई है।"

सरदार जी अन्दर के कमरे में चले गए।

विमल ने कहा, "बाहर मौसम बड़ा अजीब हो रहा है।"

राजनाथ सरदार जी की मेज पर रखे हुए पेपर-वेट को फिरकी की तरह नचा रहा था। घूमते हुए पेपर-वेट को उसने पंजे में जकड़ लिया। जकड़े रहा।

"नीला कैसी है?"

राजनाथ ने घूमकर उसकी ओर देखा। दबी हुए आवाज में, जो एक विषैली फुफकार जैसी थी, कहा, "तुम अब भी मुझसे बोलने की हिम्मत दिखाते हो? हरामजादे!"

जैसे किसी ने शतरंज की बिछी-बिछाई बाजी हाथ के घातक झटके से पलटकर जमीन पर छितरा दी हो। राजनाथ ने पेपर-वेट वाला पंजा उठाकर हवा में हिलाया जैसे वह विमल के चेहरे का निशाना बनाना चाहता हो। कहा, "तुम जानवर हो। यहीं इस दिल्ली में तुम्हें घसीट-घसीट कर मारूँगा। यह तुम न सोचना कि इतनी आसानी से छूट जाओगे।"

कहते-कहते अपने ही आवेग से राजनाथ का गला रुँध गया। उसने पेपर-वेट मेज पर फेंक दिया।

विमल ने कहा, "राज!" फिर कुछ भी नहीं कहा।

राजनाथ ने झपटकर पेपर-वेट को दोबारा उठाया, पर अन्दर के कमरे से सरदार जी को निकलते हुए देखकर उसे वहीं रख दिया।

सरदार जी ने कहा, "न जाने उसने कहाँ रख दिया था। यह लीजिए, अपनी चीज।"

उसके हाथ में किसी विदेशी सिगरेट के दो पैकेट थे। बोला, "आपके लिए कई दिन से बचा रखा था।"

राजनाथ ने पैकेटों की ओर देखा और दो-एक बार तेजी से पलकें झपकाईं। फिर उन्हें अपनी जेब में डालकर कहा, "शुक्रिया!"

तेजी से अपने पैर घसीटता हुआ वह दुकान के बाहरी दरवाजे की ओर बढ़ गया। वहाँ से बोला, "रिकॉर्डों के लिए मैं सात बजे आदमी भेजूँगा।" दरवाजे को ठेलता हुआ वह बाहर निकल गया।

सरदार जी ने कहा, "आज कुछ उखड़ा हुआ है।"

बाहर हवा की सरसराहट बढ़ गई थी। उसे बींधती हुई एक आवाज उसके कानों में कुछ पहले से गूँज रही थी। कोई किसी कार को सेल्फ स्टार्ट करने की कोशिश कर रहा था। काफी देर तक घर्र-घर्र का एकरस स्वर दुकान के बाहर हवा में दाएँ-बाएँ चक्कर लेता रहा। विमल को अपनी कनपटी में खून का बहाव तेज होता हुआ जान पड़ा—कार को स्टार्ट हो जाना चाहिए।

घर्र-घर्र की आवाज लगभग दो मिनट तक हवा पर हावी रही। विमल उसी तरह बैठा रहा। फिर जब बैटरी की बढ़ती हुई कमजोरी ने घर्र-घर्र की एकरसता तोड़कर उसे टुकड़े-टुकड़े करना शुरू कर दिया तो उसने अनजाने ही एक गहरी साँस ली। घरघराहट खत्म हो गई, जैसे किसी जानवर ने आखिरी कराह के साथ दम तोड़ दिया हो।

सरदार जी ने कहा, "आप भी जनाब, कुछ उखड़े हुए हैं।" फिर उन्होंने खुद इसकी सफाई दी, "मौसम।"

दस

यह कई बार का देखा हुआ सपना था और कुछ देर बाद तारानाथ जान भी गया कि वह सपना देख रहा है। उसने जागना चाहा पर सपना भी कोई गहरी चेष्टा रहा होगा; उसने जागने की चेष्टा को बेकाम कर दिया था।

अब यह धुँधला मैदान खत्म होगा और उसके सीमान्त से शुरू होनेवाला जंगल तारानाथ को चारों ओर से घेर लेगा। जंगल घना होगा, उसमें ऊँचे-ऊँचे पेड़ नहीं

होंगे, घनी कँटीली झाड़ियाँ होंगी, उनके किनारे-किनारे बिछी हुई पगडंडियों में वह भटक जाएगा। चारों ओर खामोशी होगी, और शेर-चीतों का डर होगा, पर शेर-चीते नहीं होंगे। कोई पगडंडी उसे हमवार धरातल से ढकेलकर नीचे ले जाएगी और वहाँ से एक ऊँचा-नीचा पथरीला फैलाव शुरू होगा। आगे उन्हें एक गलियारा मिलेगा जिसे वह अच्छी तरह जानता होगा क्योंकि वह उसे कई बार सपने में देख चुका है। आगे जाकर इस गलियारे के किनारे एक ठिंगना-सा मन्दिर होगा, वह घने पेड़ों से ढका होगा और हवा जब पेड़ों की टहनियाँ अलग-अलग करेगी तब तारानाथ को उसकी झलक दिखाई देगी।

तारानाथ नहीं जानता कि उस मन्दिर में किसका विग्रह है, वहाँ कोई आदमी या भूत-प्रेत मिलेंगे, वहाँ घंटियों की आवाज सुरीली होगी या डरानेवाली होगी, उसको इसका पता नहीं होगा, क्योंकि किसी भी सपने ने उसको वहाँ तक पहुँचाया नहीं है।

सपना हमेशा बीच में टूटता रहा था पर कभी भी उसके जंगल में भटकने से पहले नहीं टूटा। वह कभी उसे किसी झाड़ी के पास एक पत्थर पर बैठा हुआ छोड़ जाता था, कभी ऐसे बीहड़ के किनारे खड़ा कर देता था जहाँ वह हवा से टहनियों के हटने पर मन्दिर के साक्षात्कार की राह देख सकता था। एक बार तो तारानाथ उस टीले के नीचे भी पहुँच गया जहाँ से मन्दिर तक चढ़ने के लिए टूटी-फूटी सीढ़ियाँ शुरू हो जाती थीं। हर सपने में दृश्य के छोटे-मोटे उपदृश्य बदल जाते थे पर उसका आतंक और मन्दिर तक न पहुँच पाने की मजबूरी कभी नहीं बदलती थी। तारानाथ की चेतना मन्दिरों और मूर्तियों के माहौल में ही पली थी, फिर भी उसे कभी इस सपने के बाद किसी दैवी अनुग्रह का एहसास नहीं हुआ। उसे ऐसे सपने से एक अजीब-सी लाचारी का अनुभव होता। शुरू से ही जंगल और झाड़ियों का बेतरतीब सिलसिला देखते ही उसे बेचैनी होने लगती कि आज फिर वह मन्दिर तक पहुँचते-पहुँचते जाग जाएगा और देख नहीं पाएगा कि वहाँ क्या है। और होता भी यही था। अपने को बहुत समझाने के बावजूद वह इस सपने को अपनी असफलता का क्षण मानने लगा था।

एक तरह से तारानाथ को अब सभी सपने संदिग्ध-से दीखने लगे थे, क्योंकि कभी-कभी कोई बिलकुल ही दूसरा सपना अचानक इस जाने-बूझे सपने में खो जाता था और फिर वह अपने को कभी रूखे-सूखे मैदान में, कभी झाड़ियों से आतंकित पगडंडियों में, कभी पथरीले गलियारों पर भटकता हुआ पाता था। पूरा बचपन और छात्र-जीवन दिल्ली की शहरी जगमगाहट में बिता चुकने पर भी उसे न जाने इस वीरानगी ने किस तरह, कहाँ से जकड़ लिया था कि बचपन की सम्भ्रान्त जिन्दगी हमेशा उसके सामने पीली पड़कर बिखर जाती थी। एक बार, सपने ही में, वह

किसी बड़े शहर की सड़क पर—शायद बम्बई में—चल रहा था, जहाँ उसके बाईं ओर समुद्र और दाईं ओर ऊँची-ऊँची इमारतें थीं। उसने समुद्र में कूदकर नहाना चाहा और जब वह एक लहर को बाँहों में भर रहा था, उसने देखा कि वहाँ समुद्र नहीं है, बल्कि एक सुनसान मैदान है। फिर उसी समुद्र को पाने की हड़बड़ी में उसने पीछे घूमकर देखा, पर वहाँ मैदान-ही-मैदान फैला हुआ था और इतनी दूर तक फैला था कि क्षितिज की रेखा अस्पष्ट हो गई थी। उसे डर लगा कि उस अस्पष्ट रेखा पर अब उसका जाना-पहचाना जंगल खड़ा हो जाएगा और उससे बचने के लिए तारानाथ ने अपना मुँह दूसरी ओर कर लिया, पर जिस सम्भावित भय के खिलाफ उसने मुँह फेरा था वही दूसरी ओर उसके सामने आकर खड़ा हो गया। मुँह फेरते ही उसकी आँखों के बहुत नजदीक, बिलकुल पाँवों के पास, उसे घूरता हुआ जंगल दिखाई दिया। चेतना के बिखरे हुए कणों को बटोरकर तब उसने इस अवास्तविक, पर निविड़ आतंक के खिलाफ आँखें खोलने की कोशिश की।

सपना अभी टूटा नहीं था। उसने चाहा कि वह जाग जाए, पर जाग न सका। वह टीले के नीचे टूटी-फूटी सीढ़ियों तक आ गया था। उसे लगा कि आज वह शायद सीढ़ियाँ चढ़कर मन्दिर तक पहुँच जाएगा। वहाँ की अधिष्ठात्री देवी आज शायद उस पर प्रसन्न हैं। उसकी पहलेवाली बेचैनी मिट गई और एक दूसरी बेचैनी उस पर हावी हो गई कि इस चरम बिन्दु पर उसकी नींद कहीं उसे धोखा न दे जाए। पर ऐसा नहीं हुआ। वह सीढ़ियों पर चढ़ता गया। ऊपर बिना शिखर का, एक चौकोर मंडप-जैसा मन्दिर एक अपार्थिव मटियाले प्रकाश में कभी उसकी निगाह के आगे झलक जाता, कभी गहरे हरे रंग की टहनियाँ उसे ढक लेतीं। हवा कुछ तेज हो गई और टहनियाँ लपलपाने लगीं। उसने अपनी रफ्तार बढ़ा दी।

पर आज सपने ने उसे एक नई स्थिति में लाकर छोड़ा। मन्दिर बहुत करीब था, पर एक सीढ़ी के आगे किसी पेड़ की खुरदरी डाल आरपार फैली हुई थी। वह इतनी ऊँचाई पर थी कि वह तुरन्त तय नहीं कर पाया कि उसे ऊपर से लाँघा जाए या उसके नीचे से निकला जाए। अब वह डाल के नीचे से निकलकर अगली सीढ़ी छू रहा था। तभी उसने ऊपर की ओर देखा कि मन्दिर का दरवाजा अन्दर से खुल रहा है, उसको दूर से ढकनेवाली टहनियाँ किनारे सिमट गई है, हवा थम गई है, पर डाल का खुरदरापन उसकी पीठ में चुभने लगा है, वह आगे की सीढ़ी पर पाँव नहीं बढ़ा पा रहा है...।

तब रात के तीन बजे होंगे। मई के आरम्भिक दिन थे पर इस समय कुछ ठंडक हो गई थी। मच्छरदानी की छत के पार तारे बहुत दूर—बहुत धुँधले दीख रहे थे। तारानाथ ने अपने को आश्वस्त किया—जैसा भी रहा हो, मैं अब जाग रहा

हूँ। आँगन में अँधेरा था, सिर्फ सामने दीवार के कोने पर बाहर जलनेवाले बल्ब ने रोशनी का एक तिरछा परदा फैला दिया था।

दूसरे दिन रेल का लम्बा और उबानेवाला सफर। गाड़ी में बड़ी भीड़ थी। उसने अपने को कई बार समझाया—यह यात्रा एक खंडित सपने की अन्धविश्वासपूर्ण प्रतिक्रिया है, अज्ञात के आतंक से भागने की एक बचकानी कोशिश है। इसका उद्‍देश्य साफ नहीं है। शायद उसका विवेक घुन गया है और अब वह किसी भी आवेग पर तिनके की तरह तैरने लगा है। शायद यह इतने दिन तक अकेले या कुँवारे रहने का नतीजा है—उसने अपने से मजाक करने की कोशिश की, पर इससे मन हल्का नहीं हुआ।

पर फैजाबाद आते-आते उसके मन में यात्रा का उद्‍देश्य स्पष्ट हो गया—मैं पापा से नहीं मिलूँगा, देवता का दर्शन इस बार आनुषंगिक होकर नहीं रहेगा। स्टेशन से बाहर जाने के बजाय उसने वहीं से अयोध्या का टिकट ले लिया और गाड़ी में दोबारा बैठ गया। आगे के पाँच मीलों में वह एकनिष्ठ होकर एक सुखद निरुद्वेगता में खोया रहा।

स्टेशन से कनक भवन तक वह पैदल ही चला गया। दिन की आरती के लिए अभी इतना समय था कि मन्दिर के सामने पहुँचकर अपनी छोटी अटैची उसने जमीन पर रखी और मन्दिर के मुख्य द्वार को देखने लगा। सामने काफी बड़ा चौकोर मैदान था, उसके बाद कुछ ऊँचाई पर मन्दिर का प्रवेश। दाईं ओर दुमंजिला इमारत थी, जहाँ से कीर्तन का स्वर, जोरदार हारमोनियम और खड़तालों और झाँझों का संघर्षण हवा में थरथराहट उठा रहा था। एक पेड़ की ढीली-ढाली छाँह में एक धूल-भरी जीप और कुछ कारें खड़ी थीं। जीप का ड्राइवर, कीर्तन और आसपास घूमते हुए भिखमंगों और कुत्तों से निस्संग, सीट पर लेटा हुआ सिगरेट पी रहा था।

जीप के पास तक आते-आते उसने देखा, ड्राइवर की निस्संगता टूट चुकी है। वह एक भिखारी को गालियाँ देकर दूर भगा रहा था। तारानाथ को लगा, शंकर उससे इसकी सफाई माँग रहा है। वह अपने उपहास को दबाकर, पर साथ ही यह दिखाकर कि वह अपने उपहास को दबा रहा है, पूछ रहा है, "यह गन्दगी कब मिटेगी? मन्दिरों का इन भिखारियों से साथ कब टूटेगा?"

"जब समाज से भिखारियों का साथ टूट जाएगा।"

"तुम्हारे महंत, मठाधीश, धर्म की कमाई खानेवाले ये महापुरुष इनके लिए कुछ क्यों नहीं करते?"

"इन्हें मेरे महंत मत कहो...।"

अन्दर आरती के घंटे बजने शुरू हो गए थे। तारानाथ की काल्पनिक बहस वहीं छूट गई। लगा, जो हवा उन्हें छूकर अभी-अभी गई है, उसमें एक हल्कापन है। नीचे जलती हुई पृथ्वी, तपती धूप—सबका तीखापन बुझता जा रहा है। मन्दिर के गर्भ-गृह से आनेवाली आवाजें आवाजें नहीं हैं, वे एक संस्पर्श हैं, जो सिर्फ कानों और मन को नहीं, अंग-प्रत्यंग को अपने जादू से आविष्ट करती हैं।

धूप और गर्मी से तिलमिलाते आँगन को पार करने में उसे उलझन नहीं हुई। पर मन्दिर के मुख्य कक्ष में पहुँचकर, जहाँ सीता-राम की मूर्तियाँ थीं, उसे जिस ठंडक का अनुभव हुआ, वह उसकी उस मनोदशा में एक प्रतीकात्मक विशेषता बन गई। वह आँखें मूँदकर आरती की भीड़ में खड़ा हो गया और शंख-घंटों की ध्वनि और सामूहिक स्तोत्र-गान के संहत स्वरों में उसने अपने को घुला दिया।

आरती समाप्त होने पर उसने आँखें खोलीं। मन-ही-मन प्रार्थना करते हुए उसने देवता को नमन किया, फिर संगमरमर के फर्श पर हाथ जोड़कर बैठ गया।

शंख-घंटे बजने बन्द हो गए थे पर प्रार्थना की अलग-अलग ध्वनियाँ और उनकी प्रतिध्वनियाँ अब भी यही आभास देती थीं कि पूजा का संगीत पहले ही की तरह चारों ओर व्याप्त है। पुजारी और उसके साथ आरती के समय रोज आनेवाले कुछ लोग रामचरितमानस के स्फुट दोहों का समवेत पाठ कर रहे थे। एक ओर चार-पाँच स्त्रियाँ मिलकर कोई लोकगीत गाने लगी थीं। उसके शब्द तारानाथ की समझ में नहीं आए, पर उसे लगा, वह अयोध्याकांड में है, वह गाँव के बाहर जनपद-वधुओं के साथ अलक्षित खड़ा हुआ, भरी फसलों और टेढ़ी-मेढ़ी मेड़ोंवाले खेतों के किनारे से निकलती हुई राम और लक्ष्मण के पीछे चलती हुई वैदेही की व्यथा का साक्षी हो रहा है। उसे अपने कन्धे पर किसी कड़ी चीज से टकराने का एहसास हुआ और उसकी आँखें खुल गईं। इस गर्मी में भी टेरीलीन का कत्थई सूट और लाल टाई पहने एक आदमी उन्हें धक्का देता हुआ, चरणामृत पीने के लोभ में पुजारी की ओर बढ़ रहा था। 'सुखी रहो, इसी प्रकार सुखी रहो।' उसने उसके लिए मन-ही-मन कहा और अनुभव किया—वह शंकर के उपहास की नकल कर रहा है, और दोबारा अनुभव किया कि शंकर का उपहास धीरे-धीरे उसके मन पर स्थायी खरोंच लगाने लगा है। वह कुछ उद्विग्न हुआ, फिर सब कुछ भूलकर निश्चल हो गया। अब सभी आवाज को दुगुना करके उसके सुपरिचित श्लोक को, जिसमें राम की मुखश्री का स्तवन था—अभिषेक से जो प्रसन्न नहीं हुई, वनवास के दुख से जो मलिन नहीं हुई—समवेत स्वरों में गाने लगे थे। उसने भी इसका उच्चारण करना चाहा; पर उसे लगा, इस मुखर सुस्थिरता में देवता के आगे चुपचाप बैठना और सब कुछ छोड़कर उनका लीलागान सुनना अधिक सुखद है। वह उसी तरह निश्चल बैठा रहा।

वहीं कोई और था जो समवेत प्रार्थना से अलग आकर अपनी स्तुति अर्पित कर रहा था। उस स्वर की विलक्षणता ने तारानाथ की एकाग्रता तोड़ी क्योंकि वह केवल स्वर न था, उसके शब्दों का संगीत कहीं उसका मर्म छूने लगा था।

एक बुड्ढा आदमी, जिसकी उम्र साठ से अस्सी वर्ष के बीच कहीं भी हो सकती थी, देवमूर्तियों के बहुत पास जाकर एक स्तोत्र का वाचन करने लगा था। उसकी धोती और सलूका बहुत साफ न था, पर उसमें रोज हाथ से धोए जाने की स्वच्छता थी। उसकी दाढ़ी बढ़ आई थी, मुँह पोपला था। उसकी आवाज सुरीली थी, पर लगता था वह किसी भी क्षण टूटकर गिर जाएगी।

उसे सुनकर बरसाती हवा में खिड़की पर जलती हुई मोमबत्ती का सुपरिचित प्रतीक तारानाथ को पूरी तरह से सूझ भी न पाया था कि वह काँपती आवाज अपनी तल्लीनता में उसे अपने साथ बहा ले गई। वह गा रहा था—हा राम, हा नरवरोत्तम, हा दयालो, सीतापते, रुचिरकुंतलशोभिवक्त्र, भक्तार्तिदाहक, मनोरमरूपधारिन्, मां बन्धनात् सपदि मोचय, मा विलंबम्। पता नहीं, वह गा रहा था या रो रहा था।

तारानाथ सुनता रहा। उसे दुर्गादास की याद आई। उसे याद आया कि उसे स्वयं यह प्रार्थना पहले से याद थी और वह इसे दोहराना चाहता था। मां बंधनात् सपदि मोचय मा विलंबम्—उसने दुर्गादास की ओर से दोहराया।

बाद में, अयोध्या से लौटते हुए, उसे एहसास हुआ कि इस प्रार्थना की विह्वलता के क्षणों में उसे विमल की याद नहीं आई थी।

ग्यारह

विमल ने पढ़ा :

"प्रिय अंकल,

तुम्हारा खत मुझे सात दिन पहले मिल गया था। पर मैं तुरन्त जवाब नहीं दे सका। जवाब देने के लिए मेरे पास तब कुछ नहीं था, अब भी मैं नहीं जानता कि मुझे क्या लिखना चाहिए, क्या लिखने से आपको सन्तोष होगा।

आपने राज के व्यवहार के बारे में लिखा है। उसने आपको सरदार की दुकान में गाली दी थी। यह सही है कि मैं आपको गाली न देता, नहीं दे सकता। पर जिस गहराई से राज पूरे माहौल की विशृंखलता को झेल रहा है, वैसे ही मैं भी झेल रहा हूँ। मैं गाली न दूँ, और परमात्मा से अपनी सहनशक्ति के अटूट रहने की प्रार्थना

करता हूँ, तब भी हम दोनों के नरक एक ही हैं और अगर, बाहरी आचरण की बात भूलकर, इस यातना के लिए आप राज को सहानुभूति का नहीं बल्कि दोष का एक पात्र समझते हों, तो उसी हद तक मैं भी दोष का पात्र हूँ।

आपने पूछा है, क्या मैं भी आप पर शक करता हूँ? मैंने अपने को इस सवाल से बचाने के लिए ही पागलपन का वह दौर, जिसे शंकर ने जाँच की शक्ल में शुरू किया था, खत्म कर दिया है। न जाने कैसे हमें भ्रम हो गया था कि पापा निर्दोष साबित हो सकते हैं और उसके बाद असली अपराधी पर, अगर असली अपराधी नाम का कोई प्राणी संसार में होता हो तो, मुकदमा चल सकता है। पर कानूनी स्थिति हमें बाद में मालूम हुई।

जाँच बीच में छोड़ दी गई है। वास्तव में वह जाँच भी कोई सरकारी जाँच नहीं थी। शंकर ने इधर-उधर कुछ पूछताछ की थी—बस, इतना हुआ था। उसमें आप कहीं नहीं थे। सिर्फ इतना मालूम हुआ था कि एक ऊँघते हुए चौकीदार ने किसी को आधी रात में गोविन्द के फ्लैट में जाते देखा था, फिर दो-एक लोगों ने उसके पिछवाड़ेवाली गली में एक आदमी को खड़े हुए भी देखा था। उसके बाद अंकल, आपने खुद अपनी ओर से शंकर को बताया कि उस रात आप भी, लगभग आधी रात को गोविन्द के फ्लैट पर गए थे।

आपने शंकर से यह क्यों बताया? सचाई का वह कौन-सा दबाव था, जिसके कारण आप शंकर से यह बताने पर मजबूर हो गए, और इसके पहले, बहुत पहले, पुलिस से छिपाए रहे? देखिए अंकल, मेरी कमजोरी किस तरह खुलकर आपके सामने आ रही है। मैं कहता हूँ, "पुलिस से छिपाए रहे," हालाँकि पुलिस से आपने कुछ भी नहीं छिपाया, क्योंकि पुलिस ने आपसे कुछ भी नहीं पूछा। पर शायद, मन के किसी अँधेरे कोने में, तर्क और संयम की सभी जकड़नों के बावजूद, मैं आपको किसी-न-किसी बात के लिए दोषी समझने को तैयार बैठा रहा हूँ। तभी मैं एक प्राग्धारणा के बल पर कह गया कि आप पुलिस से कुछ छिपाए रहे। आपके लिए मेरे मन में जो कुछ भी कुरूप बनकर उभरता है, उसे मैं निकाल फेंकना चाहता हूँ, पर आप देख रहे हैं न—किस तरह आप और शंकर की बातचीत ने मुझे झिंझोड़ दिया है। सच-झूठ, सही-गलत अपराध और निर्दोषिता आदि की परम्परागत सीमाओं को शंकर की यह बचकानी जाँच तोड़ती चली गई है। बारिश की बूँदें भले ही बहुत कम गिरी हों, पर वे सारी सीमा-रेखाओं को बिगाड़ देने के लिए काफी हैं। तब मैं राज को क्या लिखूँगा? यह लिखना तो आसान है कि वह अपने अपशब्दों के लिए आपसे माफी माँग ले, पर...आप खुद उसके लिए बताएँ कि वह आपके लिए क्या करे?

मैं अपने अनुभवों के अजूबेपन से जब घबराता हूँ तो पुराने महापुरुषों के अनुभवों का सहारा लेता हूँ। इसीलिए जब मैं महाभारत के उद्धरण आपको सुनाने लगूँ तो यह न सोचिएगा कि छोटे मुँह बड़ी बात कह रहा हूँ—शायद यह अनुभव आपको भी यह समझने में मदद दे कि आपकी छटपटाहट—या मेरी छटपटाहट—बिलकुल अनोखी नहीं है, सभी इसे, या इससे भी बुरी स्थिति को झेलते चलते हैं। युधिष्ठिर ने यक्ष को बताया है—यही मुख्य वार्ता है कि इस महामोहमय कड़ाह में, सूर्य की अग्नि और दिवारात्रि के ईंधन से, मास और ऋतुओं की कड़छुल के सहारे महाकाल हम प्राणियों को पकाता रहता है। अंकल, इस स्थिति में कोई किसी को शान्ति नहीं दे सकता। सबको अपनी-अपनी मुक्ति का मार्ग खुद ही खोजना पड़ता है। इससे ज्यादा सांत्वना के जो शब्द कहे जाएँगे, वे एक-दूसरे को भरमाने के लिए ही होंगे।

मैंने कभी आपसे मुँह खोलकर कुछ भी नहीं कहा, इसलिए इस लम्बे पत्र से आपको हैरत भी हो सकती है। पर, इतने दिन से, इतना निकट से आपको जानने के बाद भी, जब अचानक एक नई जानकारी ने पूरी स्थिति ही बदल दी और सही-गलत की सभी पारम्परिक परिभाषाओं से हमें बाहर ढकेलना चाहा तो बहुत कुछ कहने की इच्छा होती है। पर उसे भी निरर्थक समझकर मैं और ज्यादा नहीं लिख रहा हूँ। सिर्फ यही अनुरोध करता हूँ और इसी के लिए भगवान से दिन-रात प्रार्थना करता हूँ कि हम सब और आप भी आगे जो कुछ करें, बहुत समझ-बूझकर, अपने विवेक का पूरा-पूरा सहारा लेकर ही करें। विदुर-नीति में कहा है कि देवता यदि किसी की रक्षा करना चाहते हैं तो जैसे चरवाहा पशुओं के पीछे लाठी लेकर उनकी रक्षा करता घूमता है, उस तरह उसके पीछे नहीं घूमते। वे जिसकी रक्षा करना चाहते हैं उसे केवल बुद्धि से संयोजित कर देते हैं। विवेकपूर्ण बुद्धि से ही हम लोग अपने सम्बन्धों को बचा सकते हैं, उसी के सहारे राज और चाँद और आप—हम सभी पहले की-सी सहजता पाने की कोशिश कर सकते हैं। और विवेक के लिए...।"

यह पत्र तारानाथ ने लिखा था। आगे बताया गया कि विवेक के लिए जगत-प्रभु की अनंत और अहेतुक कृपा का सहारा चाहिए। इस विषय पर बहुत कुछ लिखा गया था।

पर विमल की निगाह वहीं टिकी रही जहाँ तारानाथ ने पत्र की एक ही पंक्ति में चाँद का नाम पहली और अन्तिम बार उसके साथ लिखा था।

वे दिल्ली एअरपोर्ट के रेस्त्राँ में बैठे हुए दोपहर के खाने के नाम पर सैंडविच और कॉफी ले रहे थे और गिलास की दीवार के पार हवाई अड्डे पर जहाजों का उतरना

देख रहे थे। चाँद ने वातानुकूलित कमरे की तारीफ करने के लिए चारों ओर निगाह दौड़ाई और जोर की साँस लेकर दिखाया कि अभी तक वह गर्मी की मार को भूली नहीं है। कहा, "कल तक लाल फीते के बारे में पढ़ा ही करती थी, आज देख भी लिया।" फिर—माई गॉड या गॉश या कुछ वैसा ही।

"थैंक्यू मि. सलूजा, आज आपने अच्छी-खासी प्रैक्टिकल ट्रेनिंग करा दी।"

पर जोर की आवाज करता हुआ वह हवाई जहाज जो रनवे पर उतरनेवाला था, विमल के लिए हवाई जहाज नहीं था। वह तारानाथ के खत की एक पंक्ति था, जो इस वक्त भी उसके सिर पर मँडरा रही थी।...बताइए, चन्द्रा जी आपका क्या खयाल है? क्या मैं आपको विवेक के सहारे अपना सकता हूँ?

कुर्सी की सुखद विलासिता में वह ढीली और तिरछी होकर बैठी हुई थी। बहुत दिनों के बाद उसके रेशमी बाल बड़े करीने से सजे थे और उसके चेहरे को किसी स्कूली लड़की के चेहरे का निष्ठावान सौजन्य दे रहे थे। छापेदार अरगंडी की बड़े कालरवाली कमीज उसकी गर्दन को एक अजीब रहस्यमय अन्दाज से छिपाने की कोशिश कर रही थी...।

...नहीं, मिस चन्द्रा, विवेक चले या न चले, मैं तुम्हें नहीं छोड़ पाऊँगा।

"नौजवान लड़के, तुम्हारा शिष्टाचार कहाँ चला गया है?" वह उसे बुजुर्ग मास्टरनी की आवाज में अंग्रेजी में डाँट रही थी, "मैं तुम्हें थैंक्यू कह रही हूँ, तुम उसे स्वीकार तक नहीं करते?"

"सॉरी मैडम, आपकी शक्ल देखते ही शिष्टाचार दुम दबाकर भाग जाता है।"

"अभी फिर हमें उस भट्ठी में चलना पड़ेगा। लाल फीते का जहर अभी पीना बाकी है क्या?"

"तुम मत चलना। यहीं लाउंज में बैठना—मैं भट्ठी में जाकर घंटे-भर में निकल आऊँगा।"

"तुम? बहुत दोस्ती दिखाने की कोशिश मत कीजिए। मुझे आप कहा कीजिए। समझे आप?"

"समझ गया आप।"

"समझ गए आप तो बताइए, चेहरा क्यों लटका हुआ है?"

"नहीं बताता।"

वे उस दिन एअरपोर्ट से मिले हुए कस्टम ऑफिस में दस बजे ही आ गए थे। विमल के नाम से किसी मित्र ने विदेश से कोई पैकेट भेजा था। उसे छुड़ाने के लिए वे टीन-छाई इमारतों के गर्म, पसीनेदार और उबाऊ वातावरण में तीन घंटे बिता चुके थे। विमल के लिए यह नया न था, पर अनगिनत फार्म, न जाने कितने

काउंटर, क्लर्क, कायदे-कानून और एक खुफिया शर्त-सी गाँठ में बाँधे हुए पूरा-का-पूरा दफ्तर कि बाहर का आदमी जिस वक्त जो चाहता है उस वक्त वह न होने पाए—चाँद के लिए लाल फीताशाही की यही प्रैक्टिकल ट्रेनिंग थी। आधे घंटे बाद उन्हें उसी पैकेट के पीछे उन्हीं टीन-छाई इमारतों का चक्कर काटना था और गर्मी का सीधा सामना करना था।

"कुछ हो गया है क्या?"

वह हिचकिचाया, चाँद ने कहा, "क्या हुआ मि. सलूजा, किसी पॉकेटमार ने क्या..."

"चाँद, एक सेकंड के लिए संजीदा हो जाओ। तारा का खत आया है।"

"तो?"

"लिखा है कि हमें-तुम्हें अक्ल से काम लेना चाहिए।"

"भाई भी गजब करते हैं! मेरी बात तो दूसरी है, पर तुम्हें अक्ल से क्या मतलब!"

"पूरी बात तो सुनो। उनका कहना है, साफ-साफ तो नहीं पर मतलब यही है, कि राज मुझे गालियाँ देकर ठीक ही करता है।"

"इसका मतलब यह कि भाई भी शंकर के किस्से में यकीन करने लगे हैं।" उसने तीखेपन से कहा, "और तुमने एक बार मुझसे कहा था—याद है न, जब मैं बार-बार तुमसे कह रही थी कि वे तुम्हारे खिलाफ हैं—तुमने कहा था कि वे तुम पर शक नहीं कर सकते।"

"हाँ कहा था, मुझे तारा की समझ में यकीन था, और अब भी है।"

"अब भी है तो मुझे छोड़ दो, मुझसे बात मत किया करो, मुझे मर जाने दो।"

"यह हुई समझदारी की बात।" विमल ने अपनी तर्जनी का नाखून चाँद के नाखून से इस तरह मिलाया कि दोनों की उँगलियाँ एक सीधी रेखा बनाने लगीं। बोला, "चाँद, तारा ने मुझे सिर्फ समझाया है, मुझे दोषी नहीं बनाया। तुम उसकी चिट्ठी पढ़ लो।"

"मैं दूसरों की चिट्ठियाँ पढ़ने की आदी नहीं।"

"उसने सिर्फ कहा है कि हमें सद्बुद्धि से काम लेना चाहिए।"

"ठीक है, इस सलाह से मुझे कोई एतराज नहीं है।"

वे काफी देर इसी तरह की अर्ध-अनर्गल, अर्ध-गम्भीर बातें करते रहे, इसी बीच उन्होंने बिल अदा किया, बात करते हुए वे बाहर आ गए।

गर्मी की झुलस का नए सिरे से एहसास होते ही चाँद ने कहा, "मिस्टर सलूजा," जोर 'मिस्टर' पर था, "चलो, हम लोग भाई की ही राय से चलें। हमें अगर विवेक से ही काम लेना है तो वही सही। अक्ल का तकाजा है कि इस तपती हुई

दिल्ली को छोड़कर हम लोग पहाड़ों में चले जाएँ जहाँ हरियाली है, झरने झरते हैं, वगैरह-वगैरह।"

"क्या कह रही हैं चन्द्रा जी, आप अपना घर-बार छोड़कर मुझे अपने साथ किसी हिल-स्टेशन ले चलना चाहती हैं?"

"अक्ल का तकाजा है, भाई ने कहा है..."

"आप में इतनी हिम्मत है?"

"ऐसी गर्मी में दिल्ली में रहना...।"

"आप मुझे बराबर अपने साथ रखेंगी न? मुझे धोखा तो न देंगी? मुझे कहीं बेच तो न देंगी?"

"इसका जवाब मार्किट देखकर दिया जाएगा।"

"तो आप कब तक चलना चाहेंगी?"

"कभी भी। आज। अभी।"

"पर मुझे आज लखनऊ जाना होगा। वहाँ कुछ दिन रहने के बाद ही...।"

"क्या मुसीबत है! यह तफसील मुझे क्यों सुना रहे हो जी? ये छोटे-मोटे मसले जूनियर लेवल पर तय कर लेना। मुझे तो, बस ब्रॉड डेसिजन लेना था, वह ले लिया है। समझे मिस्टर सलूजा!"

"समझ गया मैडम। मैं सब बातें राजनाथ एंड कंपनी से तय करके आपको एक कोठरी में बन्द करा दूँगा। आप कहीं नहीं जा पाएँगी।"

बारह

अंग्रेजी फिल्म का शीर्षक नदी और हरियाली की याद दिलाता था, पर कथा अमेरिका के पश्चिमी फिल्मोंवाली थी जिसमें चट्टानों और गलियारों में घिसट-घिसटकर एक-दूसरे पर गोलियाँ बरसाई जा रही थीं; खून, फालतू रंग की तरह, जो शूटिंग के समय सचमुच ही फालतू रंग रहा होगा, बह रहा था। सिनेमा खत्म हो जाने पर, राष्ट्रगीत के खत्म होने का इन्तजार किए बिना, नीला और राजनाथ दरवाजे की ओर चल दिए और खड़े हुए दर्शकों की नाराज निगाहों की परवाह न करके बाहर निकल आए। कार में बैठते ही राजनाथ ने कहा, "बोर था।"

"हम लोगों की किस्मत ही बोर है।" नीला ने तीखेपन से कहा। राजनाथ को लगा, वह उस पर कोई इल्जाम लगा रही है। उसने उत्तर नहीं दिया।

अचानक रास्ते में नीला ने कहा, "इस विमल के बच्चे पर मुकदमा नहीं चल सकता?"

"उसके खिलाफ है ही क्या, जो मुकदमा चलाया जाए?"

"तब उसे कोसा क्यों करते हो?"

राजनाथ चीखने लगा, "तुम क्या चाहती? मैं सामने के खम्भे से मोटर टकरा दूँ? मर जाऊँ?"

"टकरा दो न!" उसी तरह चीखकर नीला ने कहा।

पर मोटर उसी तरह सड़क पर चलती रही। कुछ देर की खामोशी के बाद राजनाथ ने कहा, "मेरे सामने दोबारा उसका नाम मत लेना।"

घर आते ही उन्हें मुकर्जी मिला। वह बाहर लॉन में टहल रहा था। उसे देखकर नीला ने अपने-आपसे, पर इस तरह कि राजनाथ सुन ले, कहा, "यह भी लाइन में खड़े हैं।" पर मुकर्जी तक आते-आते उसका चेहरा सहज हो गया। बोली, "कहाँ से आ रहे हैं मुकर्जी साहब?" फिर उसने पोर्टिको की ओर देखकर कहा, "चाँद नहीं लौटी क्या?"

मुकर्जी टहलते-टहलते रुक गया। बोला, "आप कैसे जानती हैं कि वह लौटने के लिए बाहर गई है?"

लॉन में कुर्सियाँ पड़ी थीं। राजनाथ एक पर बैठने जा रहा था, पर सीधा खड़ा हो गया। सवाल नीला ने किया, "कहाँ गई है वह?"

"आप नहीं जानतीं?"

"हम लोग पिक्चर देखने गए थे। तब तक वह लैब से वापस नहीं आई थी।"

उस दिन की हवा अचानक ठंडी हो गई थी। दूर कहीं पहाड़ों पर बारिश हुई होगी। लॉन पर फैली हुई रोशनी पेड़ों की हिलती हुई टहनियाँ छायाओं में फैलती थीं, सिकुड़ती थीं। उमस के टूटते ही लगा था, तनाव के सभी आधार टूट चुके हैं। पर नीला की बात खत्म होने के बाद तीनों एक नई उमस की गिरफ्त में आ गए। राजनाथ धीरे-धीरे, जैसे उसके पैर किसी मशीन के जोर से झुक रहे हों, एक कुर्सी पर बैठ गया। हाथ के इशारे से उसने मुकर्जी को बैठने के लिए कहा। नीला ने नौकर को आवाज दी। राजनाथ ने पूछा, "चाँद कहाँ है?"

वे दोनों सवालों के दायरे में चक्कर काट रहे थे, उस दायरे से बाहर आने का कोई दरवाजा उन्हें दीख नहीं रहा था। तब मुकर्जी ने कहा, "मैंने कुछ देर पहले यहाँ फोन किया था। चाँद से मेरी बात हुई थी। उसने मुझे बताया कि मैं मसूरी जा रही हूँ। वह अभी रात की गाड़ी से जानेवाली है। मैंने उसे समझाया, पर वह हँसकर मेरी बात टालती रही। वह हँसती रही और कहती रही कि तुमको भी मसूरी आना चाहिए। गर्मियों में पहाड़ जाना ऊँची हैसियत का चिह्न है।..."

नीला ने कहा, "विमल भी मसूरी जा रहा होगा।"

"होगा नहीं, है।" मुकर्जी की आवाज में नाराजगी न थी, खेद था जिसे किसी परिवार में मृत्यु हो जाने पर सांत्वना के लिए प्रयोग में लाया जाता है। राजनाथ से उसने कहा, "आप कुछ करते क्यों नहीं भाई साहब? चाँद हम लोगों की आँख के आगे अपने को बरबाद कर रही है। किसी को तो कुछ करना चाहिए।"

"क्या करना चाहिए?" राजनाथ ने कहा, "रिवॉल्वर चमकाते हुए पागलों की तरह रेलवे स्टेशन पर दौड़ना चाहिए?"

नौकर एक ट्रे में शरबत के गिलास ले आया। उनमें से एक मुकर्जी की ओर बढ़ाते हुए नीला ने कहा, "चिल्ला क्यों रहे हो?"

राजनाथ ने चिल्लाते हुए कहा, "चिल्ला कौन रहा है?"

नीला ने उसकी ओर ध्यान नहीं दिया। मुकर्जी से पूछा, "विमल के बारे में तुम कैसे जानते हो?"

"बताया न भाभी, मैंने चाँद को फोन किया था। आप लोग पिक्चर देखने गए थे। तब उसने कहा, मैं दस बजे की गाड़ी से मसूरी जा रही हूँ। मैंने उसे चिढ़ाने के लिए कहा कि विमल भी जा रहा होगा। तब उसने बताया कि होगा नहीं, है, जा रहा है। मैंने आपके बारे में पूछा तो बोली कि भैया और भाभी हनीमून पर गए हैं। उसकी बातों से मुझे लगा कि वह आप लोगों को बिना बताए हुए ही मसूरी जा रही है...।"

राजनाथ ने शरबत का गिलास एक घूँट में खत्म कर दिया। उठते हुए बोला, "चलो, हम लोग स्टेशन चलकर देख लें।"

मुकर्जी ने कहा, "पर वहाँ कोई तमाशा नहीं खड़ा होना चाहिए।"

राजनाथ की आवाज ऊँची हो गई। बोला, "तुम क्या समझते हो? मैं वहाँ कोई ड्रामा करने चल रहा हूँ?"

"तब यहाँ क्यों ड्रामा कर रहे हो?" नीला ने कहा।

कार में मुकर्जी राजनाथ के साथ बैठा। नीला पीछे की सीट पर थी। राजनाथ ने कहा, "मुकर्जी, अगर चाँद और विमलवाली यह उलझन न होती तो आज हम लोग खुशी मना सकते थे। एक खुशखबरी थी।"

नीला ने पीछे से कहा, "तुम्हारे लिए हर बात खुशखबरी होती जा रही है।"

"भाई का खत तुमने नहीं पढ़ा?"

"पढ़ा है," नीला ने कहा, "और अब विमल चाँद को लेकर मसूरी जा रहा है, इसको भी खुशखबरी कहते हैं!"

राजनाथ ने गाड़ी का हॉर्न जोर से दबाया, दबाए रहा। हॉर्न काफी देर बजता रहा।

मुकर्जी ने कहा, "भाभी। राज भाई साहब। प्लीऽऽऽज!"

इसका कुछ असर हुआ। दोनों चुप हो गए। मुकर्जी ने कहा, "धीरे-धीरे सब ठीक हो रहा है।"

किसी ने भी इसका जवाब नहीं दिया। तब मुकर्जी ने धीरे से कहा, "आप कोई अच्छी खबर बता रहे थे।"

"हाँ," पर राजनाथ की आवाज में उत्साह न था, "भाई का खत आया है। उन्होंने लिखा है कि पापा को जेल से रिहा कराने के लिए उन्होंने दरखास्त दे दी है।"

"क्या वे जल्द ही रिहा हो सकते हैं?"

"कह नहीं सकता। पर भाई को उम्मीद है। वे कहते हैं कि बाद में जो बातें मालूम हुई हैं, उनसे पापा के हक में सोचा जा सकता है कि शायद वे बेकसूर हों।"

नीला ने तीखेपन से कहा, "इस खानदान की यही खूबी है। छोटी-सी बात पर बड़े-बड़े हवाई महल बनाए जाते हैं। पर जहाँ कुछ करने की बात है वहाँ सब भीगी बिल्ली बने हैं। उस हरामजादे विमल के खिलाफ कोई कुछ नहीं करता है।"

"क्या किया जाए?" राजनाथ ने बिगड़कर कहा, "मैं भी उसका गला घोंटकर जेल चला जाऊँ?"

"ऐसा क्यों करो? चाँद का हाथ उसके हाथ में देकर शहनाइयाँ बजवाओ!"

मुकर्जी ने दोबारा कहा, "भाभी, राजनाथ भाई साहब, प्लीज!"

जैसे दोनों को ही मुकर्जी की मौजूदगी का एक साथ एहसास हुआ हो। वे पहले की तरह खामोश हो गए। पर तनाव पहले से गहरा हो गया।

अचानक स्टेशन के अहाते में गाड़ी मुड़ते देखकर नीला राजनाथ से बोली, "यहाँ स्टेशन पर कोई तमाशा नहीं होना चाहिए।"

"नहीं होगा।" गाड़ी में ब्रेक लगाते हुए राजनाथ ने चीखकर जवाब दिया।

गाड़ी से उतरते ही उसकी निगाह स्टेशन पर लगी हुई घड़ी की ओर गई। राजनाथ ने अपनी कलाई की ओर देखा और कहा, "मेरी घड़ी सुस्त चल रही है। दस बजकर तीस मिनट तो हो गए। कहीं मसूरी एक्सप्रेस निकल न गई हो।"

वे तेजी से स्टेशन के अन्दर आ गए। मसूरी एक्सप्रेस छूटने ही वाली थी, पर उस प्लेटफॉर्म तक जाने के लिए पुल पार करना पड़ता था। मुकर्जी और राजनाथ लगभग दौड़ते हुए पुल की सीढ़ियाँ पार कर गए। नीला सहज चाल से चलती रही। उन्हें देर हो गई थी।

दैत्याकार पहियों से पटरियों को पीसता हुआ इंजन अमानुषिक शोर के साथ चल चुका था और उन्हीं की ओर आ रहा था। गाड़ी की अराजकता में भीड़ के

धक्कों और बहुधन्धी आवाजों के बीच वे दोनों खड़े होकर सामने से गाड़ी का निकलना देखते रहे।

चार डिब्बे निकल जाने के बाद गाड़ी ने रफ्तार पकड़ ली। बाद के डिब्बों में अन्दर बैठी सवारियों को देखकर भी उन्हें पहचानने में कठिनाई हो रही थी। पर चाँद को पहचानने में मुकर्जी को कोई दिक्कत नहीं हुई। उसने राजनाथ की कुहनी हिलाकर चाँद की ओर इशारा किया।

एक फर्स्ट क्लास के डिब्बे से वह खिड़की के बाहर सिर निकाले हुए प्लेटफॉर्म को ताक रही थी। वह डिब्बा उन दोनों के आगे से खिसकता हुआ निकल गया। चाँद अपनी निगाह से सबको ऊपर-ही-ऊपर छूती हुई उनकी निगाह से आगे चली गई। चाँद ने उनको देखा था, पर उसने प्लेटफॉर्म पर लगे हुए लोहे के खम्भों और विज्ञापनों को भी उसी तरह देखा था।

उसकी निगाह पकड़ने के लिए राजनाथ का हाथ अपने-आप ऊपर उठ गया था। मुकर्जी ने पुकारा था, "चाँऽऽद," पर दोनों को एक साथ मालूम हो गया था, प्लेटफॉर्म पर चलते हुए जीवंत नाटक में उनकी भूमिका बिलकुल निरर्थक है।

उनके आसपास की भीड़ छँटने लगी थी। राजनाथ ने मुड़कर पीछे देखा। नीला उसके पीछे आकर चुपचाप खड़ी हो गई थी। उसने राजनाथ की कुहनी पकड़कर उसे चलने का इशारा किया। बोली, "शायद अकेली ही थी।"

राजनाथ ने कहा, "क्या पता!"

जैसे शब्द चुक गए हों। तीनों चुपचाप पुल पार करने लगे। बाहर का फाटक पार करते-करते मुकर्जी ने कहा, "पर विमल है कहाँ? आप लोगों के वापस लौटने के पहले मैंने उसके घर फोन किया था, किसी ने जवाब नहीं दिया।"

राजनाथ ठिठक गया। बोला, "तुम लोग कार तक चलो। मैं एक मिनट में आता हूँ।"

टेलीफोन बूथ में जाकर उसने विमल के घर फोन मिलाया। पर उसे भी मुकर्जी की तरह निराश होना पड़ा। उधर से किसी ने रिसीवर नहीं उठाया। घंटी की दोहरी आवृत्तियाँ काफी देर तक उसके कान में—और मन पर—खरोंचें लगाती रहीं।

सड़क के किनारे एक जगह आइसक्रीम और कोकाकोला का बूथ था। गाड़ी रोककर राजनाथ ने कोकाकोला की तीन बोतलें मँगाईं। पहला घूँट पीकर नीला ने कहा, "मुकर्जी, मेरी उलटी-सीधी बातों का बुरा मत मानना।"

"मुझसे तो कभी आपने उलटी-सीधी बात की नहीं।"

"पर आगे कर सकती हूँ।"

"क्यों, मुझसे कोई गलती हुई है क्या?"

"तुम्हारी गलती का ही तो यह नतीजा है।" नीला ने बातचीत को हल्का करने की कोशिश की, "तुम्हें चाँद से बहुत पहले शादी कर लेनी चाहिए थी। हम सब बहुत बुरा मानते, पर वह कितना अच्छा होता!"

मुकर्जी चुपचाप बैठा रहा। नीला ने कहा, "अब अफसोस कर रहे हो!"

राजनाथ ने गाड़ी स्टार्ट की। मुकर्जी ने अपने बैठने का कोण बदला, कहा, "आप भूल कर रही हैं भाभी...।"

खिड़की से आनेवाली हवा को दबाने के लिए उसे आवाज ऊँची करनी पड़ रही थी। वह शीशा चढ़ाने लगा। राजनाथ ने कहा, "अन्दर गर्मी बढ़ जाएगी।" उसने अनसुना कर दिया। कहता रहा, "चाँद से मेरी शादी नहीं हो सकती थी। मैंने कभी सोचा ही नहीं कि ऐसा हो सकता है।"

"हो सकता है कि चाँद ने सोचा हो और तुम्हारी समझ में न आया हो।"

"इस बकवास से कोई फायदा भी है।" राजनाथ ने नीला से कहा।

पर मुकर्जी सीट पर तिरछा बैठकर, राजनाथ की बात पर कोई ध्यान दिए बिना, नीला से कहता रहा, "नहीं भाभी, आपका खयाल गलत है। यह बात सही है कि हम दोनों इतने साल से साथ-साथ पढ़ रहे हैं, चाँद मेरे लिए अजनबी नहीं है। फिर भी हमारे बीच कभी उस तरह के प्रेम का जिक्र नहीं आया है जिसे आप अभी सिनेमा में देखकर लौटी हैं...।"

वह बिना किसी हिचक के झूठ बोल रहा था। उसे हैरत भी नहीं हुई कि वह इतनी आसानी से इस तरह की बात कैसे कर सकता है। अपने ही स्वर की गहनता ने स्वयं उसी को समझाना शुरू कर दिया कि इस समय वह जो कह रहा है, वही सत्य है। वह जैसे-जैसे बोलता गया, वैसे-ही-वैसे अपने शब्दों की फर्जी निष्ठा से अभिभूत होता चला गया..."पर मेरे मन में चाँद के लिए एक अपनापन है। इसीलिए जिस कारण आप उसके लिए परेशान हैं, उसी कारण मैं भी उसके लिए परेशान हूँ। मैं जानता हूँ कि होशियारी का इतना अच्छा अभिनय करते हुए भी वह कितनी भोली है। विमल के पीछे वह अपने को बरबाद करने पर तुली हुई है। इसे मैं सह नहीं पाता, पर यह प्रेम नहीं, सहानुभूति है। इसीलिए मुझे चाहे गलत ही क्यों न समझा जाए, मैं उसे बार-बार सही रास्ते पर लाने की कोशिश करता रहा हूँ। राज भाई साहब तो उस पर नाराज भी हो लेते हैं, मुझे उसके लिए अफसोस हो रहा है।"

अचानक वह चुप हो गया। शुरू में, जब तक वह झूठ बोल रहा था, चाँद के साथ अपने प्रेम की भावना से इनकार कर रहा था, तब तक उसे शब्दों की कमी महसूस नहीं हुई थी। पर उसने जैसे ही 'अफसोस' और 'सही रास्ते पर लाने

की कोशिश' जैसे घिसे-पिटे शब्दों से उसके लिए अपने लगाव को स्पष्ट करना चाहा, उसे विश्वास हो गया कि वह अब पूरी ईमानदारी से बोल रहा है। और यह विश्वास होते ही उसके शब्द चुक गए। उसे लगा, शब्दों के सहारे वह अपने को अब प्रकट नहीं कर सकता, क्योंकि मन के भीतर का कुछ जब शब्दों में आता है, तब प्रकट होते ही वैसा नहीं रह जाता जैसा कि वह पहले था। पहले वह बिलकुल नया, बिलकुल अनोखा था; शब्दों में बँधते ही वह पुराना हो जाता है, ढाँचे में ढल जाता है। मुकर्जी सीट पर सीधा बैठकर सामने की ओर देखने लगा।

कुछ देर खामोश रहने के बाद राजनाथ ने कहा, "तुम्हें तुम्हारे घर छोड़ दें?"

"नहीं भाई साहब, मुझे यहीं उतार दीजिए। घर पीछे ही छूट गया है।"

मुकर्जी को उतारकर राजनाथ ने नीला से कहा, "सामने आ जाओ।" उसकी साँस से लगा, मुकर्जी के साथ थकान का एक भाग भी उसने सड़क पर उतार दिया है।

खाने की मेज पर पहुँचते ही नीला को वहाँ एक कागज छुरी के नीचे दबा हुआ मिला। चाँद ने लिखा था, "भाभी, इतने दिन की मेहनत के बाद मैंने अपने को पाँच दिन की छुट्टी दे दी है। इसे मैं मसूरी में बिताऊँगी। गाड़ी छूटने का डर है, इसलिए तुम्हारे लौटने का इन्तजार नहीं कर रही हूँ।"

उसके बाद घसीटा हुआ—'प्यार'।

उसकी ओर पीठ करके राजनाथ साइडबोर्ड पर अपने लिए व्हिस्की का गिलास तैयार कर रहा था। नीला ने कहा, "इसे देखो।"

कागज पर निगाह गड़ाकर राजनाथ ने ऐसा कुछ पढ़ने की कोशिश की जो उसमें नहीं लिखा था। बोला, "यह मुकर्जी भी ऊलजलूल आदमी है। क्या पता, वह अकेली ही मसूरी घूमने गई हो। कोई और बात होती तो वह लिखकर क्यों जाती?"

खाने की जिस छुरी के नीचे कागज दबा हुआ था, उसे नीला ने हाथ में लेकर ऊपर उठाया। तीखेपन से कहा, "पर इसे दबाने के लिए उसको यह छुरी ही मिली थी!"

तेरह

विमल ने सड़क के किनारे कार रोकी। बगल में एक ऊँचा-सा फाटक था जो लखनऊ को पिछली शताब्दियों से जोड़ता था। उसके सामने खड़े होकर उसने

कूल्हों पर हाथ टिकाया, सीना ऊँचा करके कमर सीधी की। फाटक के अन्दर सँकरी गलियों का एक चौराहा था, उसके आगे एक दूसरा फाटक था। उसके पार पेड़ों का झुरमुट झीने अँधेरे में गहरे अँधेरे के धब्बे बना रहा था।

सड़क पर झिलमिलाती रोशनियाँ बिखर रही थीं। उसे लड़कियों के किसी कॉलिज की याद आई जहाँ छुट्टी हो जाने पर उनके जत्थे सड़क पर आकर फैलते हैं। सब कुछ के बावजूद तुम इतना हल्का सोच रहे हो—उसने हैरत से अपने लिए सोचा। फाटक पार करके वह एक टूटे-फूटे रास्ते पर बढ़ा; वहाँ एकाध धुँधले बल्बों को छोड़कर, कोई उजाला न था। आसमान और जमीन के बीच एक धुंध-भरी उमस गीले तिरपाल-सी अटकी हुई थी।

रास्ता अटपटा था। घने मकानों की कतार, गाय-भैंसों का जमघट, धुआँ उड़ातीं अँगीठियाँ, खेलते हुए बच्चों को घर के लिए पुकारती हुई माताएँ—ये सब उसे अपरिचय की अवास्तविकता में घसीटने लगीं। पर उसने अपने को आश्वस्त किया, यह जूली के घर की जानी-बूझी राह है। उसे चाँद की याद आई।

...आप, मिस्टर सलूजा, कभी-कभी बात को ज्यादा उलझा देते हैं—चाँद ने जैसे उसके कान में कहा।...आप ठीक कहती हैं चन्द्रा जी, आप जो कुछ कहती हैं, हमेशा ठीक कहती हैं।...क्या बात है मिस्टर सलूजा, आपकी जबान क्यों लड़खड़ा रही है? अगर इस तरह रुक-रुककर बोलेंगे तो आप मेरी कम्पनी के सेल्स मैनेजर नहीं रह पाएँगे।...सॉरी चन्द्रा जी, आपके होंठ इस वक्त कुछ ज्यादा अच्छे लग रहे हैं। खास एतराज न हो तो मैं उन्हें छू लूँ। वैसे, गर्मी है। और मेरा चेहरा चिपचिपा रहा है...।

उसे अपने-आपसे दोबारा हैरानी हुई—शक का एक ताना-बाना उसके चारों ओर बुना जा रहा है, उसके बीच वह मकड़ी की तरह फँसा हुआ है, वह अपने समाज से, चाँद से और खुद अपने-आपसे कटकर गिरनेवाला है, फिर भी उस चरम-बिन्दु तक पहुँचने के पहले वह चाँद के होंठों के सिवाय और कुछ सोच ही नहीं पाता!

मोर्चे पर लड़नेवाले सिपाही गोलियों की बाढ़ झेलने के पहले क्या इसी तरह सोचते होंगे? कि उनकी कमीज का तीसरा बटन टूटा हुआ है? कि चाय में दूध की जगह ब्रांडी मिलाने से कैसा अजीब स्वाद हो जाता है?...क्यों चाँद, नहीं, माफ कीजिएगा, चन्द्रा जी, आपकी राय क्या है? यही, चाय और ब्रांडी के बारे में? वेल, मिस्टर सलूजा, मेरा दिमाग ऐसे बचकाना सवालों पर जम नहीं पाता। आप चाहें तो आपकी जानकारी के लिए मैं थ्योरी ऑफ रिलेटिविटी के बारे में कुछ कह सकती हूँ। पर शायद वह आपके दायरे से बाहर...ओह विमल, तुम्हें क्या हो रहा है? सवेरे के दस बजे भी व्हिस्की...और तुम शेव किस ब्लेड से करते हो? तुम्हारा गाल है या सैंड पेपर!...

वह दूसरा फाटक पार कर रहा था। चौंककर एक किनारे हटते हुए उसने अपने को सामने मोड़ से आती हुई मोटरसाइकिल के हमले से बचाया। किसी लड़की को पीछे बैठाले हुए एक नौजवान टूटी-फूटी सड़क पर अपनी मशीन उछालता हुआ तेजी से निकल गया। मोटरसाइकिल में रोशनी नहीं थी। सिर्फ पीछे बैठी हुई लड़की की बातचीत के फूटते हुए स्वर—अँधेरे आसमान से जमीन की ओर आते हुए आतिशबाजी के फूलों जैसे—हवा में फैलकर बुझ गए। वह पेड़ों से घिरे एक अहाते में और यथार्थ की जमीन पर आ गया।

सब कुछ वैसा ही था। बाईं ओर पेड़ों का सिलसिला जहाँ खत्म होता था, लकड़ी के फाटक के पास सन् सैंतीस की वही ऑस्टिन ईंटों पर खड़ी थी। फाटक के दाईं ओर वही खोमचेवाला ढिबरी जलाए चुपचाप बैठा था। सामने वही पगडंडी थी, जिससे जूली रोज आती-जाती है। पेड़ों के उस पार, थोड़ा सहन छोड़कर, मकबरे की वही पुरानी इमारत थी।

जब, लगभग डेढ़ शताब्दी पहले, वह मकबरा बनाया गया होगा और चारों ओर ऊँची चहारदीवारी और सामने दोहरे फाटकों की पहरेदारी लगाई गई होगी, तब इधर का लखनऊ सचमुच ही बागों का शहर रहा होगा। पर आज यहाँ चहारदीवारी के अन्दर एक मुहल्ला बस गया था। चारों ओर इकमंजिले मकानों की कतारें थीं। उनके आगे पेड़ों और लतरों की हरियाली उनकी बदरंगी को ढक रही थी।

सबसे दूर मकबरे की इमारत, किसी गरीब खानदान की बीमार बुढ़िया-जैसी, एक किनारे पड़ी हुई थी। सिर्फ बीच के सहन में लगा हुआ पेड़ों का झुरमुट पूरे माहौल को ताजगी देता था, गरीब मुहल्ले में सम्भ्रांतता का फरेब पैदा करता था।

वह जैसे ही फाटक पार करके पेड़ों के नीचे से निकला, बाईं ओर धुँधलके में एक बेंच पर बैठी हुई दो आकृतियाँ—छाया और वास्तविकता की सीमा-रेखा पर—आपस में बात करती हुई दीख पड़ीं। बात भी शब्द और खामोशी की सीमा-रेखा पर टिक गई थी। जूली के मकान का रास्ता उसी बेंच के पास से निकलता था। पर उसने उन्हें असमंजस में नहीं डालना चाहा। कुछ आगे से घूमकर जहाँ अँधेरा, चाँदनी और बिजली की रोशनी का घोल जमीन पर मटमैले धब्बे छिटक रहा था, वह आगे बढ़ा। आगे रोशनी में पहुँचकर वह मुड़ा और बेस्वाद उत्सुकता से उसने बेंच की ओर देखा। बेंच खाली हो गई थी और दोनों अर्ध-छायाएँ अब उसी की ओर बढ़ती आ रही थीं। अपने-आप उसके कान प्रेम के पहले उफान के कुछ शब्दों के लिए तैयार हो गए। पर वे जब उसके सामने से निकलीं तो उन्होंने उसकी ओर देखा भी नहीं, सिर्फ ताजी आवाजों का एक ज्वार-सा उसके पास से निकल गया। तब जान पड़ा कि यह प्रेमियों का जोड़ा नहीं था; दो लड़कियाँ थीं

और विमल को जितना सुनाई पड़ा, उससे मालूम हुआ कि उनका ध्यान इसी महीने में होनेवाली वार्षिक परीक्षाओं पर टिका हुआ है।

विमल को हल्की-सी निराशा हुई और एक झटका-सा लगा—इस समय भी आप बस प्रेम के धन्धों की बातें सोच रहे हैं! मिस्टर सलूजा, आप एक कमेडियन हैं। नहीं चन्द्रा जी, जोकर कहिए, समझने में आसान पड़ेगा। पर मिस्टर सलूजा, मैं इसे आसान नहीं बनाना चाहती। ग्राहम ग्रीन का नाम सुना है? द कमेडियन्स? नहीं सुना न? फाइन। अचानक नई जानकारी दिखाकर आप किसी को झटका नहीं मारते, बस जितना जानते हैं, उतना जानते हैं। द कमेडियन्स के बारे में कुछ नहीं जानते? ग्रीन का नाम कभी नहीं सुना?...शिवाज रीगल का नाम तो सुना ही होगा? फाइन, मिस्टर सलूजा...।

जूली का दरवाजा सामने था। शरारत से चमकती हुई चाँदी की आँखें अचानक किसी दरवाजे के पीछे छिप गईं। जहाँ तक तुम हिचक सकते थे वह चौराहा पीछे छूट गया है; जैसे किसी ने चाँद की बात काटकर उससे कहा, अब हिचकने से कोई फायदा नहीं, तुम्हें जूली से सलाह ले ही लेनी चाहिए; वह समझदार लड़की है। उसने दरवाजे पर दस्तक दी और खुद उसकी आवाज से चौंक गया।

घूमकर उसने दरवाजे से मिले हुए अधकचरे बाग की ओर देखा। वहाँ गुलाबों की हेमंतकालीन यादगार अभी बाकी थी। लगभग एक मिनट रुककर उसने दोबारा दस्तक दी। अन्दर कुछ खटका, पर उसके बाद कोई आवाज नहीं हुई। वह अपनी लम्बाई से छोटे दरवाजे को दबाता-सा कुछ देर चुपचाप खड़ा रहा। इस बार उसने दस्तक नहीं दी। सिर्फ दरवाजे पर एक ऐसी हल्की-सी आवाज की जैसे किसी की कुहनी ने उसे धोखे से छू लिया हो। इस पर दूसरी ओर हरकत हुई, फिर उसे एक तीखी आवाज सुनाई दी, "मिस्टर साइमन घर पर नहीं हैं।"

आवाज तीखी थी और ऐसी जो विमल ने कभी सुनी नहीं थी। पर उसे जानने में परेशानी नहीं हुई कि किसकी है। उसने कहा, "जूली, मैं हूँ।"

उधर से दरवाजा खुला। जूली एक पुराने गाउन में, जिसे छाती पर ठीक से बन्द भी नहीं किया गया था, उसके सामने खड़ी थी। विमल का हाथ पकड़कर उसने अन्दर खींचा और कहा, "अन्दर आ जाओ।"

वह दरवाजे पर—एक पैर इधर और एक पैर उधर—खड़ा हो गया। बोला, "नहीं, मैं तुम्हें लेने आया हूँ। जल्दी से तैयार होकर आ जाओ।"

"फिर भी—अन्दर दो मिनट बैठ लो।"

उसे एहसास हुआ, वह शायद नहीं चाहती कि इस हालत में एक बाहरी आदमी से उसे बात करते हुए देखा जाए। 'इस हालत' के साथ ही विमल की निगाह उसके

गाउन पर गई। उसका अधखुला जिस्म आज भी वैसा ही आकर्षक था; पर उसने यही सोचा कि जूली को यह पुराना गाउन अब बदल देना चाहिए।

एक भूतपूर्व सोफा, जिस पर रुई के पतले कुशन बिछाकर विद्रोही स्प्रिंगों को दबाने की कोशिश की गई थी, मटमैली वार्निशवाली—जो कभी चमकती रही होगी—दो आरामकुर्सियाँ जिनकी प्लास्टिक के धागों की बुनाई अब टूट रही थी और जिससे वे अब आरामदेह नहीं रह गई थीं, फर्श पर एक दरी जिसका नीला रंग समान रूप से मटमैला हो रहा था, एक बहुत बड़ा चेस्ट ऑफ ड्राअर्स, एक ऐसी मेज जो चाय के लिए बड़ी और खाने के लिए छोटी थी और जिसके पाँवों के नीचे पीतल के शेरपंजे जड़े हुए थे, एक कोने में बहुत बड़ा—और बहुत पुराना—रेडियो-सेट, दीवाल पर सिर्फ आधे हिस्से से रोशनी फेंकता हुआ लकवे का मारा ट्यूब। इस दरवाजे पर वह तीसरी बार आया था पर इस कमरे के अन्दर उसका आना पहली बार ही हुआ था। उसे लगा, वह सेकंड हैंड सामान की नीलामी का दृश्य देखने के लिए, फुटपाथ पर बैठ गया है। सेकंड हैंड माल के साथ ही उसे जूली का भी ध्यान आया। उसके साथ यह ज्यादती करके मन-ही-मन उसने आप को कोसा।

उसके असमंजस को ढहाने के लिए दो चीजें एक साथ उसके कानों और आँखों पर हमला करने लगीं। पास के एक छोटे कमरे से किसी ने कहा, "मम्मा।" और उसी के साथ चेस्ट ऑफ ड्राअर्स से लगी हुई एक छोटी तिपाई पर रखा हुआ एक टेबुललैम्प जूली ने जला दिया। लैम्प में एक रंग-बिरंगा शेड लगा था जो बल्ब के चारों ओर धीरे-धीरे घूमने लगा। वहाँ सब कुछ एक पीढ़ी या दो पीढ़ी पुराना होने के बावजूद कमरे में एक ताजगी आ गई, जैसे किसी तहखाने में रोशनदान से सवेरे की बसंती हवा आकर दीवाल पर टँगे हुए शेफान के दुपट्टे को हिलाने लगी हो।

'मम्मा' की आवाज होते ही जूली की निगाह बगल के कमरे की ओर घूम गई। पर उधर जाने के पहले उसने पूछा, "तुम सचमुच ही मुझे साथ ले चलना चाहते हो?"

"तुम्हें यह नई बात मालूम हो रही है?"

"नहीं, पर यकीन नहीं होता...।"

इस बार 'मम्मा' में रुलाई की खनक थी। उसने भौंहें सिकोड़कर फिर बगल के दरवाजे की ओर देखा और कहा, "क्योंकि मैंने आज ही सोचा था, काश तुम यहाँ होते।"

"सचमुच सोचा था?"

"तुम्हें यकीन नहीं होता?"

"बार-बार यही जुमला दोहराने के बजाय तुम जल्दी तैयार हो जाओ। पर इस मुन्ने का क्या होगा?"

"मेरी चचेरी बहिन आ गई है। देख लेगी।"

"कहाँ है वह?"

"शरारत की कोशिश मत करो। तुम्हारे आगे नहीं आएगी।"

"वह इतनी खूबसूरत है?"

"वह नहीं, तुम हो।"

इस बार बच्चे ने रोना शुरू कर दिया।

"सुना, तुम्हें दस-पाँच मिनट रुकना पड़ेगा। इसे सुला दूँ। फिर, मैं इस गाउन में तो तुम्हारे साथ नहीं चल सकती।"

"कोई हर्ज नहीं, उसे उतार दो।"

"फिर वही शरारत! सुनो, व्हिस्की नहीं, रम है। एक गिलास लोगे? तब तक मैं इस सबसे निबट लूँ।"

"रम? ठीक है, चल जाएगी।"

रम का गाढ़ा कत्थई गिलास सामने रखे हुए वह टेबुललैम्प और उसके गिर्द घूमनेवाले रंग-बिरंगे शेड को देखता रहा। बगल के कमरे में जूली बच्चे को सुलाने के लिए निरर्थक आवाजें निकालती रही।

उसने रम की एक अनभ्यस्त चुस्की ली।

कमरा तप रहा था और डी-सी करेंट का बूढ़ा पंखा अपनी मद्धिम चाल से—जो उसके लिए सबसे तेज चाल थी—ऊष्मा का मुकाबला नहीं कर पा रहा था। रम की गर्मी, जो उसके गले और पेट को जलाने लगी थी, इस गर्मी को और भी बढ़ावा देने लगी। तब उसने सोचा, वह पिछले कुछ क्षणों में जूली और चाँद को छोड़कर नीला के बारे में सोच रहा है। उसका फुफकारना वह देख चुका है, वह काटती कैसे होगी? मिस्टर सलूजा, यू आर ए डी. ओ. एम.? नहीं समझे? डर्टी ओल्ड मैन! थैंक्यू मिस चन्द्रा! उसने रम का आधा गिलास खाली कर दिया, पहले भले ही रहा होऊँ पर अब मैं गन्दा आदमी नहीं हूँ।

अगर एक साल पहले जूली ने उससे अपनी खूबसूरत चचेरी बहिन की चर्चा की होती तो वह शायद उससे बहुत देर मजाक करता रहता और वह मजाक तभी खत्म होता जब उसकी चचेरी बहिन उसके पास आकर बैठ जाती। पर अब उसे महसूस हुआ, जूली की चचेरी बहिन का जिक्र उसके लिए अब वैसे ही है जैसा उसके सामने इतिहास की कक्षा में—लगभग सत्ताईस बरस पहले—नूरजहाँ या मुमताजमहल का हुआ करता था। उसे अपने पर आश्चर्य हुआ, और यह एहसास भी कि उसे रम का दूसरा गिलास चाहिए और जूली को तैयार होकर आ जाना चाहिए।

रम का दूसरा गिलास—इस बार बिना बरफ—आ गया और जूली भी तैयार होकर आ गई। उसे आजकल जूली में एक नया आकर्षण दीख पड़ा, पर वह उसकी हल्की नीली साड़ी और बहुत नीचे तक कटे हुए ब्लाउज से सम्बद्ध न था।

उसने उसे अपनी ओर खींचकर चूमना चाहा, पर जूली ने उसे धीरे से अलग कर दिया। बोली, "ठीक ही सुना था, यह रम काफी जोरदार है।"

दरवाजे के बाहर आना और वहाँ से पेड़ों के नीचे अँधेरे से घिरी एक बेंच तक पहुँचना उसके लिए दूभर हो गया। वहाँ तक आते-आते उसने जूली को अपनी बाँहों में बाँध लिया। खुद बेंच पर बैठकर उसे अपनी गोद में डाल लिया और बैठने की असुविधा को भूलकर उसे इस तरह चूमना शुरू कर दिया जैसे वह उससे पहली बार मिला हो। उसके ब्लाउज के बटनों को हाँफते हुए हाथों से हटाकर उसने वह सब पा लेना चाहा जो कुछ देर पहले उसकी सीधी निगाह तक को स्वीकार करने में हिचक रहा था। जूली की घबराहट और विरोध के द्वीपों को अपने में समेटता हुआ वह समुद्री तूफान बार-बार सभी दिशाओं को झिंझोड़कर लौटता रहा।

पर उसे यह समझते ज्यादा देर नहीं लगी कि ये चुम्बन, बाँहों की यह जकड़—यह सब कुछ—वह जूली को नहीं, चाँद को दे रहा है। अपने होंठों के दबाव से जूली की साँस तक रोकते हुए उसने महसूस किया, उसकी आँखों में आँसू आ गए हैं। अचानक ही जैसे कोई तनी हुई डोरी टूट गई हो। उसके लिए यह नया अनुभव था।

चौदह

"कहाँ चलोगे? किसी बार में?"

"मुझे तुमसे एक जरूरी बात करनी है।"

"सवाल दीगर, जवाब दीगर। मैं पूछ रही हूँ, चलोगे कहाँ?"

"मैं पीने के पहले ही तुमसे बात कर लेना चाहता हूँ, ताकि तुम यह न सोचो कि मैं पीकर बहक रहा हूँ।"

"बहकने-भर को शायद अभी ही पी चुके हो।"

विमल ने कार में ब्रेक लगाया। बोला, "तब चलो, अपने होटल ही चलें। कुछ खाएँ-पिएँगे। बातचीत कल होती रहेगी।"

जूली ने विमल का चेहरा एक उँगली से सड़क की ओर घुमा दिया। बोली, "यह तुनकना कब से शुरू किया है? चलो, थोड़ी देर हम लोग खुली हवा में घूमें।"

सीमाएँ टूटती हैं

खुली हवा में भी हवा नहीं थी—उमस और गर्मी थी। शहर के बिलकुल किनारे एक बहुत बड़े मैदान में, जहाँ दिन में गोल्फ खेला जाता था, उसने कार खड़ी कर दी।

चाँदनी धुंध से भरी हुई थी और इधर-उधर छितरे हुए इमली के पुराने पेड़ों पर उसने एक अँधेरी धूसरता थोप दी थी। एक ओर पेड़ों के आगे एक कॉलिज की उन्नीसवीं सदी की इमारत मटमैले समुद्र में किसी द्वीप से टकराए हुए दानवाकार जहाज-जैसी अचल खड़ी थी।

शहर का शोर यहाँ तक आते-आते हवा के उतार-चढ़ाव में बदल गया था और उत्तर की ओर क्षितिज में शहर की रोशनियों का फैलाव, जैसे किसी बाँध से टकराकर, एक किनारे से दूसरे किनारे तक धीरे-धीरे फैल रहा था। शहर एक अतीत था जो पीछे छूटकर भी छूटा न था।

"मैं कह रहा था, हम कभी-कभी ऐसा काम कर बैठते हैं कि खुद यकीन नहीं होता कि यह काम करनेवाले हम ही थे या कोई दूसरा...। कभी-कभी लगता है, वह काम हमने किया ही नहीं, किया भी होगा तो सपने में मेरे सामने किसी दूसरे ने किया होगा, मैंने ही किया हो तो...।"

"इस तरह बात करने से तो अच्छा है कि कुछ और पी लो तब बहको।"

"तुम मेरी बात सुनना नहीं चाहतीं।"

"मैं तो बहुत कुछ चाहती हूँ, पर यह गर्मी...चलो, वापस चलें।"

विमल ने जवाब दिया, "मैं अभी अपने कमरे में नहीं जाना चाहता।"

"फिर क्या चाहते हो?" वह खिलखिलाकर हँसी।

वह खामोश रहा। दूर किसी कार की भर्राहट सुनाई दी, पर उसकी रोशनी नहीं दिखी। बोला, "अगर तुम कुछ देर चुप रह सको तो मैं सुनाऊँ। एक बहुत उलझा हुआ मसला है।"

"फिर कोई मछली फँसी क्या? उस लड़की का क्या हुआ?"

"मजाक न करो जूली...।"

उसकी बात पूरी नहीं हो पाई।

उनसे कुछ दूरी पर जो कार कुछ देर पहले आकर रुक गई थी उसने हेडलाइट की पूरी रोशनी जला दी। धुंध की चादर एक साथ फट गई। कार के पीछे जलनेवाली लाल बत्तियों ने जो विमल के आगे चमक उठी थीं, उसका ध्यान अपनी ओर खींचा। गाड़ी से एक आदमी उतरकर इन दोनों की ओर बढ़ा।

जूली को वहीं छोड़कर विमल उस आदमी की ओर चलने लगा। तभी उसके चेहरे पर टॉर्च की तेज रोशनी आकर पड़ी। उसकी आँखें तिलमिला गईं। उसने कड़ी आवाज में कहा, "क्या बात है?"

"आप इधर आ जाइए।" उधर से किसी ने शिष्टता के साथ जवाब दिया।

वह पुलिस का आदमी था। मैदान के बीच से निकलनेवाली सड़क पर आकर वे खड़े हो गए। पुलिस-कार की रोशनी बुझ गई। उस आदमी ने विमल का नाम, पता, कार का नम्बर आदि पूछा और विमल ने उसके सवालों का जवाब धीरज के साथ दिया। फिर नाजुक सवाल—

"कार में आपके साथ कौन है?"

उसने बताया, "वह मेरे एक मित्र की पत्नी है। घर पर घुटन जान पड़ रही थी, इसीलिए इधर मैदान में ड्राइव करते चले आए।"

वह मन-ही-मन आगे के सवालों के लिए, जिनमें मित्र का नाम और पता पूछा जाएगा, अपने को तैयार कर रहा था। जूली के घर का सही पता बताने से—उस मुहल्ले के नाम से ही—पुलिस चौकन्नी हो सकती थी और पुलिस से झूठा पता बताना और भी खतरनाक साबित हो सकता था।

पर सब-इंस्पेक्टर ने सवाल पूछने बन्द कर दिए। बोला, "आप दिल्ली से आए हैं, तभी आपको यहाँ का पता नहीं। इस मैदान में कई अपराध हो चुके हैं। चार दिन हुए, कुछ लोग एक लड़की के साथ इधर आए थे। उसकी लाश रेलवे लाइन के उस पार दूसरे दिन मिली।"

"ओह!"

"आप लोग यहाँ से चले जाएँ तो मैं दूसरी तरफ पूछताछ कर लूँ।"

मैदान पार करके खुली सड़क पर आने के बाद जूली ने अपने हाथ में विमल की पीठ को धीरे से घेर लिया और पूछा, "पुलिसवाले थे?"

"हूँ।"

"क्या कह रहे थे?"

"उन्हें डर था कि मैं तुम्हें खराब करके तुम्हारा खून कर दूँगा।"

वह खुलकर हँसने लगी। विमल ने कहा, "तुम्हें यह हँसी की बात मालूम देती है?"

उसकी पीठ पर जूली के हाथ का दबाव और मजबूत हो गया।

कार शहर की चहल-पहल में आ गई थी। सड़क की भीड़ और ट्राफिक की रोशनी के जाल से कार को धीरे-धीरे उलझाता-सुलझाता हुआ वह एक रेस्त्राँ के आगे पहुँच गया और वहाँ की वातानुकूलित सम्पन्नता में जूली ने इत्मीनान की साँस ली। वेटर के आने के पहले कहा, "बच गई।"

"बलात्कार और खून से?" इतनी देर बाद विमल पहली बार मुस्कराया। वेटर से जूली के लिए आइसक्रीम और अपने लिए गर्म कॉफी की माँग रखकर उसने

कहा, "मैं तुम्हें मैदान में अपनी उलझन की बात बताना चाहता था। यह जगह ऐसी बातचीत के लिए बहुत अच्छी तो नहीं है, पर यहीं बता दूँ।"

"लगता है, उलझन बहुत ही उलझी हुई है।"

कॉफी सामने आ गई थी। उसने जूली से कहा, "आइसक्रीम के बाद तुम ठंडी कॉफी ले लो।"

"जूली, तुम सोम्नैम्बुलिज्म जानती हो?"

"नहीं," विमल की संजीदगी ने उसे हँसने और हँसाने को मजबूर कर दिया, "क्या कोई नए किस्म का कंट्रासेप्टिव है?"

"बेवकूफी की बात मत करो, स्लीप-वॉकिंग जानती हो?"

"वही न, जिसमें आदमी सोते हुए चलता है या चलते हुए सोता है?"

"वही; मेरा एक दोस्त है दुर्गादास..."

"जो जेल में है?"

"हाँ। मैं उसी की बात कर रहा हूँ। मैं कह रहा था न कि हम कभी-कभी ऐसा काम कर बैठते हैं कि हमें बाद में यकीन ही नहीं होता कि वह काम हमीं ने किया था। कभी-कभी ऐसा लगता है कि हमने किया भी होगा। तो स्लीप-वॉकिंग की हालत में किया होगा। पर दुर्गादास इस हालत से भी दस कदम आगे बढ़ गया है..."

"उसे क्या हुआ है?"

"उसे वहम की बीमारी है। दो साल पहले उसने हमारे पार्टनर गोविन्दा का खून कर दिया था। उस रात दोनों ने जी भरकर व्हिस्की पी थी, उसके बाद दुर्गादास ने गोविन्दा का गला घोंट दिया।"

"मुझे मालूम है।"

"पर दुर्गादास बराबर यही कहता रहा कि मैं बेकसूर हूँ। हम लोगों ने उसका जी रखने के लिए उसकी यह बात कभी नहीं काटी। पर सुप्रीम कोर्ट के फैसले के बाद भी वह बराबर यही कह रहा है। उसे अपनी बात की सचाई का पूरा भरोसा है।"

"क्या पता, वह सचमुच ही बेकसूर हो।"

"होने को हो सकता है, पर ऐसा होना मुश्किल है। गोविन्द के फ्लैट में रुपयों से भरा हुआ एक ब्रीफकेस भी खुला मिला था। कोई दूसरा आदमी होता तो उसे क्यों छोड़ जाता। फिर दुर्गादास इस मजबूती से अपने को बेकसूर कह रहा है कि कई लोगों को उसकी बात पर यकीन भी होने लगा है।"

"पर तुम्हें यकीन नहीं हो रहा है?"

"मैं यकीन करना भी चाहूँ तो मेरी समझ मुझे रोकती है। जूली, तुम्हें अपराधों की दुनिया का तजुर्बा नहीं है...।"

"तुम्हें है?"

"दुर्गादास के मुकदमे के बाद से हो गया है। जब दर्जनों जुर्म हो जाते हैं तब दो-चार की रिपोर्ट पुलिस में होती है। उनमें से कुछ की जाँच होती है, कुछ की नहीं। उनमें भी कुछ-एक ही मुकदमे की शक्ल में कोर्ट में जाते हैं और उनमें भी पचास फीसदी के लगभग कोर्ट से छूट जाते हैं। कोर्ट यह मानकर चलता है कि जब तक पूरी तरह से जुर्म न साबित हो, मुलजिम निर्दोष है। जहाँ सजा भी होती है वहाँ दो या तीन सीढ़ियों तक अपील होती रहती है। इस माहौल में अगर किसी को सुप्रीम कोर्ट तक मुजरिम माना गया हो तो उसके बेकसूर होने की गुंजाइश नहीं के बराबर है!"

"तब तो दुर्गादास जो कहता है, कहने दो; किसी का क्या बिगड़ता है!"

"पर मेरा तो सब कुछ बिगड़ रहा है। कुछ लोग मुझ पर शक करने लगे हैं।"

आइसक्रीम की प्लेट में जूली का चम्मच रुक गया। उसने विमल को तीखेपन से देखा। कहा, "तुम पर क्यों शक कर रहे हैं?"

"तुम्हें याद होगा—पर आइसक्रीम खाना मत बन्द करो—आज से दो-ढाई साल पहले हमने यहीं खाना खाया था। रात में बारिश में, लगभग ग्यारह बजे, मैं तुमको तुम्हारे घर छोड़ने गया था।"

"इसीलिए लोग तुम पर शक करने लगे हैं?" जूली की आँखें शरारत से चमक उठीं। तभी वेटर ने आकर उसके सामने ठंडी कॉफी का गिलास और विमल के आगे गर्म कॉफी का सामान रखा। वह विमल के लिए प्याले में कॉफी बनाने लगी।

"नहीं, इसके लिए नहीं। तुम्हें घर भेजकर मैं गोविन्द के फ्लैट पर गया था। वहाँ दुर्गादास पहले से मौजूद था। पर तब तक वह पी-पिलाकर दीवार पर लुढ़क गया था और खर्राटे भर रहा था। गोविन्द भी कॉफी नशा कर चुका था। मैंने उस हालत में वहाँ रुकना ठीक नहीं समझा और उन्हें छोड़कर नीचे उतर आया।"

"अच्छा किया, पियक्कड़ों की सोहबत अच्छी नहीं होती।"

विमल ने जूली का हाथ पकड़कर, लगभग निर्दयता से दबाया; कहा, "अब मजाक छोड़ो। पूरी बात सुनो। लोगों को पहले यह नहीं मालूम था कि उस रात मैं गोविन्द के फ्लैट पर गया था। उसी रात गोविन्द की हत्या कर दी गई...।"

जूली ने अपना मुँह घुमा लिया, कुछ देर सोचती रही, फिर विमल के चेहरे पर पूरी निगाह डालकर बोली, "तुमने लोगों को बताया नहीं था कि उस दिन तुम भी गोविन्द के फ्लैट पर गए थे?"

"नहीं। इसकी जरूरत नहीं थी।"

"पुलिस को भी नहीं बताया था।"

"नहीं, बताना बेकार था। उससे दुर्गादास की बचत न होती, सिर्फ मैं झमेले में पड़ जाता।"

वह खामोश रही। विमल ने ही कहना शुरू किया, "दुर्गादास के बड़े लड़के का नाम तारानाथ है। उसका एक दोस्त है, शंकर। दोनों ने मिलकर मामले की फिर से जाँच शुरू की थी। उससे उन्हें पता लगा कि कोई लम्बा आदमी उस रात शायद खिड़की के रास्ते पिछवाड़े की गली में उतरा था। एकाध लोगों ने उसे गली में देखा भी था। जाँच यहीं खत्म हो गई है, उसका कोई नतीजा नहीं निकल सकता था। पर उन्होंने सोचना शुरू कर दिया है कि शायद गोविन्द का गला मैंने ही घोंटा था, मैं ही खिड़की के रास्ते नीचे उतरा था।"

वह बिलकुल खामोश थी, उसका सिर नीचे झुका हुआ था और कॉफी का आधा गिलास प्लेट पर अब अछूता रखा था। विमल को आगे कुछ और कहने में एक अजीब-सा असमंजस जान पड़ा। वह भी खामोश हो गया।

जूली ने विमल से निगाह नहीं मिलाई। धीरे से, उसी तरह सिर झुकाए हुए पूछा, "तुम पूरी शाम-भर मुझसे यही कहना चाहते थे?"

"हाँ, यही कहना चाहता था।" अचानक उसे अपने पर, जूली पर और पूरे माहौल पर, गुस्सा आने लगा। प्याले को मेज पर एक असभ्य खड़क के साथ रखकर उसने जोर-जोर से कहना शुरू किया, "पर इसका मतलब यह नहीं कि आप, मिसेज जूली साइमन, कोई गॉड अलमाइटी हैं या पोप हैं जिसके सामने मैं जुर्म का इकबाल करने के लिए उतावला हो रहा था।"

वह कुछ और भी कहता, पर जूली की उदास निगाह उसके सामने आ गई और हिचकती हुई उँगलियाँ उसकी कलाई को सहलाने लगीं। उसने गर्म कॉफी की एक चुस्की ली और मुलायम आवाज में कहना शुरू किया, "अचानक मेरे लिए सब कुछ बदल गया है। तारानाथ को मैंने लिखा था, पर उसके जवाब में फिलॉसफी भरी है। मैं उससे सुनना चाहता था कि उसे मुझ पर शक नहीं है, पर उसके जवाब में सब कुछ है, यही नहीं है। उसका छोटा भाई राजनाथ मुझे सीधे गालियाँ देने लगा है। उनका दोस्त शंकर मुझसे एक बार मिला था और मुझसे यूँ जिरह कर रहा था जैसे कि मैं ही असली मुजरिम होऊँ। सिर्फ चाँद...।"

"चाँद कौन?"

"वह दुर्गादास की लड़की है। सुनो जूली, कुछ दिन पहले तुमसे मैंने एक लड़की का जिक्र किया था न?"

"जिससे तुम सिनेमा में जाकर टकराए थे? जो तुम्हें प्यार करती है? दुर्गादास की लड़की?"

"हाँ!"

"ओह!"

"ओह क्यों?"

जूली ने कोई जवाब नहीं दिया। सिर झुकाए हुए कॉफी के गिलास को देखती रही।

दोनों के बीच सम्प्रेषण के रास्ते खत्म हो चुके थे। अचानक उन पर कँटीले झाड़-झंखाड़ उग आए थे और वे एक-दूसरे तक पहुँच नहीं पा रहे थे।

वे एक भरे-पूरे फैशनेबल फिल्मी बाजार से गुजर रहे थे, जहाँ रंग-बिरंगी रोशनियाँ थीं, पुरानी पर इत्मीनान देनेवाली इमारतों के बीच नई-नई आठ-दस मंजिला इमारतें थीं, शोर था, संगीत था, मोटरों के तरल हॉर्न और स्कूटरों की किरकिराती हुई आवाजें थीं, 'यूथ टाइम्स' और 'जूनियर स्टेट्समैन' पढ़नेवाले लड़के-लड़कियों का निरातंक-निश्चिन्त सैलाब था; फर्जी सम्पन्नता, फर्जी मूल्यहीनता, फर्जी स्वच्छन्दता को सुव्यवस्थित, और फेन और लहरों से भरा हुआ सुनियंत्रित वातावरण था।

उसने हाथ फैलाकर जूली की पीठ को अपनी बाँह में घेरना चाहा, कहा, "इतना सीरियस न बनो। मेरी पूरी दिक्कत फर्जी है, ज्यादा-से-ज्यादा साइकोलॉजिकल है। वे सब मुझ पर शक कर रहे हैं, मुझे यह अच्छा नहीं लगता है। इससे ज्यादा या इससे आगे कुछ नहीं है। फिर भी मैं तुमसे बात करना चाहता था। मुझे तुम्हारी समझ पर भरोसा है। तुम्हीं इस वक्त मेरे पागलपन को अपने जादू की फूँक से उड़ाकर मुझे सही रास्ता बता सकती हो। बताओ, जूली, मैं क्या करूँ? वे सब मुझ पर शक कर रहे हैं। सिर्फ चाँद मुझ पर शक नहीं करती है। पर वह कभी भी बदल सकती है।"

उसे अपनी बाँह में किसी खिंचाव का एहसास हुआ। जूली सचमुच ही उसकी बाँह के घेरे से अपने को छुड़ा चुकी थी। वह कार की सीट पर बिलकुल किनारे से चिपककर बैठी हुई थी। उसने पूछा, "विमल, जिस रात गोविन्द का खून हुआ था, उस रात तुम उसके फ्लैट पर गए थे न?"

"हाँ, मैं तुम्हें पहले ही बता चुका हूँ।"

"तुम यह भी बता चुके हो कि दुर्गादास इतनी पी गया था कि दीवान पर लगभग बेहोश पड़ा था।"

"हाँ, पर...।"

"उस हालत में क्या दुर्गादास सचमुच ही गोविन्द की हत्या कर सकता था?"

"उस वक्त नहीं, पर बाद में शायद...।"

"विमल, प्लीज, तुम्हारी बातों से मुझे डर लग रहा है। फिर भी मैं साफ-साफ बात करना चाहती हूँ। अगर दुर्गादास उस हालत में किसी का गला नहीं घोंट सकता था तो तुम्हें उसकी मदद करनी चाहिए थी। मैं तुम्हारी जगह होती तो जानते हो, क्या करती?"

"मैं उसी वक्त पुलिस को बताती कि लगभग साढ़े ग्यारह बजे रात को मैं गोविन्द के फ्लैट पर गई थी, वहाँ मैंने अपनी आँख से देखा था कि दुर्गादास शराब पीकर बेहोश-सा था, किसी का गला दबाने लायक ताकत उसके हाथों में नहीं थी। यही नहीं विमल...।"

अब वह उससे सीधे, निस्संग होकर बोल रही थी..."मैं दुर्गादास की ओर से कोर्ट में जाकर गवाही भी देती, मैं बताती कि दुर्गादास उस रात इतनी पी चुका था कि वह किसी का गला नहीं घोंट सकता था..."

"पर जूली, यह सब बेकार होता। सभी जानते हैं कि मैं दुर्गादास का दोस्त हूँ। मेरी इस तरह की गवाही की कोई कीमत न होती। सभी जान जाते कि मैं दोस्ती में झूठ बोल रहा हूँ।"

"फिर भी, तुम्हारा काम था कि तुम सच बोलते। वे चाहे जैसा समझते, पर तुम खामोश क्यों रहे? तुमने शुरू से ही सही बात क्यों नहीं बताई?"

"जूली, समझने की कोशिश करो।" मैं डरा हुआ था...उसने हाथ फैलाकर जूली को अपनी ओर समेटना चाहा, पर वह बिलकुल दरवाजे से सट गई थी।

एक झटके के साथ उसे एहसास हुआ कि वह जूली की जिन्दगी से निर्वासित हो रहा है।

...अब क्या हुआ, मिस्टर सलूजा? जूली भी अनमनी हो जाए तो आप रोने लगेंगे? पुअर ब्वाय, तुम्हें कोई भी ठीक से नहीं समझता...चाँद उसके मन की किसी पर्त पर टिककर उसे ताना दे रही थी....मुझे दोबारा यही बात समझाने दीजिए। देखिए, मिस्टर सलूजा, दूसरे को उसके अपने नजरिए से समझने की कोशिश कीजिए। मान लीजिए कि आप एक कॉल-गर्ल हैं। जूली की तरह, आप निहायत हसीन और दिलकश बिजनेसमैन से, जिसका नाम विमल है, उसके होटल में मिलने जाया करती हैं और आपको इस दोस्ती पर नाज है। अचानक आपको लगता है कि यह साफ-सुथरा, हँसमुख बिजनेसमैन पियक्कड़ तो है ही, स्मगलिंग भी करता है, यही नहीं, वह अपने दोस्त की लड़की को फुसलाकर उसके साथ ऐश कर रहा है। और इस सबके अलावा, वह साफ तौर से खूनी भी है...ठीक है, मेरी बात मत काटिए, वह खूनी नहीं है पर खूनी हो सकता है। इसके बाद, जरा सोचिए न, कॉल-गर्ल की हैसियत से आप अपनी निगाह में गिर जाएँगी, या गिर जाएँगे (फारगेट द कन्फ्यूजन

ऑफ जेंडर्स, सिर्फ बात समझने की कोशिश कीजिए।) आप, यानी वह कॉल-गर्ल। सोचेगी—हाय, मैं अब सस्ती रंडियों की तरह खूनियों और डकैतों के साथ उनके बिस्तर पर जा रही हूँ...।

...नहीं, मिस्टर सलूजा, उसे रोकने की कोशिश न कीजिए। हर कॉल-गर्ल की अपनी शान होती है...।

गाड़ी से उतरकर जूली जिस तेजी से अपने घर की ओर चली उससे लगा कि वह अपने से भी दूर भागना चाहती है। विमल ने कहना चाहा, "गुड नाइट, डार्लिंग," पर उसकी जगह वह जेब में सिगरेट का पैकेट ढूँढ़ने लगा।

जूली की तरफ कार का दरवाजा अब भी खुला था जिससे कार के अन्दर छत की रोशनी का बल्ब जल रहा था। न जाने किस खयाल से उसने बैकव्यूमिरर को सीधा करके उसमें अपने चेहरे का अक्स देखा।

कहीं छिपा हुआ डर होगा कि उसका चेहरा बदल चुका है। पर स्पष्ट था कि आज तक की, और आज की घटनाओं ने उस पर अभी कोई छाप नहीं छोड़ी है।

...बात बिलकुल सीधी है, मिस्टर सलूजा। चेहरे पर सिर्फ खुराक की कमी, गलत आबोहवा, कड़ी मेहनत और बीमारी की छाप पड़ती है, जिनसे आपका कोई ताल्लुक नहीं। तुम कैसे आदमी हो और कैसे नहीं हो, इसकी कोई छाप नहीं होती। होती भी हो तो कम-से-कम वह चेहरे पर नहीं उतरती।

...आप ठीक कह रही हैं मिस चन्द्रा, हमेशा की तरह आप ठीक कह रही हैं। पर मेरे चेहरे से भले ही न लगता हो, मैं दरअसल परेशान हूँ और आपको प्यार करना चाहता हूँ...इसके सिवाय और कुछ नहीं चाहता।...

तीसरा भाग

एक

चाँद ने होटल के बरामदे से देखा :

टेढ़ी होती हुई सड़क के किनारे एक कार आकर रुकी। नीले रंग की फियट थी। चाँद दुमंजिले पर थी और पेड़ों की कुछ डालियाँ उसकी निगाह और कार के बीच छितरी हुई थीं। उनके टूटे-फूटे झरोखों से कार का पिछला हिस्सा-भर दीख पड़ा। वह साँस रोककर उसी तरह खड़ी रही। एक अजनबी अन्धविश्वास ने उसके कानों में कहा, "खामोश! अगर तुम जरा भी हिलीं तो वह नहीं हो पाएगा जो तुम समझ रही हो।"

बरामदे की पूरी लम्बाई-भर हरे पेंटवाले फ्रेम में शीशे जड़े हुए थे और उन्हीं में से खिड़कियाँ निकाली गई थीं। उनके बन्द होने पर पता नहीं चलता था कि कहाँ खिड़की है और कहाँ अचल फ्रेम है। उसने धीरे-धीरे साँस छोड़ी और एक खिड़की के बाहर खतरनाक हद तक तिरछे झुककर नीचे देखने लगी।

ठंडी और तेज हवा उसको और उसके बालों को बेतरतीब करती जा रही थी पर उसकी निगाह सड़क पर थी। मोटर का दरवाजा बन्द होने की लापरवाह आवाज उसके कान में पड़ी और वह सोचने लगी कि अब एक मिनट तक कुछ नहीं होगा क्योंकि चाभियों के गुच्छे से कार में ताला लगानेवाली चाभी विमल को हमेशा देर से मिलती है, कम-से-कम वह एक बार गलत चाभी दरवाजे के ताले में डालने की कोशिश करता है, तालों को घटिया बताता है और फिर अचानक अपनी भूल पर नाराज होकर थोड़ी देर तक सही चाभी से भी ताला बन्द नहीं कर पाता। चाँद की साँस बीच में थम गई और कान ताला बन्द होनेवाली आवाज की प्रतीक्षा करने लगे। वह जानती थी कि कार के दरवाजों के ताले इतने जोर से क्लिक नहीं करते, पर प्रतीक्षा की बेचैनी कम नहीं हुई और उस बेचैनी को एक आदमी की झलक ने और भी बढ़ा दिया।

...पर यह विमल नहीं हो सकता क्योंकि इसने कार का दरवाजा बन्द करके, उसके ताले में चाभी लगाकर, इधर आने में पन्द्रह सेकंड भी नहीं लगाए हैं। पर है यह विमल ही क्योंकि जिसकी झलक दिखाई पड़ी है वह विमल ही है। उसने नीचे होटल के काउंटर के पास पहुँचकर उससे मिलने की बात सोची; पर वह खिड़की से हट नहीं सकी, निराश होकर लौटने के डर ने उसके पाँवों को वहीं जकड़ लिया।

फिर भी मन में कहीं भरोसा था कि वह आएगा। इसलिए आगे के कुछ क्षण पहले से आसान जान पड़े। सड़क के मोड़ से, कार के पिछले हिस्से को अपने पिछले हिस्से से लगभग छूती हुई एक लड़की फिर उसकी निगाह के रास्ते में आ गई, वही लड़की जो कई दिनों से इसी वक्त सड़क से गुजरती है। चौड़ी मोहरीवाला डेनिम का ढीला पतलून भी उसके नितंबों का फैलाव और रानों का मजबूत मोटापा नहीं छिपा पाता, उसके बाल बहुत छोटे हैं फिर भी वह उन्हें स्कार्फ से बाँधती है और इतनी कम उम्र में शायद चटख और इतनी ज्यादा लिपस्टिक पोतती है। खिड़की के इस कोण से जहाँ तक उसकी निगाह जा सकती थी, वह उस लड़की की ओर ताकती रही। लड़की मोटी लड़कियों की तरह अपने-आप से आश्वस्त चाल के साथ कार से लगभग सौ गज आगे निकल गई थी।...और विमल, मिस्टर विमल सलूजा, आप अभी एक जीने का फासला तक नहीं पार कर पाए! यू लेजीबोन!

लड़की को अब सड़क के दूसरे मोड़ ने ढाँप लिया था। चाँद ने धीरे-धीरे, बहुत धीरे-धीरे अपने-आपको खिड़की के पास से खींचा और बरामदे के किनारे जाकर सड़क के उस फैलाव पर, जो पहले दीख नहीं पड़ता था, निगाह डाली। लड़की अब लगभग एक फर्लांग दूर निकल गई थी और उसके नितंब शरीर के सभी पिछले भागों की, और पिछले भाग नितंबों की भौगोलिक एकरूपता में खो गए थे। यह कौन जन्तु है जो दो टाँगों पर इतनी आसानी से चला जा रहा है—अपनी उम्र में बारह साल घटाने की कोशिश में चाँद ने सोचना चाहा, पर विमल के खयाल को इस तरह झुठलाया नहीं जा सका। उसके मन में धूप-छाँह की लहरें उठ रही थीं और विमल बार-बार छाँह से उभरकर धूप की स्पष्टता में आ जाता था। चाँद ने अपने-आपसे अब सीधे-सीधे कहा—कार को आए हुए तीन-चार मिनट हो गए हैं और विमल अब भी यहाँ नहीं आया है।

वह निश्चय नहीं कर सकी कि उसके नीचे जाने का कोई अर्थ भी है या नहीं, पर वह निश्चित कदमों से बरामदे में किनारे पर लगा हुआ जीना उतरने लगी। यह जीना नीचे के बरामदे में और बरामदा सामने एक टेरेस में खत्म होता था। एक जीना जो होटल के लाउंज में रिसेप्शन काउंटर के पास उतरता था, बरामदे के

बीच में था। वह गलत जीने से नीचे उतरी थी क्योंकि विमल को इस समय टेरेस पर नहीं, लाउंज में होना चाहिए था। फिर भी शायद वह सही जीने से ही नीचे आई थी, क्योंकि वहाँ टेरेस से सड़क और कार को अच्छी तरह से देखा जा सकता था, आनेवाले की खोज बिलकुल शुरू से की जा सकती थी। उसने एक बार सड़क पर निरर्थक निगाह डाली और घूमकर होटल के मुख्य प्रवेश पर आ गई।

एक ठिंगना-सा आदमी काउंटर पर रिसेप्शन-क्लर्क से होटल में कमरा पाने के लिए बहस कर रहा था। उसका साँवला और भरा-भरा चेहरा शीशे के आगे दिन में कई बार खड़े होनेवाले व्यक्ति का आभास देता था। पर इस समय शायद लम्बी यात्रा के कारण उसके कपड़े गँजेट गए थे और कानों पर बालों की लटें, सिर के बीच करीने से निकली हुई माँग के बावजूद, अनियंत्रित होकर झूल रही थीं। उसकी कड़ी आवाज का रिसेप्शन-क्लर्क पर कोई असर नहीं हो रहा था। पर्यटकों के सत्र में, पर्यटकों की संख्या के अनुपात से बढ़नेवाले आत्मविश्वास और अहंकार से वह क्लर्क बार-बार दोहरा रहा था कि यहाँ कमरा पाने के लिए बहुत पहले से रिजर्वेशन कराना पड़ता है। चाँद रिसेप्शन-काउंटर के पास ठिठककर दीवार पर लगे हुए एक विज्ञापन को देखने लगी जिसके अनुसार वह मसूरी में नहीं, पर्यटकों के स्वर्ग में आकर रुकी हुई थी।

क्लर्क की आवाज ने उसे लगभग चौंका दिया। ठिंगना आदमी अब भी वहाँ खड़ा था और निगाहें बचाकर चाँद को देखने लगा था।

क्लर्क ने अपनी ओर से उसका मामला निपटा दिया होगा क्योंकि अब वह चाँद से कह रहा था, "यस मैडम?" इस बार मैडम के हिन्दुस्तानी प्रयोग ने चाँद को चिढ़ाया नहीं, उसने कुछ कहने के लिए कहा, "मैनेजर साहब अन्दर हैं?"

"यस मैडम।" एक चौकुंठे कमरे की ओर, जिसे प्लाईवुड और पर्दों के सहारे हॉल के एक कोने को घेरकर बनाया गया था, उसने इशारा किया।

अब वहाँ खड़े होने का कोई बहाना रह नहीं गया था। मैनेजर के कमरे में घुसते ही उसने पूछा, "क्या मि. सलूजा आ गए हैं?"

"बैठिए, वे तो नहीं आ रहे हैं। पर आपके लिए उनका तार आया है।"

वह बैठी नहीं, तार को हाथ में लेकर उसे दूर से ही पढ़ा और पूछा, "यह कब आया था?"

"अभी-अभी। आपके कमरे में भेजने ही जा रहा था।"

जैसे तार की खबर का कोई महत्त्व न हो, तार से सम्बन्धित और तथ्य ज्यादा जरूरी हों, उसने फिर पूछा, "पर यह तो कल का चला हुआ है?"

"डाक-तार का महकमा, आप तो जानती ही हैं।"

मैनेजर को विमल ने लिखा था कि मुझे अचानक बम्बई जाना पड़ रहा है। मिस चन्द्रा मलहोत्रा वहाँ अब भी हों तो कृपया उन्हें सूचित कर दें, मैं मसूरी नहीं आ रहा हूँ।

मिस चन्द्रा मलहोत्रा कृपया सूचित हो गई हैं—उसने अपने से अपने को अलग करके सोचा। जब वह होटल के बाहर आकर सीढ़ियों पर खड़ी हो गई तो उसे अपने शिष्टाचार का खयाल आया। मैनेजर ने कहा था, "कॉफी?" और जवाब में उसका सिर हिलाकर नहीं का इशारा करना काफी नहीं था। विमल का तार उसने मेज पर वापस रख दिया था या कमरे से बाहर आते हुए किसी रैक पर डाल दिया था, उसे यह भी ठीक से याद नहीं था।

ठिंगना आदमी काउंटर-क्लर्क की सस्ती स्नाबरी पर भुनभुनाता हुआ सड़क की ओर उतर रहा था। चाभियों का एक गुच्छा उसके सिर की प्रत्येक हरकत के साथ उँगली पर एक वृत्त में घूम जाता था। चाँद ने सोचा—तुम इसी जोकर को विमल समझ रही थीं! इसे—इस भालू को! विमल के न आने की खबर को मन के किसी दूरवर्ती कोने में ठेलते हुए उसने अपने को कुछ हल्की स्थितियों में उलझाना चाहा।

तभी बारिश आ गई। ठिंगने आदमी की चाल दौड़ में बदल गई थी, जब वह फियट के पास पहुँचकर उसका दरवाजा खोलने लगा तो वह लाउंज के अन्दर आ गई और जीना चढ़कर ऊपर के बरामदे में पहुँची। सड़क पर कार के स्टार्ट होने की आवाज हुई। अपने को हल्का बनाकर उसने सोचा—यह देखिए, मिस्टर विमल सलूजा ऐसी बारिश में बम्बई तशरीफ लिये जा रहे हैं।

सहसा उसे खिड़की से आती हुई हवा बहुत ठंडी, बहुत अपरिचित जान पड़ी। अपने कमरे में जाने के पहले उसने खिड़की बन्द कर दी—अब बर्फीली हवाओं के चीते छलाँग लगाकर मुझ तक नहीं आ सकेंगे, यहाँ से मैं उनकी गुर्राहट भले ही सुन लूँ, वे मुझे छू नहीं सकेंगे।

समाजशास्त्र का प्रोफेसर, जिसका कमरा चाँद के पड़ोस में था, प्रोफेसर जैसा न दिखकर किसी फैक्टरी का प्रोडक्शन मैनेजर जान पड़ता था।

"मैं प्रोफेसर जैसा नहीं दिखता? क्या मतलब? आप चाहती हैं कि मैं नकली दाढ़ी-मूँछ लगाकर और आँख पर मोटा चश्मा चढ़ाकर निकला करूँ? सूट में जान-बूझकर शिकनें डाल लूँ? छाते को अपनी जगह समझकर बिस्तर पर लिटा दूँ और खुद छाते की तरह कोने में खड़ा हो जाऊँ? या बीवी को नौकरानी समझकर कॉफी बनाने के लिए भेज दूँ और नौकरानी की बीवी समझकर चूमना शुरू कर दूँ?"

पाँच दिन पुराना परिचय हो जाने के बाद चाँद की इस शिकायत का कि वह प्रोफेसर जैसा नहीं दिखता, उसने बड़े प्रोफेसराना ढंग से जवाब दिया था। जवाब में कछ भी मौलिक नहीं था, पर उसे सुनकर चाँद बहुत देर हँसती रही थी। इतनी देर हँसती रही थी कि उसने अंग्रेजी में डाँटा था, "मेरी बात की तारीफ में तुम बेवकूफों की तरह हँस रही हो।" वह फिर भी हँसती रही थी। उस जैसा सुन्दर युवक नकली दाढ़ी-मूँछ, मोटे चश्मे, गँजेट हुए सूट में छाते की तरह एक कोने से टिककर कैसा लगेगा, इस कल्पना ने जिस हँसी की शुरुआत की थी, वह इस प्रच्छन्न लालच से काफी देर टिकी रही कि बहुत दिन बाद हँसते बना है, इस क्षण को एक क्षण और बढ़ाओ, इसे तब तक कायम रखो जब तक आयास के बिना हँसी को टिकाया जा सकता है।

कॉन्फ्रेंस, समर-कैम्प, सेमिनार, वर्कशॉप—इन्हीं में से किसी नाम को लेकर मसूरी में मनीषियों की कुछ गोष्ठी हुई थी। प्रोफेसर उसमें शामिल होने आया था पर अपने साथियों के साथ न रुककर इस होटल में आकर टिक गया था।

"वहाँ क्यों नहीं रुके?" चाँद के इस सवाल पर—परिचय के उसी पाँचवें दिन—उसने कहा था, "वहाँ पर तुम्हारी जैसी कोई लड़की नहीं थी।"

"मिस्टर प्रोफेसर, आप लड़कियों की चापलूसी करना खूब जानते हैं।" कहते ही वह झिझक गई थी : 'मिस्टर सलूजा' के मजाक पर अकेले विमल का हक है, उसको मिस्टर प्रोफेसर न कहना चाहिए था।

प्रोफेसर गम्भीर बनकर बोला था, "मेरे यहाँ रुकने का औपचारिक कारण यह है कि सात दिन की गोष्ठी के बाद भी मुझे मसूरी में टिकना था। इसलिए वहाँ मुफ्त में रहने का लालच छोड़कर मैं शुरू ही से यहाँ आ गया था। बीच में एक जगह से दूसरी जगह जाना झमेले का काम है।"

"आप काफी अमीर होंगे?"

"मेरे पास रुपया तो वैसा कुछ नहीं है, पर शान बहुत ज्यादा है।" उसने चाँद को सूचित किया था।

प्रोफेसर की उम्र बत्तीस-तैंतीस साल की होगी और भारतीय विश्वविद्यालयों के पैमाने से वह बहुत जल्दी प्रोफेसर बन गया था। उसने हार्वर्ड में समाजशास्त्र का अध्ययन किया था और बातचीत के अमरीकी लहजे में वह अपने गहरे अध्ययन को आसानी से छिपा सकता था। 'श्योर', 'फाइन', 'ओके' की बौछार, कुछ ज्यादा शोख कपड़े, एक खास लय के साथ बोली जानेवाली अंग्रेजी—इन सब कारणों से, और खेल-कूद की दुनिया में कई सालों तक बिताए हुए, गठे हुए जिस्म से सचमुच ही वह प्रोफेसर की भारतीय कल्पना के बहुत खिलाफ जाता था। इतने

कम परिचय ही में चाँद को मालूम हो गया था कि किताबें ही इस अकेले आदमी का अकेला व्यसन है। "आपको जानकर हैरत होगी कि प्रोफेसर होते हुए भी मेरी आँखों की रोशनी अच्छी है और मुझे किताबें पढ़ने की आदत है।" कमरे में एक मेज के ऊपर लगे हुए किताबों के ढेर को दिखाकर उसने चाँद से कहा था। कई बार उसने देखा भी था, काफी रात गए, नींद न आने के कारण जब वह बरामदे में आकर खड़ी हुई थी, प्रोफेसर के कमरे में जलते हुए टेबुललैम्प की रोशनी पर्दों और दरवाजे के शीशों के पीछे से दिखाई देती है।

वे दूसरे दिन से ही एक-दूसरे से सहजता के साथ मिलने लगे थे। सुबह प्रोफेसर देर में जगता था, चाँद का नाश्ता आ जाने के लगभग घंटे-भर बाद प्रोफेसर के कमरे के दरवाजे पर बेड-टी की दस्तक सुन पड़ती थी। दोपहर तक दोनों एक-दूसरे से मिल नहीं पाते थे पर अपराह्न से रात के खाने के वक्त तक वे लगभग साथ-ही-साथ रहने लगे थे।

समुद्री यात्रा की-सी इस आकस्मिक मित्रता में उनकी बातचीत और आपसी जानकारी का दायरा ज्यामितीय सिद्धान्तों की तेजी से बराबर बढ़ता जा रहा था। इसलिए उस शाम प्रोफेसर ने चाँद के कमरे में जब अँधेरा देखा तो उसे बाहर दरवाजे पर दो-एक ठुमक देने में कोई हिचक नहीं हुई।

"कौन है?" अँधेरे में कमरे के भीतर से चाँद ने पूछा।

"मैं हूँ।"

"एक मिनट, प्लीज!"

पर एक मिनट पूरा होने के पहले ही उसे चाँद की कराह सुन पड़ी और उसी के साथ कमरे में रोशनी फैल गई। प्रोफेसर ने पूछा, "आप ठीक हैं?"

उसने फिर पहले की तरह जवाब दिया, "एक मिनट!"

लगभग तीन मिनट बाद उसने दरवाजा खोला। उसी के साथ किसी एंटिसेप्टिक दवा की गन्ध प्रोफेसर तक बहकर आई। उसने पूछा, "क्या हुआ?"

"कुछ नहीं।"

बाएँ हाथ के अँगूठे पर रुई का एक टुकड़ा लगाकर उसने उँगली से दबा रखा था। प्रोफेसर ने उसकी ओर इशारा किया। चाँद ने कहा, "बाथरूम के दरवाजे पर एक कील निकली हुई है। उसी से खरोंच लग गई है। आप बैठिए।"

एक बहुत बड़ी, बहुत सुखद आरामकुर्सी में वह धँसकर बैठ गया। जैसे उँगली की खरोंच को वह अब तक भूल चुकी हो, इस लापरवाही से रुई के टुकड़े को उसने फायरप्लेस में फेंक दिया और पलंग पर सिरहाने से टिककर पैरों तक कंबल डालकर बैठ गई। उसका चेहरा कुछ और पीला-सा जान पड़ा। उसके काले बाल

छितरकर एक ओर के गाल को ढकने लगे थे। वह एक ऊँचे गले का काला पुलोवर पहने हुए थी। बालों और पुलोवर के बीच उसके चेहरे का सहज आश्वासन टेबुललैम्प की शान्त मद्धिम रोशनी में घुल-सा गया था।

प्रोफेसर ने एक सिगरेट जला ली। कहा, "उँगली की यह खरोंच अँधेरे में ही लगी थी न?"

उसने स्कूली लड़कियों की तरह धीरे से सिर हिलाकर अपराध स्वीकार किया।

"कमरे को अँधेरा रखने की खास वजह थी?"

"नहीं।" फिर उसने कहा, "मैं थक गई थी, सोना चाहती थी।"

"थक जाने की कोई खास वजह थी?"

"नहीं।"

वह सिगरेट के धुएँ के दूसरी ओर उसके पीले चेहरे को निर्विकार देखता रहा। बोला, "मैं अन्दाज से बता सकता हूँ कि आपको क्या तकलीफ है।"

"पुराने जमाने में लोग इसी तरह कहते थे, मैं उड़ती चिड़िया पहचान सकता हूँ।"

"मैं यह नहीं कह सकता, पर मैं बैठी चिड़िया को पहचानने की कोशिश कर रहा हूँ।"

"कीजिए।"

"आपकी तकलीफ...।"

"मुझे कोई तकलीफ नहीं है...।"

प्रोफेसर ने कहा, "मैं चार-पाँच दिन से देख रहा हूँ। आप परेशान रहती हैं।"

"मिस्टर प्रोफेसर, यह बहुत मीडियाकर किस्म का डायलॉग है।"

फिर वही मिस्टर प्रोफेसर! चाँद ने कुढ़कर सोचा, मिस्टर सलूजा, तुम किसी दिन मुझसे पिटोगे!

प्रोफेसर कह रहा था, "फिर भी, मैं ठीक कहता हूँ न?"

"नहीं।"

सिगरेट का एक कश खींचकर वह मुस्कराया, बोला, "शॉ का हार्टब्रेक हाउस पढ़ा है?"

"शॉ को लोग अब भी पढ़ते हैं क्या?"

प्रोफेसर ने कहा, "देखिए, मैं आपकी निजी दुनिया में नहीं झाँकना चाहता। पर इतना जरूर चाहता हूँ कि जो तकलीफ बचाई जा सकती है उससे बच लिया जाए। जैसे, अँधेरे में बाथरूम की ओर जाने की कोशिश। रोशनी न होती तो और बात थी...।"

"आप शॉ के हार्टब्रेक हाउस का जिक्र कर रहे थे।"

उसने सिगरेट का बचा हुआ टुकड़ा ऐशट्रे में दबा दिया। कुछ देर चुप रहा, जैसे सोच रहा हो कि क्या कहा जाए। फिर दूसरी सिगरेट जलाकर उसने अंग्रेजी में कहना शुरू किया, "शॉ ने अपने ढंग से दिल की समस्या को जिन्दगी की पूरी समस्याओं के प्रसंग में पोच बताने की कोशिश की है, उनका मजाक उड़ाया है। पर मैं शायद उस हद तक नहीं जाना चाहूँगा। मेरी समझ में इस तरह की समस्या को हास्यास्पद बनाकर उससे छुटकारा नहीं पाया जा सकता। पर यदि उसे जिन्दगी के दूसरे पक्षों से मिलाकर देखा जाए तो अपने लिए कुछ उम्मीद बन जाती है। जिन्दगी की न जाने कितनी लम्बी-चौड़ी सम्भावनाएँ हैं। फिर भी हम कभी-कभी अपनी कमजोरी में जिन्दगी को सिर्फ एक सम्भावना के साथ, मसलन प्यार के साथ, जोड़ देते हैं, इसीलिए उसमें निराशा होने पर लगता है कि पूरी जिन्दगी में ब्लैकआउट हो गया है...।"

"इस गम्भीर विषय में मेरी दिलचस्पी नहीं है।"

वे कुछ देर खामोश रहे। प्रोफेसर कुर्सी से उठकर खड़ा हो गया। बोला, "गुड नाइट!"

चाँद चुप रही। जब वह दरवाजे के पास पहुँचा तो बोली, "जा रहे हैं?"

"आप, चन्द्रा जी, आराम कीजिए।"

"घर पर लोग मुझे चाँद कहते हैं।"

"आपके घरवाले नाम बिगाड़ना खूब जानते हैं!"

वह मुस्कराई। कहा, "नाम ही तो बिगाड़ते हैं न। आपकी तरह लगातार बात करके दिमाग तो नहीं बिगाड़ते।"

"तभी तो मैं जा रहा हूँ।"

"सीरियस होने की जरूरत नहीं, आप रुकें तो मैं कॉफी मँगा सकती हूँ।"

उसका एक पैर बरामदे में था। बोला, "तब फिर बाहर आइए। हम लोग बरामदे में कॉफी पिएँगे। नोमैन्स लैंड में।"

उसने बरामदे की दो खिड़कियाँ खोल दीं। हवा में पहले का-सा बहाव न था। खिड़की के बाहर धीरे-धीरे गिरती हुई बारिश पर वह निगाह गड़ाए खड़ा रहा। ऊँचे-नीचे पहाड़ों पर बारिश की धुंध में बिजली के बल्ब चारों ओर बेतरतीब किरणें फेंक रहे थे।

चाँद उसके पास आकर चुपचाप खड़ी हो गई। दोनों बारिश का गिरना देखते-सुनते रहे। चाँद ने आखिर में कहा, "बारिश न हो रही होती तो हम लोग घूमने चल सकते थे।"

"मैं तब भी न चलता। आज आप इतना अनमनी हैं कि लोग यही समझते, हम घर से लड़कर चले हैं।"

वह इतनी आसानी से कह रहा था जैसे वे बरसों से एक साथ एक घर में रह रहे हों। चाँद, बिना चाहे हुए, उससे कुछ इंच दूर खिसक गई। पर उसका ध्यान बारिश की ओर था। दोनों पहले की तरह चुपचाप खड़े रहे।

सहसा उसने कहा, "प्रेम का उदाहरण पसन्द न हो तो मैं अपनी बात दूसरे उदाहरण से समझा सकता हूँ। आपने कुछ दिन पहले अखबारों में पढ़ा होगा, दिल्ली में किसी शोध-संस्थान के एक वैज्ञानिक ने आत्महत्या कर ली। कारण यह था कि वह जिसे अपने से कम योग्य समझता था, उसे तरक्की देकर उससे ऊपर का पद दे दिया गया था। पार्लियामेंट में बड़ा शोर मचा कि वैज्ञानिकों के साथ बड़ा मनमाना व्यवहार किया जा रहा है। अब यहाँ सभी लोग यह भूल गए कि न्यायपूर्ण ढंग से नियुक्तियों का होना एक बात है और अपने मन में किसी नियुक्ति को अन्यायपूर्ण समझकर किसी का आत्महत्या की हद तक चले जाना बिलकुल दूसरी बात है। यानी वैज्ञानिक की आत्महत्या से अपने-आप यह नहीं साबित हो जाता कि दूसरे व्यक्ति की तरक्की अन्यायपूर्ण थी। उससे कुल इतना साबित होता है कि एक अभागे वैज्ञानिक ने अपनी सारी जिन्दगी की सम्भावनाओं को किसी एक ओहदे के साथ बाँध दिया था।

"पर वह नियुक्ति के खिलाफ नहीं, एक व्यवस्था के खिलाफ विद्रोह था।"

"नियो-एलीट व्यवस्था के खिलाफ विद्रोह नहीं करते, वे सिर्फ व्यवस्था के दायरे में शोर मचाकर जो कुछ मिल सकता है, उसको खसोटते हैं। बहरहाल, उसे छोड़िए। वह बात का दूसरा लेवल हो जाएगा। सिर्फ इतना समझ लीजिए कि वह विद्रोह नहीं था, ज्यादा-से-ज्यादा वह नाराजगी थी। पर वह नाराजगी भी इसी मौके पर क्यों खोली गई?" उसने निराशा से सिर हिलाकर कहा, "नहीं चन्द्रा जी, यह विद्रोह नहीं, नाराजगी भी नहीं, सिर्फ दृष्टिदोष था। वह आत्महत्या न भी करता तो अपने-आपको इतना सीमित बनाने के बाद पूरी जिन्दगी एक ब्लैकआउट में गुजारता रहता। प्रेम में आत्महत्या करनेवाले, या उसमें असफल होकर अपने को चारों ओर से समाप्त मान बैठनेवाले भी इसी वैज्ञानिक की तरह हैं। एक आकांक्षा को वे जिन्दगी की सभी सम्भावित आकांक्षाओं का सब्स्टीट्यूट मान लेते हैं।"

वह बिना किसी एहसास के उसके पास खिसक आई थी। उनके कन्धे आपस में छू रहे थे। उसने कहा, "आप इसे कितना आसान बनाए दे रहे हैं। हो सकता है, कुछ लोग मन के रेशे-रेशे में एक आकांक्षा को बुनकर उसी के लिए जिन्दा रहना जिन्दगी की सार्थकता समझते हों। पर आपकी थ्योरी तो जिन्दगी को बिलकुल इस फार्मूले में उतार देती है कि अपने दरवाजे बन्द न करो, अपने विकल्प खुले रखो। एक विकल्प अगर धोखा देता है तो उस पर क्रास का निशान बना दो और दूसरे

विकल्प को अपना लो...। आपकी थ्योरी हर दुकानदार को, हर व्यापारी को पसन्द आएगी। व्यवसाय में इसी को डाइवर्सीफिकेशन कहते हैं। कहते हैं न?"

वह हँसने लगी और तुरन्त ही अपनी हँसी के अजनबीपन से सहम गई।

प्रोफेसर का हाथ चाँद को घेरकर उसके कन्धे पर टिक गया। उसने कहा, "इतनी देर में अब आप जमकर बोल रही हैं। पर सुनिए, मैं कोई थ्योरी नहीं बता रहा था। मैं सिर्फ बचत की एक राह ढूँढ़ रहा था। अगर वह किसी को बचा ले जाए तो मुझे खुशी होगी।"

"किसको बचा ले जाए? मुझे?" चाँद ने उसका मजाक उड़ाना चाहा।

पर वह गम्भीर था। बोला, "हाँ, आपको। या खुद मुझे।"

पीछे प्यालों की खनक सुनाई दी। वेटर बरामदे में एक मेज पर कॉफी लगा रहा था। वे दोनों उसी तरह खड़े रहे। प्रोफेसर कहता रहा, "मैं तुमसे भी ज्यादा निराशावादी हूँ। पर तुम शायद निराशावादी नहीं हो। मैं यह मानकर चलता हूँ कि जिन्दगी में सिर्फ गुत्थियाँ हैं, कयास है, उसमें किसी नियम से स्थायी व्यवस्था नहीं लाई जा सकती, उस पर कोई भी फार्मूला नहीं लगाया जा सकता। सिर्फ कुछ सीधी-सादी तरकीबों से कुंठाओं को धोखा दिया जा सकता है। उन्हीं में एक तरकीब यह भी है, जिसका तुम मजाक उड़ा रही थीं, कि अपने लौटने का रास्ता बन्द न करो। अपने विकल्प खुले रखो...। यह थ्योरी नहीं है, अपने को सीधा खड़ा रखने की एक कसरत-भर है, ज्यादा-से-ज्यादा तुम इसे एक दृष्टि कह सकती हो।"

"कॉफी ठंडी हो जाएगी," कहकर चाँद उसकी बाँह के घेरे के बाहर आ गई और मेज के पास आकर प्यालों में कॉफी डालने लगी।

वह पैनी निगाह से प्याले में कॉफी का गिरना देखता रहा, जैसे उसे शक हो कि उसमें उसके तर्क का जवाब छिपा हुआ है। फिर धीरे-धीरे वह मेज के पास पहुँचकर एक कुर्सी पर बैठ गया। कॉफी का प्याला हाथ में लेकर उसने कहना शुरू किया, "यह सही है कि विकल्प खुले रखने की बात बहुतों को अपील नहीं करेगी। यह कलाकारों की दृष्टि नहीं है, यह उनकी दृष्टि नहीं जो किसी एक बाजी को ही जिन्दगी की पहली और आखिरी बाजी मानकर चलते हैं। आप ठीक कहती हैं, यह उन दुकानदारों की दृष्टि है जो अपना सब कुछ एक साथ एक दाँव पर नहीं लगाते। पर इसी से इस दृष्टि की कीमत नहीं घट जाती। इसका उनके लिए बहुत कुछ अर्थ है जो जिन्दगी को केवल एक स्थिति नहीं, बल्कि पूरी जिन्दगी को अनेक स्थितियों का चैलेंज मानकर चलते हैं, जो आत्महत्या करके, या जीते-जी शहीद बन जाने को एक दयनीय हार समझते हैं। और अगर हमारे लिए यह दृष्टि शॉक-एब्जार्बर का काम कर सकती है तो इसे क्यों न अपनाया जाए?"

चाँद उसके सामने खड़ी हुई कॉफी पी रही थी। वह बोला, "बैठ जाइए। मैं कॉमनसेंस की बात कर रहा हूँ, तभी आप ऊब रही हैं। मैं चाहूँ तो इस सबको मुश्किल बनाकर भी पेश कर सकता हूँ। पर तब आप और भी ऊबने लगेंगी।"

...मैं ऊब नहीं रही हूँ, तुम्हारी कृतज्ञ हूँ कि तुम यहाँ, मेरे पास बैठकर कॉफी पी रहे हो, सिगरेट ऐशट्रे पर रखी हुई है और उसका क्षीण धुआँ मेरी नाक तक पहुँचकर मुझे बता रहा है कि मैं बियाबान में खोई नहीं हूँ, एक भरी-पूरी दुनिया में हूँ। तुम्हारी इस साफ-सुथरी, चिकनी अंग्रेजी के परिचित शब्दों का घेरा मुझे एक बियाबान में भटकने से बचा रहा है।...

मेज पर उसके सामने बैठने के बजाय वह उसकी बाईं ओर की कुर्सी पर बैठ गई। खुली हुई खिड़की, उसके बाहर की धुंध-भरी बारिश, झिलमिलाते बिजली के बल्ब, पहाड़ों के उतार-चढ़ाव का पेंसिल-स्केच—उसकी आँखों के सामने था। उसने अस्पष्ट स्वरों में कहा, "मैं सुन रही हूँ। कहे जाइए।"

उस रात उन्होंने खाना नहीं खाया क्योंकि बरामदे से उनके उठने से पहले डाइनिंग हॉल बन्द हो गया था। इसलिए उस रात उनके लिए सिर्फ बिस्कुट, कॉफी और बातें बच सकीं। पर वे बातें दूसरी तरह की थीं—फ्रांस में विद्यार्थियों का आक्रोश, भारत की जनजातियाँ, जापान की औद्योगिक प्रगति, समाजवादी देशों की नारियाँ...।

दो

दूसरे दिन उसे विमल का पत्र मिला और बिना पढ़े ही उसने समझ लिया कि कहीं कुछ असाधारण हो गया है।

पर पत्र में कुछ भी असाधारण नहीं था। विमल ने लिखा था कि अचानक दिक्कतें आ गई हैं इसलिए मैं मसूरी नहीं आ पाऊँगा। लखनऊ से मैं मसूरी ही आना चाहता था, पर अब दिल्ली लौट जाऊँगा। वहाँ से शायद बम्बई जाना पड़ेगा। तुमसे कई दिन तक मिल न सकूँगा।

विमल का उसके लिए यह पहला पत्र था, पर उसमें कोई भी पहलापन न था। सादा सफेद लिफाफा, नीली स्याही, मामूली कागज, कारोबारी अंग्रेजी और ऊपर 'माई डियर चाँद'—इस तरह पत्र किसी को भी किसी छोटे लेन-देन के लिए लिखा जा सकता था।

"मेरा वहाँ न आ सकना शायद तुम्हें बुरा लगे, पर यह बुरा मानने की बात नहीं है। मजबूरी ही कुछ ऐसी थी।"

...वह सामने कुर्सी पर ढीला होकर बैठा हुआ है। जूते और मोजे उतारकर अपने नंगे तलवे उसने नंगे फर्श पर टिका दिए हैं। कमीज के खुले बटनों के पीछे उसकी रोमिल छाती है जहाँ सफेद-काले बालों की टेढ़ी-मेढ़ी लकीरें आपस में गुँथ गई हैं। उसके इस तरह बैठने से कमरे में एक ऐसा घरेलूपन भर गया है जिसमें वह प्रेमी की तरह नहीं, एक पुराने पति की तरह आसानी से खपा हुआ है। वह चाँद को बहुत समझदारी से समझाने की कोशिश कर रहा है, पर उसकी भौंहों का एक ऐसा कोण है, होंठों का ऐसा कटाव है जो चाँद को समझने के लिए नहीं, सिर्फ उसका चेहरा देखने के लिए मजबूर कर रहा है...।

अचानक चाँद को एक झटका लगा। उसकी आँखों के आगे विमल का चेहरा नहीं, पत्र-भर था। आगे चलकर पत्र ऐसा हो गया था जो सिर्फ विमल लिख सकता था, जो सिर्फ चाँद को लिखा जा सकता था।

...इधर कुछ नई बातें हुई हैं। तुम्हारे पापा की रिहाई की दरख्वास्त गवर्नमेंट में दी गई है। वे जल्दी छूट जाएँ तो हम सबकी जिन्दगी सहज हो जाएगी, खुद उनकी जिन्दगी भी। पर उसी दरख्वास्त में यह भी कहा गया है कि गोविन्द की हत्या की रात मैं भी लगभग बारह बजे उसके फ्लैट पर गया था। मेरे खिलाफ राज और नीला और शंकर और वे सब अभी तक अपना शक जबानी तौर से व्यक्त करते थे। अब उन्होंने लिखकर मुझे सम्भावित मुजरिम बनाया है। पर मुझे इसका अफसोस न होगा, बशर्ते कि तुम्हारे पापा जेल से छूट जाएँ। अफसोस यही है कि वे सचमुच मुझ पर शक कर रहे हैं। अगर मुझे पहले की तरह आज वे अपना विश्वासपात्र मानते तो तुम्हारे पापा के लिए मैं खुद, झूठे ही सही, इस जुर्म का इकबाल कर लेता। इससे मेरा कुछ न बिगड़ता, पर उनका फायदा हो जाता। पर उन लोगों ने मुझे मौका नहीं दिया। बहरहाल, खत में सब कुछ कह देना मुमकिन नहीं है, दिल्ली आने पर तुम जान जाओगी। पर इतना कह दें कि मैं इधर बहुत चिन्तित रहा हूँ, अपने बारे में उतना नहीं, जितना तुम्हारे बारे में।

"हो सकता है दिल्ली लौटने पर तुम्हें शायद लगे कि मैंने तुम्हें धोखा देना चाहा। पर ऐसा नहीं था। यह मेरी गलती थी कि मैंने शुरू में पुलिस को वह सब नहीं बताया जो मुझे बताना चाहिए था। पर यह सिर्फ गलती थी, जिससे मैं अपने-आपको ही धोखा दे रहा था। हम दूसरों को ही नहीं, अपने को भी कभी-कभी धोखा देना चाहते हैं। पर अपने को धोखा देने की कोशिश में ऐसा भी हो जाता है कि हम साफ बच जाते हैं और धोखा खानेवाला कोई दूसरा हो

जाता है। ऐसा ही यहाँ हम लोगों के साथ हुआ है। उलझते-उलझते मैं खुद तो अपनी यात्रा के अन्त पर आ गया हूँ, पर मैंने तुमको बीच में बुरी तरह उलझा हुआ छोड़ दिया है...।"

उसके बाद जो कहा गया था, उसके लिए नया न था। विमल उसे कई तरह से कई बार चाँद के आगे दोहरा चुका था।...तुमसे प्यार करके मुझे बराबर पछतावा रहता है कि मैं तुम्हें अपने धरातल पर घसीट रहा हूँ। पर तुमसे प्यार करना मेरे लिए एक ऐसी खुदगर्जी है जिसे मैं छोड़ नहीं सकता, और देखो, मैं फिर स्कूली लड़कों की तरह बात करने लगा हूँ...।

तुम्हें प्यार करना मेरे लिए उससे भी बड़ी खुदगर्जी है—चाँद ने कहना चाहा, पर आँखों के सामने जो पत्र भविष्य के अनिश्चय की तरह फैला हुआ था उससे कुछ भी कहना मुमकिन न था। इस इकतरफा रास्ते पर वह जा नहीं सकती थी, उधर से आनेवाले को सिर्फ देख सकती थी। और मोड़ के उस ओर जो घरघराहट हो रही थी, वह विमल की कार की भी हो सकती थी, वहाँ कोई अपरिचित टैंक भी हो सकता था।

दोपहर बाद वह प्रोफेसर के साथ घूमने निकल गई। उन्होंने एक रेस्त्राँ में कॉफी पी, किताबों की दुकान पर वे सब नई किताबें देखीं जो दिल्ली में पुरानी हो गई थीं, वे पत्रिकाएँ देखीं जिन्हें बिना देखे खरीदा जाता है, फिर चाँद ने एक फिल्म देखने की बात चलाई और महसूस किया, लड़की होकर उसने जैसे एक परम्परा तोड़ी है, जैसे उसने अपने प्रेमी से खुद शादी करने का प्रस्ताव किया है।

पर प्रोफेसर पर इसका कोई असर नहीं हुआ। उसने कहा, "फिल्म ऐसे मौसम में?"

मौसम अच्छा भी था और खराब भी। सवेरे से रुक-रुककर बारिश हो रही थी। वह दोपहर बाद थम गई थी पर आसमान पर अब भी बादल जमा थे। हवा नहीं चल रही थी। पहाड़ियों, पेड़ों और इमारतों को अपने में बराबरी से समेटकर अँधेरे और उजाले के बीच की एक सुरमई रोशनी उन दोनों को ढके हुए थी। ऐसी रोशनी हमें सपनों में दिखाई देती है।

"हम दूर तक टहलने नहीं जा सकते। भीगने का डर है।"

"आपको भीगने से डर लगता है?"

"मुझे किसी चीज से डर नहीं लगता।"

"शादी से?"

चाँद ने उसे घूरकर देखा। प्रोफेसर ने कहा, "सॉरी! यह सवाल काट दीजिए। कोर्स में नहीं है।"

"सवाल में कोई खराबी नहीं है। मुझे इसका जवाब आता है।"

प्रोफेसर सड़क छोड़कर सँकरे रास्ते पर आ गया। घने पेड़ों के बीच से चढ़ता हुआ यह रास्ता पहाड़ी की चोटी की ओर जाता था। चाँद की बात अनसुनी करके पूछा, "आप ऊपर तक गई हैं?"

"नहीं। पर आज...बारिश...।"

"आइए, ऊपर से आपको दूसरी ओर घाटी दिखाई देगी।"

वे धीरे-धीरे ऊपर चढ़ने लगे। चीड़ के पेड़ों ने पहाड़ी के इस हिस्से को ढक लिया था। उनके बीच छिपे हुए बँगलों से कहीं-कहीं बिजली की रोशनी हिचकती-सी बाहर आती थी, धुँधलके पर उसका कोई असर नहीं होता था। प्रोफेसर ने कहा, "मसूरी के ये कुछ दृश्य हैं जिन्हें टूरिस्ट लोग नहीं देख पाते। ये रास्ते सिर्फ मुझे मालूम हैं।"

आगे रास्ता कुछ चौड़ा था और दूर तक समतल चला गया था। वे मैदानी चाल से बढ़ने लगे। चाँद ने कहा, "आप मसूरी को अच्छी तरह जानते हैं?"

"नहीं, पर मैं हर शहर को अच्छी तरह जानने का तरीका जानता हूँ और आपको भी बता सकता हूँ। वह यह है कि...।"

तभी बिना किसी भूमिका के बारिश आ गई। इस बार फुहारों में नहीं, बड़ी-बड़ी बूँदों में आई। बूँदें इतनी बड़ी थीं कि बारिश को जल्दी थम जाना चाहिए था। पर ऐसा नहीं हुआ। उनके देखते-देखते चारों ओर पानी का कुहासा छा गया।

चाँद ने बरसाती पहन ली थी। सिर ढकने के लिए उसने अपने रेशमी स्कार्फ को फैलाकर चौड़ा किया और उसमें बालों को छिपाकर उसे ठुड्डी के नीचे बाँध लिया। प्रोफेसर ने अपना खाता खोलकर चाँद की ओर बढ़ाया। वह प्रोफेसर के पास छाते के नीचे आ गई।

"हमारी यात्रा खत्म हो गई। ऐसी बारिश के खिलाफ हम कुछ नहीं कर सकते।"

"मैं पहले ही से जानती थी।"

"क्या?"

"कि बारिश आ जाएगी।"

प्रोफेसर ने उसे प्रोफेसर की तरह देखा, आरोप-सा लगाते हुए अंग्रेजी में कहा, "आप निराशावादी हैं।"

"मैं यथार्थवादी हूँ।"

"गुड! इन चालू शब्दों को हम एक-दूसरे पर टेनिस बॉल की तरह फेंक सकते हैं।"

बारिश उसी तरह हो रही थी। चाँद ने कहा, "हम लोग क्या यहीं खड़े रहेंगे?"

"चलिए, वापस चलें।" उसने कहा, "रास्ते में आपने एक बेंच देखी होगी। हम लोग कुछ देर उस पर बैठकर भीग सकते हैं।"

वे लोग धीरे-धीरे वापस लौटे। रास्ते के किनारे कुछ ऊँचाई पर एक बँगला बना था। उसके लिए जो पगडंडी जाती थी उसी के पास यह बेंच बना दी गई थी। उस पर एक पेड़ की छाँह पड़ती थी। इस समय बारिश ने उसे गीला कर दिया था। चीड़ के पत्तों के तिनके पानी में बेंच से चिपक गए थे। प्रोफेसर उस पर एक पैर टेके हुए खड़ा रहा। चाँद उसके छाते की परिधि के कुछ बाहर पड़ गई थी। पेड़ से छनकर आनेवाली बूँदों की ठंडक उसे स्कार्फ में घुसती-सी जान पड़ी। प्रोफेसर ने कहा, "मैं वाल्टर रेले नहीं हूँ, कोट नहीं उतार सकता। पर आपके लिए एक रूमाल जरूर बरबाद कर सकता हूँ।"

उसने रूमाल से बेंच का एक कोना साफ किया और कहा, "जल्दी से बैठ जाइए, नहीं तो फिर गीला हो जाएगा।" चाँद के बैठ जाने पर वह भी उसकी बगल में बैठ गया। दोनों चुपचाप बारिश का गिरना देखते रहे। बिजली की कड़क और हवाओं के बिना बारिश कारोबारी ढंग से गिरती रही।

अचानक प्रोफेसर ने कहा, "आप कुछ कह क्यों नहीं रही हैं?"

"क्या कहूँ?"

"कुछ भी। नई फिल्में, मिस इंडिया कांटेस्ट, उषा अय्यर का गाना या जगजीतसिंह की ग़ज़लें...।"

"आपने मुझे लड़कियों के उस गिरोह में लिख रखा है?"

"वह गिरोह बिलकुल ठीक है, फिर भी आप चाहें तो बंगलादेश, इजरायल, यूनिवर्सिटी रिफॉर्म्स, एग्रीकल्चरल प्राइस कमीशन, मोनोपलीज एंड रिस्ट्रीक्टिव ट्रेड्स ऐक्ट—किसी के भी बारे में...।"

"सुनिए, आप शहर को अच्छी तरह जानने का तरीका बता रहे थे।"

"थैंक्यू, मुझे भी याद पड़ रहा था कि मैं कुछ कह रहा था।" उसने खाँसकर कोई गहरी बात शुरू करने का अभिनय किया, फिर चाँद के चेहरे की ओर झाँकते हुए कहा, "इस स्कार्फ में आप बिलकुल बच्ची-जैसी दीख रही हैं, जंगलों में खोई हुई।"

"मैं जो दीख रही हूँ, वही हूँ।" उसने कहा।

"यह कोई बात नहीं हुई, सिर्फ डायलॉग हुआ।" चाँद ने होंठ बिचकाए।

प्रोफेसर ने कहा, "तब सुनिए। बात शहर की चल रही थी। मैं जब स्टेट्स में था, मैंने वहाँ नए शहरों से पहचान करने का एक निजी तरीका निकाला था। वह वैसा ही था जैसे कोई किसी मशहूर आदमी को पास से जानने की कोशिश कर

रहा हो। किसी भी मशहूर आदमी के पास पहुँचने पर उसकी शोहरत हमारे और उसके बीच दीवार बन जाती है, तब उसे पहचानने का सिर्फ यही रास्ता रह जाता है कि उसके व्यक्तित्व के कुछ कम जाने-बूझे अंशों को छुआ जाए। वहाँ वह उतना सुरक्षित नहीं रहता क्योंकि वहाँ हम उससे बराबरी की सतह पर मिल सकते हैं और तब शायद उसके पूरे व्यक्तित्व को हम इस तरह समझ सकते हैं जो उसकी शोहरत के साथियों के लिए मुमकिन नहीं...।"

विमल का पत्र आने के बाद से अब तक वह एक झूठी जिन्दगी को जकड़ने की कोशिश कर रही थी। उसने अपने साथ एक प्रयोग शुरू किया था जिसके अनुसार उसे भूल जाना था कि आज सवेरे उसे कोई पत्र मिला था। वह अपने को वर्तमान से बाँध रखना चाहती थी, पर जैसे दाँतों में किसी रेशे के फँस जाने पर दर्द न होते हुए भी, जबान बार-बार वहीं पहुँचकर उसे छूना चाहती है, उसे बार-बार याद आ जाता था कि विमल मसूरी नहीं आ रहा है और कहीं कुछ हो गया है जो सहज नहीं है। प्रोफेसर के साथ बाहर आने पर कॉफी पीते हुए या किताबें देखते हुए थोड़ी देर के लिए वह भूल गई थी कि उसके मन पर एक बोझ है। वह अपने-आपको फुसलाने लगी थी कि वह भी दूसरी लड़कियों की तरह हँसने, नए सिरे से प्रेम करने, जिन्दगी के छोटे-छोटे सुख बटोरने के लिए स्वच्छंद है, पर उस समय उसे बार-बार याद पड़ रहा था कि एक काँटा है जो उसे कहीं कुरेद रहा है और इस चढ़ाई पर आते-आते उसके मन ने भ्रान्ति की सारी किलेबन्दी तोड़ दी थी, अपने को विमल के पत्र के सामने खुला छोड़ दिया था और स्वीकार कर लिया था कि खुश रहने की सारी कोशिश बेकार है, क्योंकि विमल तुमसे दूर जा रहा है, वह किसी उलझन में है और तुम उसका साथ नहीं दे पा रही हो...।

"...यही ढंग शहर को समझने का है। उसे उन जगहों पर समझने की कोशिश न करो जो टूरिस्टों के लिए विज्ञापित की जाती हैं। मैं हर नए शहर में कुछ ऐसी गलियाँ, ऐसे पार्क, ऐसी इमारतें और पिकनिक के ऐसे एकान्त स्थान ढूँढ़ने की कोशिश करता था जहाँ ज्यादातर लोग पहुँच नहीं पाते या देखकर भी अनदेखा कर देते थे। अन्वेषण के वे दिन बड़े दिलचस्प, और कभी-कभी बड़ी तकलीफ के होते थे। पर मैं बाद में खुलकर साँस ले सकता था। कभी वह मेरा अपना स्थान सबकी आँखों के सामने होता, पर दूसरे लोग उसे पहचान न पाते; क्योंकि उनकी निगाह विज्ञापनों से बिगड़ी हुई थी। मैं अपने अन्वेषण का काम जाने-बूझे तथ्यों से नहीं, बल्कि उस डेटा से शुरू करता था जो मैंने खुद इकट्ठा किया था। इस तरह कुछ दिनों के बाद शहर से मैं अपना एक निजीपन कायम कर लेता था जिसमें किसी दूसरे का कोई हिस्सा न हो। मैंने यहाँ मसूरी में भी इसी तरह इस पहाड़ी पर अपना

एक निजी कोना ढूँढ़ निकाला है। वहाँ पहुँचकर आज मैं आपको अपनी प्राइवेट जागीर दिखाना चाहता था। खुले मौसम में शाम के वक्त अगर आप कभी वहाँ से घाटियों को देखतीं तो...पर इस बारिश ने काम बिगाड़ दिया...।"

चाँद उसकी बात सुन नहीं रही थी। विमल का पत्र पाकर उसका मन आज ही वापस लौट जाना चाहता था, पर ट्रेन में जगह न मिलने के कारण उसे रुक जाना पड़ा था। यह समझते हुए भी कि ऐसा सोचना गलत है, वह बार-बार यही सोच रही थी कि मसूरी में मिलनेवाली ठंडक, यहाँ की सुविधाएँ, प्रोफेसर के साथ बिताए हुए ये निर्दोष पर उद्दाम क्षण—ये सब कल तक ठीक थे, पर ये विमल के खिलाफ विश्वासघात के हथियार बन गए हैं।

प्रोफेसर ने कहा, "बारिश धीमी होने लगी है, हम लोग चले सकते हैं।"

वह शायद सचमुच ही अपनी किसी निजी जागीर में पहुँच गया था जहाँ चाँद की प्रतिक्रिया उसके लिए बेमानी हो गई थी। वे उठकर नीचे की ओर लौटने लगे। प्रोफेसर कहता रहा, "सुनिए चन्द्रा जी, यही तरीका जिन्दगी पर भी आजमाया जा सकता है।"

चाँद ने लगभग चौंकते हुए पूछा, "कैसे?"

"लोग समझते हैं कि सुख तक जाने-माने रास्तों से ही पहुँचा जा सकता है, पर वे अपने रास्ते का अन्वेषण नहीं करते। कभी-कभी वे उस रास्ते से निकल भी जाते हैं, पर उन्हें पता नहीं चलता कि उन्होंने उसे पीछे छोड़ दिया है। सुख के बारे में पहले से सोची हुई कल्पनाएँ उनकी निगाह को अन्धा कर देती हैं और इसीलिए उन्हें जो अचानक मिल जाता है, उसे वे सुख नहीं मानते। वे अपनी कल्पना से उसका मुकाबला करके उसे खारिज कर देते हैं।"

"मेरे लिए यह कुछ उलझी हुई फिलॉसफी है।"

"इसलिए कि आप सुन नहीं रही थीं। बात बहुत सीधी है। मैं कह रहा था कि जिन्दगी को सुखी बनाने के लिए खुद अपना रास्ता ढूँढ़ना चाहिए, और जब वह रास्ता मिल जाए तो उस पर चलने में हिचकना न चाहिए। सुख का साक्षात्कार हो रहा हो तो सिर्फ अपनी झिझक में उस क्षण को आगे के लिए रोक न रखना चाहिए।"

"आप किताब से बोल रहे हैं या अपने अनुभव से?"

चलते-चलते वह रुक गया, बोला, "आपने अच्छा सवाल किया। बताऊँगा, फिर कभी बताऊँगा।"

लौटते समय ढलान पर प्रोफेसर के पैर में हल्की-सी मोच आ गई थी। मोच की जगह चाँद ने मल दी थी? और प्रोफेसर ने सोचा था कि दर्द से छुटकारा मिल

जाएगा, पर ऐसा नहीं हुआ। होटल पहुँचते-पहुँचते टखने में कुछ सूजन हो गई थी और दर्द बढ़ गया था।

शुरू में चाँद ने नहीं सोचा था कि प्रोफेसर के लिए उसे इतनी चिन्ता होगी, पर वापस आते ही उसे लगा कि वह उसको अपने कमरे में अकेला नहीं छोड़ सकती। रास्ते में उसका पाँव मलते हुए चाँद को एहसास हुआ था कि वह प्रोफेसर के बारे में कुछ नहीं जानती। उसने पूछना चाहा था—आपके परिवार में कौन-कौन हैं? जानना चाहा था कि उसकी शादी हुई है या नहीं। पर अपने को उसने इन सवालों से दूर रखा था। बाद में उसे अपनी उदासीनता पिघलती हुई जान पड़ी।

होटल में आते ही उसने प्रोफेसर के लिए गर्म पानी की बोतल और मोच पर मलने के लिए मरहम की व्यवस्था कराई थी। वह उसके बिस्तर के पास कुर्सी पर बैठी हुई इतनी हल्की-फुल्की बातें करती रही थी कि उसे थोड़ी देर के लिए विमल का उलझावदार पत्र अवास्तविक जान पड़ने लगा था। उसने अपना और प्रोफेसर का खाना प्रोफेसर के कमरे ही में मँगा लिया था और दोनों ने साथ-साथ खाया था। कमरे की खिड़कियाँ और दरवाजे खोलकर उन्होंने गिरती हुई बारिश की आवाज सुनी थी और दिन-भर के बाद उठनेवाली हवा की पहली लहरों को अपने चेहरे पर महसूस किया था। वह जब खिड़की के पास जाकर खड़ी हुई तो प्रोफेसर ने उससे कुछ पीने का सुझाव किया था और उसने कहा था, "मैं अगर पीता होता तो इस वक्त जरूर पीता।"

"आप बिलकुल नहीं पीते?"

"नहीं। पीना एक जंगली हरकत है।"

"ओह!" उसे अचानक जान पड़ा था कि वे दोनों मिलकर विमल का मजाक उड़ा रहे हैं।

"आप पीने को बड़ी शिष्ट हरकत समझती हैं?"

"नहीं।" मैं विमल से बताऊँगी—उसने सोचा था—पश्चिम में रहकर भी प्रोफेसर ने पीने के बारे में यह कहा था।

उसने प्रोफेसर में एक नयापन पाया था। वह बात करते-करते आज बार-बार खामोश हो जाता था जो कि उसके स्वभाव में नहीं था। मैनेजर का आदमी उसके कमरे में चाँद को कल रात की गाड़ी के टिकट देने आया था। तब उसने चाँद से कहा था, "आप कल जाएँगी?"

"लगता तो यही है।"

"कल हम लोगों का जहाज बन्दरगाह पर लगनेवाला है।"

"क्या पता! कल से शायद मेरी यात्रा शुरू होगी।"

"मुझे पता है। कल हम लोगों की समुद्री यात्रावाली दोस्ती खत्म हो जाएगी।"

"आपको अफसोस होगा?"

"तरीका तो यही है कि समुद्री यात्रा की दोस्ती के लिए अफसोस न किया जाए।"

उन लोगों की बातचीत खतरे की सीमा पर आ गई थी। वह बिस्तर पर लेटा हुआ था और टेबुललैम्प की आड़ में उसके चेहरे ने एक नई सुकुमारता अपना ली थी। चाँद खिड़की के पास से हटकर उसके सिरहाने से निकलती हुई दूसरी ओर कुर्सी के पास जा रही थी। तकिये के पास एक लाल रंग की किताब देखकर ठिठक गई। 'द सिटी' उसका शीर्षक था। उसने किताब हाथ में उठा ली और कुछ पन्ने पलटे। प्रोफेसर ने कहा, "उसमें देखना बेकार है। शहर के बारे में आज शाम जो मैंने बताया था वह किसी किताब में नहीं मिलेगा।"

वह किताब देखने को झुकी और अपना सिर ऊपर नहीं उठा सकी। प्रोफेसर ने अपने दोनों हाथ उठाकर हथेलियों में उसका चेहरा थाम लिया था।

हथेलियाँ तप नहीं रही थीं। और न काँप रही थीं। चाँद को लगा कि वह इस स्पर्श से परिचित है और उसी के साथ उसे डर लगा कि उसके गाल और कनपटी पर पड़ते हुए बेझिझक दबाव से वह उसका चेहरा खींच सकता है, उसे चूम सकता है। तब वह शायद मुकर्जी की तरह प्रोफेसर को झटक न सकेगी। उसका सीना एक उमड़ती हुई साँस से घिर गया। उसे जान पड़ा कि इस साँस को बाहर करते ही, गले या नाक की जरा-सी हरकत होते ही, वह उसके चेहरे को अपनी ओर खींच लेगा। उसे अपने पर हैरत हुई कि वह पिछले दो-एक दिन से शायद इसी स्थिति का इन्तजार कर रही है। पर वह कोई भी स्थिति नहीं चाहती, सिर्फ विमल को चाहती है। साँस रोककर सहज आँखों से वह प्रोफेसर को देखती रही। वह उसे देखता रहा, जैसे उसे पहली बार देख रहा हो। फिर वह क्षण बीत गया। उसने अपने हाथ चाँद के चेहरे से हटा लिए। कहा, "तुम बहुत सुन्दर हो।"

"हाँ, मैं जानती हूँ।" उसने धीरे से, साँस छोड़ते हुए, कहा। छुटकारे की साँस लेते ही उसे जान पड़ा, उसकी आँखें नम होने जा रही हैं।

खिड़की के पास खड़े होकर उसने हवा के सामने अपना चेहरा कर दिया। प्रोफेसर की ओर बिना देखे ही उसने अनुभव किया, वह अब भी ऊपर देख रहा है। उसकी निगाह अब भी वहीं है जहाँ उसका चेहरा था। वह धीरे-धीरे फिर उसी रास्ते से होकर, पलंग के पास पड़ी हुई कुर्सी तक आई और बैठ गई, "मैं अब जाऊँगी।"

"दस मिनट बाद चली जाइएगा।" पहले की-सी औपचारिकता से उसने कहा, "कल तो आपको चले ही जाना है।"

"हम लोग बाद में भी मिल सकते हैं।"

"हाँ, पर हम लोग वे न होंगे जो आज हैं।"

"फिर भी, मुझे आपकी जरूरत पड़ सकती है। मुझे सलाह चाहिए।"

अपने जिस्म को समेटकर वह पलंग पर बैठ गया। बोला, "आप गलत समझ रही हैं। मैं कोई सलाह नहीं दे सकता। सलाह के नाम पर मैं जितनी बकझक करता हूँ वह सिर्फ अपने फायदे के लिए है, किसी दूसरे के लिए नहीं। सलाह के तौर पर वह दूसरे के लिए गलत भी हो सकती है। मेरा अनुभव सिर्फ मेरे ही काम आ सकता है।"

"कैसा अनुभव?"

उसने तुरन्त जवाब नहीं दिया। दोनों खामोश रहे। एक अलसाए हाथ से तकिये के पास रखी हुई किताब उठाकर उसने दूसरी ओर मेज पर रख दी। चाँद ने उसके चेहरे पर प्रश्न-भरी निगाह डाली।

प्रोफेसर ने कहा, "यह एक पुराने ढंग की भावुकतापूर्ण कहानी है... "

वह अंग्रेजी में सहज होकर बोल रहा था। अगर उसकी आवाज में कोई हिचक थी तो वह विदेशी भाषा में ढल गई थी, " ...वह मेरे ही विभाग में सोशियोलॉजी की लेक्चरर थी, मैं रीडर था। पता नहीं, मैं उसे कब से इतना प्यार करने लगा था। पर इस प्यार में खुशी नहीं थी, एक अजीब-सी घुटन थी...।"

उसने चाँद की ओर देखकर मुस्कराते हुए कहा, "आप यकीन करेंगी कि हम यूनिवर्सिटी मैन इस तरह भी कर सकते हैं? मैं उससे लगभग रोज मिलता, बात करता, पर उससे मैं कह न पाता कि मैं उसे चाहता हूँ। मैं घंटों उसके बारे में सोचा करता, हर रात अपनी डायरी के पन्ने उसके जिक्र से भरता रहता पर दिन को उसके सामने एक अजीब-सा डर, अजीब-सी झिझक मुझे घेर लेती। वह इतनी अच्छी थी, इतनी अच्छी थी, इतनी सुन्दर थी कि मुझे यकीन न होता कि वह कभी मेरी हो पाएगी।

"आश्चर्य यह है कि वह भी मुझे चाहती थी। पर हम दोनों ने इसी तरह की झिझक में जिन्दगी के तीन कीमती साल गँवा दिए। उसके बाद मेरी झिझक टूटी। मैंने उससे शादी का प्रस्ताव किया और उसने मुझे स्वीकार कर लिया। पर तब तक मेरे बाहर जाने का प्रोग्राम बन गया था। उसकी भी कुछ घरेलू अड़चने थीं। उसने कहा, अमेरिका से लौटने पर ही हम शादी कर सकेंगे। वह मेरी प्रतीक्षा करती रही। दरअसल, हम दोनों ही प्रतीक्षा करते रहे और पूरी बात वहीं खत्म हो गई। मेरे वापस लौटने के पहले ही उसका देहान्त हो गया। एक दुर्घटना में उसकी कार एक पेड़ से टकरा गई थी। वह, उसके माँ-बाप, कोई भी नहीं बचा।"

वह यह सब आसानी से सुना ले गया था, जैसे यह उसके साथ नहीं, बहुत पहले किसी दूसरे के साथ हुआ हो। पर चाँद की हिम्मत नहीं हुई कि वह उसकी

ओर निगाह उठाकर देखे। वह उसी तरह सिर झुकाए बैठी रही। प्रोफेसर ने कहा, "यह चार-पाँच साल पुरानी घटना है। मैं इसे झेल ले गया हूँ। अब तो यहाँ तक होता है कि किसी को सुनाते समय डर लगता है कि कहीं यह न समझा जाए, मैं हमदर्दी माँग रहा हूँ।"

चाँद ने बहुत धीरे से सिर हिलाया। कहा, "मैं समझ सकती हूँ।"

उसने आलस के साथ अपना हाथ फैलाकर पलंग की मुँडेर पर टिका लिया। कहा, "जिन्दगी का यह अनजाना पहलू कभी-कभी मुझे अब भी हताश कर देता है। दुर्घटनाओं का अस्तित्व मुझे अब भी कँपाता रहता है। इसलिए मैंने कहा था, आगेवाले सुख को कभी रोकना नहीं चाहिए। हमें हिचककर नहीं जीना चाहिए। जब जो मिल रहा हो, ले लेना चाहिए।"

अब उसकी आवाज की सहजता जाती रही थी। लगभग वह अपने-आपसे रुक-रुककर कह रहा था, "शुरू-शुरू ही में अगर मैंने हिम्मत से काम लिया होता तो शायद ऐसा न होता। घुटन के उन तीन सालों से मैं बच गया होता। तब शायद बहुत पहले ही हम लोग शादी कर चुके होते, शायद मैं उसे स्टेट्स ले जाता, शायद तब यह दुर्घटना न होती, शायद तब मैं यहाँ उसके साथ आया होता, पर शायद मैं एब्नार्मल होता जा रहा हूँ...पर शायद मैं तब भी एब्नार्मल था, जब मैं खुद अपने सुख के रास्ते में दीवार बनकर खड़ा हो गया था, जब मैं अपने लिए एक साथ हीरो और विलेन का पार्ट कर रहा था...।"

इस बार यह चाँद थी जिसकी हथेलियों में प्रोफेसर का चेहरा था। वे दोनों ही एक अजीब-सी निस्संगता से एक-दूसरे को चूमने लगे थे, जैसे उनके लिए यही अपनी-अपनी लाइफ-बेल्ट हो जिसकी हवा धीरे-धीरे कम होती जा रही हो और वे दोनों ही जानते हों कि इसके बाद अतल गहराइयाँ हैं और अँधेरा है।

...तुम्हारा हाथ मेरी कमर पर और पीठ पर कसता जा रहा है और एक हाथ बालों को मेरे चेहरे से हटाकर तुम्हारा होंठों के लिए मेरे चेहरे को खुला रखना चाहता है। तुम्हारा चेहरा जरूरत से ज्यादा संजीदा हो गया है और पहले जैसा भला भी नहीं लग रहा है। तुम्हारा नाखून मेरी रीढ़ की हड्डी पर चुभ रहा है और यह विमल का नाखून नहीं है इसलिए मुझे तकलीफ होने लगी है।

...मिस्टर प्रोफेसर, मैं मानती हूँ कि इतने दिनों से तुम मुझे सिड्यूस करने की ही कोशिश नहीं कर रहे थे। तुम मेरे लिए, जितना मैं तुम्हारे लिए थी, उससे ज्यादा सहज थे। फिर भी, इस वक्त तुम्हारे इरादे बहुत पाक नहीं हैं। पर न जाने क्यों मैं तुमसे नाराज नहीं हूँ। यह मैंने ही शुरू किया है और मैं तुमसे नाराज नहीं हो सकती हूँ। मिस्टर प्रोफेसर, तुम्हारा मुँह मेरी साँस पर हावी हो रहा है, फिर भी

मैं तुमसे रूड नहीं हो सकती क्योंकि तुमने मुझे बहुत भली बातें सिखाई हैं। तुमने मुझे सिखाया है कि अपने और अपने सुख के बीच खुद अपने को दीवार बनाकर न खड़ा करना चाहिए और इस वक्त तुम शायद खुद अपनी सलाह पर अमल कर रहे हो। पर, मिस्टर प्रोफेसर, मुझे अफसोस है, तुम्हें चुमते हुए भी मैं तुमको अपना आखिरी सुख नहीं समझ पाती। मिस्टर प्रोफेसर...।

मिस्टर प्रोफेसर, मिस्टर प्रोफेसर, मिस्टर सलूजा, मिस्टर विमल सलूजा माई डियर मिस्टर विमल सलूजा...।

प्रोफेसर से मुक्त होकर भी वह तुरन्त उसका कमरा छोड़कर नहीं जा सकी। सहज हो जाने के बाद भी गहराती हुई रात में वे काफी देर निराशा की, दुर्घटनाओं की, उनकी परछाईं में अपने सुख के क्षणों को बचा ले जाने की बातें करते रहे और उन्हीं में अपने-अपने लिए, बिना एक-दूसरे के कहे हुए, एक नया आश्वासन ढूँढ़ते रहे।

तीन

तारानाथ और शंकर अपना-अपना काम लेकर शहर आए थे। पहले ऐसा कुछ तय नहीं था, पर वहाँ पहुँचकर उन्होंने कहा कि वकील से भी मिल लिया जाए। दोनों जानते थे कि वे जो कुछ कर चुके हैं उसके बारे में उन्हें अतिरिक्त प्रोत्साहन की जरूरत है।

इस बार वे वकील से कचहरी में जाकर मिले। उन्हें डर था कि वकील बहुत व्यस्त होगा। शंकर ने यही सोच रखा था...वह खरगोश की फुर्ती से एक अदालत से दूसरी अदालत की ओर जा रहा होगा और तीसरी अदालत में उसकी प्रतीक्षा हो रही होगी। वह उन्हें चैम्बर में जाकर इन्तजार करने की राय देगा; फिर घंटे-भर बाद उनसे मिलकर, शाम को उन्हें घर जाने की सलाह देकर, दो-तीन जूनियर वकीलों के जलूस में वह चौथी अदालत की ओर चल देगा। शंकर ने तारानाथ से कहा था—आज देखना, गाढ़ी कमाई का रुपया किस तरह कमाया जाता है।

पर एक दूसरे वकील ने उनकी स्थिति आसान कर दी। उसी दिन, दिन के ग्यारह बजे, वह मर गया। बयासी वर्ष की अवस्था में वह बार एसोसिएशन का 'ग्रांड ओल्डमैन' था। उसके सम्मान में जिले की अदालतें बन्द हो गईं। जब दोनों अपने वकील के चैम्बर में पहुँचे, वह उठने की तैयारी कर रहा था। बोला, "आज यहाँ का काम बन्द हो गया है। हमारे एक बुजुर्ग साथी परलोक सिधार गए हैं।"

वकील जानता था कि हमदर्दी का सही प्रयोग कब और कहाँ किया जाना चाहिए, वह अपनी हमदर्दी की ताकत बचाकर चल रहा था। शंकर ने इससे प्रोत्साहित होकर कहा, "सिर्फ दस मिनट।"

"मेरी तो खुद समझ में नहीं आता कि अब से लेकर शाम तक करूँगा क्या।"

"क्यों न यहीं बैठकर...।"

"इससे ग्रांड ओल्डमैन की बेइज्जती होगी। ऊपर से लोग मुझे लालची समझेंगे।"

"हम लोग किसी रेस्त्राँ में चलकर बैठ सकते हैं।" तारानाथ ने कहा।

"पर इस काले कोट का क्या करूँ? मैं सार्वजनिक जगहों में इस तरह नहीं जाता।"

उसने सिर उठाकर छत की ओर देखा, कहा, "ठीक है, आइए, यहीं बैठें।"

कमरा छोटा और गर्म था। छत का पंखा गर्मी को खत्म नहीं कर पा रहा था, सिर्फ उसके चक्कर में वह जगह बदलकर बार-बार इधर-उधर छिटक जाती थी।

"आपके पिताजी का ही मामला होगा।" वकील ने बैठते हुए कहा।

तारानाथ ने कहा, "जी हाँ। पिछली बार जब हम आपसे मिले थे, तब...।"

"मुझे कुछ ऐसी सलाह देनी पड़ी थी जो आपको अच्छी नहीं लगी थी।"

"आपने बहुत सही सलाह दी थी। वरना, हम लोग यानी शंकर महीनों वह जाँच जारी रखते और कहना चाहिए, एक परछाईं का पीछा करते रहते...।"

"शायद अपनी ही परछाईं का।"

शंकर ने वकील की बात काटी, "कम-से-कम मैं ऐसा नहीं मानता। मैं एक साफ नतीजे पर पहुँच रहा था।"

"...आखिर में आपको भी यही साफ नतीजा मालूम देता कि आप अपनी परछाईं का पीछा कर रहे थे।"

शंकर ने अपने दोनों हाथ हवा में फेंककर बताना चाहा कि अब यह बहस बेकार है, इसलिए वह कुछ और नहीं कह रहा है। तारानाथ ने कहा, "हमने लखनऊ में भी अपने वकील से बात की थी। उनकी राय थी कि पापा की प्री-मैच्योर रिलीज का केस बन जाता है। इसलिए गवर्नमेंट में दरख्वास्त भेज दी गई है।"

वकील ने दोनों हाथों की उँगलियाँ मिलाकर नमस्कार की-सी मुद्रा बनाई और उनकी मिली-जुली नोक पर अपनी ठुड्डी टेक दी। वह तारानाथ की ओर कुछ इस तरह देखता रहा जैसे उसकी बात का महत्त्व अब भी स्पष्ट न हुआ हो।

तारानाथ ने कहा, "उसके पहले हमने जिला मजिस्ट्रेट को लिखा था, उसने एक पुलिस अफसर से जाँच कराई और जो तथ्य शंकर को मिले थे उनकी पूरी तसदीक करा ली। उसने दरख्वास्त की सिफारिश भी की है।"

वकील ने शंकर की ओर देखकर पूछा, "आपको कौन-से तथ्य मिले थे?"

शंकर ने हल्केपन से कहा, "मुझसे इस तरह मत पूछिए। पिछली बार आपको मैंने जो भी बताया था, वह आपके कम्प्यूटर-जैसे दिमाग में अब भी अपनी जगह रखा होगा...।"

वकील ने इस तारीफ से इनकार नहीं किया, पर कहा, "फिर भी वे तथ्य क्या हैं?"

"तीन बातें हैं—नम्बर एक, चौकीदार कहता है कि उस दिन आधी रात के करीब, जब दुर्गादास भीतर मौजूद था, कोई एक आदमी गोविन्द के फ्लैट में गया था। नम्बर दो, पिछवाड़े रहनेवाला एक आदमी कहता है कि उसने काफी रात गए एक लम्बे आदमी को उस फ्लैट के नीचे खड़े देखा था, ठीक खुली खिड़की के नीचे; और नम्बर तीन यह कि विमल खुद इकबाल करता है कि वह उस रात ग्यारह-बारह के बीच गोविन्द के फ्लैट पर गया था।"

"इकबाल करता है?" वकील की भौंहें सिकुड़ गईं, "क्या उस फ्लैट में जाना कोई जुर्म है जो इकबाल करने की बात उठी?"

"मेरा मतलब है, मानता है।" शंकर ने कहा।

"क्या पहले नहीं मानता था?"

"पहले उससे पूछा नहीं गया था।"

"विमल वहाँ कब तक रुका था?"

"वह कहता है कि बस जाकर लौट आया था।"

वकील उसी तरह ठुड्डी के नीचे दोनों हाथों की उँगलियों का सहारा देकर बैठा रहा। फिर धीरे-धीरे बोला, "भाई, मेरी समझ में तो कुछ नहीं आता। इस सबसे आपके पापा के हक में कोई बात साबित तो हुई नहीं।"

"फिर भी," शंकर ने कुछ उकताकर कहा, "अभी तक उन्हें पक्का मुजरिम माना जा रहा है, अब उस बात पर शक किया जा सकता है।"

"उससे क्या होता है?" वकील ने अनमनेपन से कहा।

तारानाथ कुछ कहना चाहता था, पर उसे खामोश देखकर खुद खामोश हो गया।

वकील ने धीरे-धीरे बोलना शुरू किया, "डिस्ट्रिक्ट मजिस्ट्रेट बहुत दीनबन्धु दीनानाथ किस्म का आदमी होगा। तभी उसने इतनी-सी बात पर आपके पापा के लिए सिफारिश लिख दी है।"

शंकर ने कहा, "आपकी राय में इस दरख्वास्त में कोई दम नहीं है?"

"ज्यादा नहीं," वह धीरे-धीरे बोलता रहा, "सुप्रीम कोर्ट तक से दुर्गादास के खिलाफ फैसला हो चुका है। अब वे हमेशा अपराधी रहेंगे। रही जेल से छोड़ने की

बात, वह भी इतना आसान नहीं होता। सुप्रीम कोर्ट के फैसले के बाद कानूनी क्षेत्र से अलग जाकर अगर सरकार उन्हें निर्दोष मानना चाहती है, या निर्दोष होने की सम्भावना को अपराधी होने की सम्भावना के मुकाबले ज्यादा मजबूत समझती है, तो उसके लिए बहुत मजबूत, बहुत ही अकाट्य प्रमाण चाहिए। दुर्गादास के हक में जो सन्देहवाली स्थिति अब उभर आई है, वह कोई मजबूत स्थिति नहीं है। इस तरह तो हर मामले में दो-एक उलटे-सीधे गवाह बाद में खड़े किए जा सकते हैं।"

शंकर ने कहा, "मगर...।"

पर वह कहता रहा, "मुझे सिर्फ दो मामलों का पता है, जिनमें सरकार ने कत्ल के कैदियों को अपने निजी इत्मीनान से निर्दोष समझकर जेल से छोड़ दिया था। एक मामले में बाद में पता चला कि कत्ल हुआ ही नहीं था। जिसकी हत्या का मामला था, वह खुद एक दिन कहीं से आकर डिस्ट्रिक्ट मजिस्ट्रेट के सामने खड़ा हो गया था। एक दूसरे मामले में एक टी. बी. के मरीज ने, जिस पर पहले पुलिस ने शुबहा किया था, मरने के पहले बयान दिया कि खून उसी ने किया है। उसने बयान ही नहीं दिया, अपनी बात की सचाई के ऐसे प्रमाण भी दिए थे कि उस पर कोई शक नहीं रह जाता था। यहाँ तो कुछ भी नहीं है।"

शंकर को वकील की साफगोई के बारे में कभी भी भ्रम नहीं था, पर आज की बात सुनकर उसे एक अनर्गल नाराजगी का एहसास होने लगा। उसने कहा, "इसका मतलब यह कि हम लोग बेवकूफ थे।"

"नहीं," उसने नरमी से कहा, "तुम लोग जवान हो, तुम्हें आशावादी होना ही चाहिए। मैं अपने पेशे को क्या कहूँ, इसमें सपनों के लिए, तर्क से बाहर जाकर किसी तरह की आशावादिता के लिए कोई जगह नहीं है। हम लोगों के लिए यह कोई सुख की बात नहीं; हमारा नजरिया खुद एक तरह की सजा है जो हर तर्कनिष्ठ आदमी को भोगनी पड़ती है।"

"आप समझते हैं कि यह दरख्वास्त खारिज हो जाएगी?" तारानाथ ने पूछा।

"इस बारे में मैं कुछ भी नहीं कह सकता। आजकल सरकारी फैसले किस तरह लिए जाते हैं, आप मुझसे ज्यादा जानते हैं। हर्ज ही क्या है! दौड़-धूप करते रहिए। शायद कुछ हो ही जाए।"

तारानाथ ने कहा, "वास्तव में, दरख्वास्त देने के पहले मैं विमल अंकल से एक बार मिलना चाहता था...।"

वकील ने पूछा, "अंकल? यह कौन?"

शंकर ने इसका जवाब दिया, "तारा को उसे अंकल कहने की आदत पड़ गई है।"

"वे इनके चाचा नहीं हैं?"

"नहीं, वे पापा के पार्टनर हैं। पर उन्होंने हमें गोद में खिलाया है। बचपन से हम उन्हें अंकल कहते आए हैं।"

विमल ने उन्हें गोद में नहीं खिलाया था, क्योंकि जब तारानाथ पैदा हुआ था, विमल खुद पन्द्रह-सोलह साल का था। दुर्गादास से उसके परिवार का परिचय था, पर व्यापार में उनकी साझेदारी नहीं बन पाई थी। चाँद के पैदा होने तक विमल तेईस साल का हो चुका था और दुर्गादास के साथ व्यापार करने लगा था। उसने तारानाथ को नहीं, पर चाँद को सचमुच ही अपनी गोद में खिलाया था।

...वही चाँद इस वक्त भी विमल की गोद में होगी—सोचते ही निर्विकारता का समूचा धरातल तारानाथ के पाँव के नीचे से खिसकने लगा।

...मैंने अपने बेसहारा मन को हवा और पानी, तपन और बर्फ से बचाने के लिए ये बड़ी-बड़ी इमारतें बनाई हैं। इन इमारतों को सिर्फ तुम्हारी शक्ति के सहारे जोड़कर खड़ा किया गया है। मैंने अब तक और कुछ नहीं किया है, सिर्फ इन्हीं के निर्माण में लगा रहा हूँ। अचानक विमल का—या किसी भी आदमी का—आचरण इतना बड़ा भूकम्प कैसे पैदा कर सकता है कि जमीन फटी जा रही है और उसके अतल में ये सभी इमारतें टूट-टूटकर समा जानेवाली हैं। यह कैसा आत्म-परिष्कार है जो दूसरे के कदाचार की प्रतिक्रिया में ही कलुषित होने लगता है...।

यह पिछले कई दिनों से हो रहा था। विमल और चाँद के आपसी आकर्षण की सूचनाएँ, जिन्हें वह अब तक अफवाह मानकर टाले हुए था, अचानक उसे झकझोरने लगी थीं। बदले की भावना कभी-कभी उसे इस वेग से हिलाती कि वह आश्चर्य से सोचने लगता—यह कौन अजनबी जानवर उसके भीतर समा गया है! अपने हाथ-पाँव देखकर बार-बार वह अपने को आश्वस्त करता कि मैं अब भी वही तारानाथ हूँ, पर आश्वासन का उफान धीरे-धीरे रिसता जाता। एक बार उसको भागकर आईने के सामने जाना पड़ा। उसे अचम्भा हुआ कि इतनी तूफानी प्रतिहिंसा के होते हुए भी उसका चेहरा पहले-जैसा ही है, उसकी दाढ़ें बाहर नहीं निकल आई हैं, न चेहरे पर रीछों-जैसे बाल ही उगे हैं। इसी सहारे से उसने अपने को फुसलाया कि अभी उसे अपने से हताश होने की जरूरत नहीं है। पर उसके प्रयासों की ताकत गिरती जा रही थी और विमल का नाम सुनकर पहले की तरह और भी जल्दी-जल्दी उसे अपने गले और आँखों में उस जलन का आभास होने लगता था जिससे वह अब तक काफी परिचित हो गया था।

"दुर्भाग्य की बात है...।" वकील ने अंग्रेजी में कहा, पर तारानाथ ने नहीं सुना। वह कातर होकर किसी दैवी अनुकम्पा का आह्वान करने लगा था। तुम्हें जब

अभिषेक के लिए बुलाया गया और जब वन-निर्गमन के लिए कहा गया तब, किसी भी अवसर पर, लोगों ने तुम्हारे आकार में कोई विभ्रम नहीं देखा। उस निर्विकारता का एक स्पर्श-भर मुझे मिल जाए...।

शंकर की जीप एक गैरेज में मरम्मत के लिए गई थी। इसलिए वे दोनों वकील के साथ ही उसकी कार पर आए।

शंकर वकील की राय से अपनी संगति नहीं बैठा पाया था। रास्ते में रह-रहकर वह देश की कानूनी व्यवस्था के खिलाफ कुछ कहता चलता था। यह एक प्रकार से वकील के खिलाफ कहने जैसा था। एक बार शंकर ने बिना किसी प्रसंग के ही कहा, "हमारा कानून कितना बेहूदा है!"

वकील अपना ध्यान मोटर चलाने पर केन्द्रित किए था। बिना मुड़े हुए और बिना दिलचस्पी के उसने पूछा, "क्यों?"

"किसी भी निर्दोष को कितनी आसानी से सजा दी जा सकती है! अगर पापा को फाँसी लग गई होती तो...?"

"आपके पापा निर्दोष भी हों, तो कोई नई बात नहीं होती। दुर्घटनाओं की दुनिया में सिर्फ एक दुर्घटना जुड़ जाती।"

उसने महसूस किया कि तारानाथ अपनी सीट पर हिला और स्थिर हो गया। वकील ने कहा, "देखिए जनाब, हम चाहे जितनी कोशिश करें, किसी भी कानून को परफेक्ट नहीं बना सकते। मनुष्य का स्वभाव बड़ा ही अजीब, बड़ा ही इन्वेंटिव है। कहीं-न-कहीं वह कोई नई गुत्थी लाकर पैदा कर देता है। और फिर जिस कानून को हम कल तक परफेक्ट मानते आए थे, उसमें अचानक एक दरार दीख पड़ने लगती है।"

"फिर भी यह बेहूदा स्थिति है।"

"सभी स्थितियाँ बेहूदा हैं—हत्या करने की, हत्या न करने पर भी हत्या के जुर्म में फँस जाने की, मुकदमेबाजी की, जेल की, फाँसी की..."

"पर कम-से-कम हत्या-जैसे मामले में तो दोबारा मुकदमा चलाने की कुछ व्यवस्था होती।"

"तब भी क्या होता...?"

तारानाथ ने कहा, "हमें यहीं उतरना होगा।"

उसने गाड़ी रोक दी, पर कोई नीचे नहीं उतरा। वह अपनी बात पूरी करता रहा, "दोबारा जिन प्रमाणों से किसी को दोषी पाया जाता वह तीसरी बार निर्दोष

साबित हो जाता और तीसरी बार का मुलजिम चौथी बार के मुकदमे में निर्दोष साबित होता...। नहीं, जैसा है, वही ठीक है। कुछ देशों में भले ही दोबारा मुकदमा चलाने की व्यवस्था हो, पर अपनी हालत देखते हुए यहाँ का कानून ठीक ही है।"

"अपनी हालत तो बहुत रद्दी है।"

"मैं भी यही कह रहा हूँ। यह सचाई की शपथ लेकर झूठ बोलनेवालों का देश है। नेशन ऑफ पर्जरर्स। यहाँ अगर दोबारा सुनवाई करने की व्यवस्था कर दी जाए तो आप जानते हैं क्या होगा? हर किसी मुजरिम को उसके पैरोकार निर्दोष साबित करने के लिए झूठा सुबूत इकट्ठा करेंगे और दूसरी सुनवाई की माँग करेंगे। अजब नहीं कि पेशेवर गुंडों को रुपए का लालच देकर उनसे जुर्म का इकबाल भी करवाना शुरू कर दें। हम लोग किसी मामले का निबटारा ही नहीं होने देंगे।"

"मैं सब मुकदमों की बात नहीं कर रहा था। पर ऐसे मामले भी तो हो सकते हैं जहाँ असली हत्यारा खुद अपना अपराध स्वीकार कर ले।"

"कौन असली हत्यारा है, कौन नकली, यह कौन तय करेगा? खासतौर से तब जबकि असली हत्यारे के बारे में न्यायालय पहले ही तय कर चुका हो?" वकील ने तारानाथ की ओर घूमकर बात खत्म करने के ढंग से कहा, "अब आप परेशान न हों। आप जितना कर सकते थे, कर चुके हैं। बाकी परमात्मा के हाथ छोड़ दीजिए।"

बाकी नहीं, मैं सब कुछ उन्हीं के हाथ में छोड़ चुका हूँ—तारानाथ ने सोचा। वह सचमुच ही अब परेशान न था। पिछले दिनों की उलझनों से उकताकर अब वह सोचने लगा था कि दुर्गादास की मुक्ति ही महत्त्वपूर्ण है जिसके सामने विमल को लेकर प्रतिशोधपूर्ण असहायता की यंत्रणा निरर्थक है।

चार

विमल जब दिल्ली से लखनऊ के लिए चला था, तब उसे एहसास नहीं हुआ था। कि वह दिल्ली से बचने के लिए लखनऊ जा रहा है। लखनऊ आने पर जब वह दो-चार छोटे-छोटे काम खत्म कर चुका, तब धीरे-धीरे उसे अनुभव होने लगा कि वह दिल्ली जाने को तैयार नहीं है। यही नहीं, उसे लगा, वह किसी भी चीज के लिए तैयार नहीं है, न दिल्लीवाले मित्रों की शक और अपमान की नजरों का सामना करने के लिए, न चाँद के साथ मसूरी में एक हफ्ता बिताने के लिए, न उससे शादी करने के लिए, न उसे छोड़ने के लिए...।

किसी भी स्थिति के लिए अपने को तैयार करने के पहले उसके हर पहलू पर सोचना जरूरी है...यह सोचने के लिए भी वह तैयार नहीं है।

उसके बाद, जूली की प्रतिक्रिया...उसे जूली की बहुत परवाह नहीं थी, पर अचानक उसे लगा, वह उसकी प्रतिक्रिया की जरूरत से ज्यादा परवाह कर रहा है।

इसके पीछे जूली को खो देने की आशंका न थी, उसकी बातचीत की निरुद्विग्न दृढ़ता थी। उसने कहा था—"मैं तुम्हारी जगह होती तो पुलिस को जरूर बताती कि उस रात मैं गोविन्द के फ्लैट पर गई थी, मैं दुर्गादास की तरफ से कोर्ट में गवाही भी दे सकती थी।"

...तुमने ऐसा क्यों नहीं किया, मिस्टर सलूजा? क्योंकि तुम डरे हुए थे? इतना डरने की क्या बात थी? जो कुछ पापा आज तक झेल रहे हैं उसका कुछ हिस्सा एकाध घंटे तुमने भी झेल लिया होता तो क्या हो जाता?

...डर की बात नहीं है मैडम, मैं तुम्हें कैसे समझाऊँ? शायद मैं इसके लिए तैयार नहीं था। यह न पूछिए चन्द्रा जी, किसके लिए? आप ही हैं जो कुछ बात बिना पूछे भी समझ सकती हैं। बस, समझ लीजिए, मैं तैयार नहीं था।

...और चाँद, जरूरी हो तो मैं अपना सिर पत्थर पर पटककर तुम्हें यकीन दिलाना चाहता हूँ कि मैंने इसे बहुत छोटी बात समझा था, कि मैंने गलत समझा था, और मैंने गलत किया है, कि मुझे अफसोस है। पर तुम्हारे सामने यह सब कुछ कह न सकूँगा।...

उसके बाद गोविन्द के लड़के ने बताया कि तारानाथ और शंकर ने सरकार को एक पत्र भेजा है, उसमें बहुत-से बयान लगाकर और जिला मजिस्ट्रेट से एक लम्बी चिट्ठी लिखवाकर दुर्गादास को जेल से मियाद पूरी होने के पहले ही छोड़ने की प्रार्थना की गई है। प्रार्थना का कारण यह है कि भले ही सुप्रीम कोर्ट का फैसला उनके खिलाफ हो, नए सुबूत के आधार पर अपराधी की हैसियत से दुर्गादास की स्थिति संदिग्ध हो जाती है...।

दूसरे दिन वह लखनऊ से आगरा चला गया; शायद पूरे प्रदेश में उस समय वही सबसे ज्यादा गर्म जगह थी।

आगरे से सात-आठ किलोमीटर मथुरा रोड पर निकल जाने के बाद विमल को सड़क के किनारे एक छायादार पेड़ के पास काफी भीड़ दीख पड़ी।

...कोई खास बात नहीं है, चन्द्रा जी, गाँव का मेला है—उसने एक काल्पनिक चाँद से कहा। गाँव का मेला पेड़ के नीचे हनुमान जी की एक सिन्दूरी मूर्ति के

आगे जुड़ा हुआ था। गर्मी और लू की परवाह न करके मिठाई, बताशे और फूल बेचनेवाले पेड़ की छाँह से आगे बढ़कर सड़क तक आ गए हैं।

'आज मंगलवार है।' विमल ने सोचा। फिर सोचा, 'शराब की दुकानें सब जगह बन्द मिलेंगी।'

आधे किलोमीटर का फासला उसने धीमी रफ्तार में गाड़ी चलाते हुए पार कर लिया। फिर गाड़ी और भी धीमी हो गई और तीसरे से दूसरे गियर में आ गई।

...मिस्टर सलूजा, अगर अभी किसी एल्कोहलिक को देखना हो तो दूर जाने की जरूरत नहीं। कार के बैकव्यू मिरर को तिरछा करके उसमें अपना चेहरा देख लीजिए।...उसके बगल में बैठी हुई काल्पनिक चाँद ने उससे कहा। दाएँ हाथ से गाड़ी चलाते हुए उसने अपना बायाँ हाथ सीट पर फैलाया पर वहाँ चाँद की पीठ और कन्धों का स्पर्श नहीं मिला। बिना कुछ सोचे हुए उसने बैकव्यू मिरर को तिरछा करके उसमें अपना चेहरा देखा। "सॉरी मिस चन्द्रा, मुझे यहाँ कोई एल्कोहलिक नहीं दीख पड़ता।" शीशे को अपने सही कोण पर घुमाकर उसने गाड़ी मोड़ ली और आगरे की ओर वापस लौट पड़ा।

शहर के अन्दर घुसते ही उसने एक बँगले के फाटक पर गाड़ी रोक दी और हॉर्न बजाया। बँगले के अन्दर कोई हरकत नहीं हुई। उसने दोबारा हॉर्न बजाया और तब पीछे की तरफ से घूमकर सफेद हॉफपैंट और बनियान पहने हुए एक आदमी फाटक के पास आया। उसके हाथों में मिट्टी लगी थी। वह शायद बँगले के पीछे बाग में काम कर रहा था। उसने मुस्कराकर फाटक खोला और कहा, "गाड़ी से नीचे तो उतरिए हुजूर।"

विमल ने फाटक पर लगी हुई तख्ती की ओर इशारा किया। उस पर लिखा था—"कुत्तों से सावधान।"

बाहर आकर उसने अतिशय आदर का अभिनय करते हुए विमल की गाड़ी का दरवाजा खोला, "वह कुत्ता मैं ही हूँ हुजूर। मुझसे घबराने की जरूरत नहीं है।" दोनों फाटक के अन्दर आ गए।

विमल ने कहा, "अभी तो पाँच भी नहीं बजे हैं। इतनी धूप में आप बाग में खुरपी लेकर जुट गए।"

"जट्ट का लड़का हूँ जी। कैसी धुप्प!"

उसकी उम्र साठ के आसपास होगी। चेहरे पर प्रसन्नता और आभिजात्य और अच्छे खान-पान की चिकनाई फैली थी। बरामदे में घुसते ही उसने एक शेर जो पहले भी ऐसे मौके पर वह विमल को कई बार सुना चुका था, सुनाया—

वह आए घर पै हमारे, खुदा की कुदरत है,
कभी हम उनको, कभी अपने घर को देखते हैं।

बुजुर्ग विमल का पुराना दोस्त था। आगरा आने पर जैसे टूरिस्टों के लिए ताजमहल, विमल के लिए उसके घर जाना लाजिमी होता था। इस बार वह उसके घर नहीं जा सका था, पर एक शाम पहले दोनों ने साथ-साथ बाहर खाना खाया था। इसे भुलाकर अपने घर पर उसका स्वागत करने के लिए बुजुर्ग ने जो मंत्र याद कर रखा था उसे सुनाने में उससे आज भी चूक नहीं हुई।

चूक विमल की ओर से हुई। अपने घर पर विमल को पाकर जब वह उसके स्वागत में यह शेर सुना चुकता (उसे 'वह आए' के बाद अपनी ओर से एक 'हैं' भी जोड़ने की आदत थी) तब विमल का फर्ज हो जाता कि जवाब में वह भी एक शेर पढ़े। पर आज उसने ऐसा कोई जवाब नहीं दिया। बरामदे में पड़ी हुई कुर्सी की ओर मित्र को इशारा करते हुए देखकर उसने कहा, "नहीं, बैठूँगा नहीं, मैं दिल्ली के रास्ते पर हूँ।"

"हुजूर तो सुबह ही जानेवाले थे।"

"हाँ, पर जा नहीं सका। सुबह का भूला हुआ...।"

"आपको भूला हुआ कौन कह सकता है हुजूर। दूसरे खुद आपको देखकर भूल जाते हैं।"

"शुक्रिया जानेमन। अब बताओ, तुम्हारे यहाँ बियर होगी?"

"क्यों नहीं होगी? ड्राइंगरूम में तशरीफ ले चलिए। मैं भी हाथ धोकर हाजिर हुआ।"

"यहाँ नहीं पिऊँगा, रास्ते के लिए चाहिए।"

बुजुर्ग अन्दर जाकर एक शॉपिंग-बैग में बियर की तीन ठंडी बोतलें और एक गिलास ले आया। पूछा, "और चाहिए? पर अब मँगाना पड़ेगा।"

विमल ने उसे धन्यवाद दिया। जब वह गाड़ी में बैठ गया तो बुजुर्ग ने कहा, "अगर तुम कल सवेरे चलो तो मैं भी तुम्हारे साथ दिल्ली चल सकता हूँ।"

वह मुस्कराया। बोला, "ठीक है। कल सवेरे वापस आकर मैं आपको दिल्ली ले चलूँगा।"

अपने-आपसे सन्तुष्ट पैसेवालों के एक विशेष वर्ग में जिस तरह की कभी-कभी बातें होती हैं उस अदा से मित्र ने कहा, "दिल्ली पहुँचने की इतनी उतावली है जानेमन! हमें इस तरह काटोगे? वह कहाँ है?"

"कौन?"

"वह।" बुजुर्ग दोस्त ने नवाबों के दरबार में सीखी हुई लगभग डेढ़ सदी पुरानी

किसी नाच की मुद्रा को अपने लचकीले हाथों में उतारा और एक लड़की का चेहरा दिखाने की कोशिश की।

विमल जी खोलकर हँसा। गाड़ी स्टार्ट करके उसने बुजुर्ग मित्र को दोबारा धन्यवाद दिया। उधर से "खुदा हाफिज। खुश रहो बेटे, जाओ, मौज करो।"

'हुजूर' के आसन से उतारकर 'बेटा' के फर्श पर बैठा दिए जाने पर वह कुछ देर मन-ही-मन हँसता रहा। फिर सहसा गम्भीर हो उसने अपने बगल में बैठी हुई किसी चाँद से कहा, "माफ कीजिएगा चन्द्रा जी, मुझे इस तरह हँसना नहीं चाहिए। आपको मसूरी में अकेली छोड़कर...।"

"पियक्कड़ों की तरह आपको बार-बार माफी नहीं माँगनी चाहिए।" इस बार 'मिस्टर सलूजा' का सुपरिचित ताना नहीं मिला, "ओह विमल, तुम कितने दिलचस्प बोर हो।"

ठंडी बियर गर्म होती गई पर उसने बोतल नहीं खोली। खुली सड़क पर आते ही उसे एहसास हुआ कि पीना भी अब एक निरर्थक परिश्रम है। पिछले तीन दिन से, लखनऊ में जज से मिल चुकने के बाद, उसे बराबर लग रहा था कि उसके लिए अब कुछ भी करने की बाध्यता नहीं रह गई है क्योंकि कुछ करके भी वह अब कुछ कर नहीं सकता। किसी हवाई जहाज की दुर्घटना के दृश्य पर जहाँ मुसाफिरों के जिस्म और जहाज के टुकड़े मीलों के क्षेत्र में बिखरे पड़े हों तो वह चाहे जितना चुस्त पुलिस मैन क्यों न हो, वह कुछ भी नहीं कर सकता, सिवाय इसके कि वह दूसरों को खबर भेजने की, दूसरों के साथ औपचारिकताओं के पीछे दौड़ने की बेमानी रस्म अदा करता रहे।

पर मथुरा आते-आते उसे एक बेसब्री ने घेरना शुरू कर दिया। वह जानता था कि शाम हो गई है और वहाँ का संग्रहालय बन्द हो गया होगा, पर उसने गाड़ी उसी ओर मोड़ दी। संग्रहालय के सामने अपनी कार खड़ी करके वह कुछ देर उसके अन्दर ही बैठा रहा। जैसा कि सोचा था, संग्रहालय दर्शकों के लिए बन्द हो चुका था। पर उसके वर्तुलाकार कक्ष का दरवाजा खुला था। उसके पार आँगन की घास और उसके आगे दफ्तर के कमरों की एक निजी दुनिया थी। यक्ष, नागसुन्दरियाँ, शालभंजिकाएँ—सब अतीत से उतरकर गहरे अतीत में सो गए थे।

कार से उतरकर वह संग्रहालय के सामने खड़ा हो गया। दरवाजे पर खड़ा हुआ चौकीदार उसे जिस तरह से देख रहा था, उसके बाद यह तय करना कठिन नहीं था कि वह अन्दर नहीं जाएगा। अन्दर के कक्ष में एक पाँचवीं शताब्दी की शालभंजिका अब भी उसी तरह खड़ी होगी। उसके गले में पड़ा हुआ हार, उसके वर्तुल स्तनों की ऊँचाई से फिसलकर अब भी अपना सन्तुलन खो रहा होगा। चाँद ने उसके सामने खड़े होकर जब अपने रूप की सम्पन्नता को उसके सामने दिखाना

चाहा था, तब उसे लगा था, पत्थर की वह मूर्ति थरथरानेवाली है। इस समय इस मूर्ति के दर्प पर किसी की छाँह नहीं पड़ सकती।

अतीत के पत्थर उसके चारों ओर बिखरे पड़े हैं, उसने अनुभव किया पर यह अनुभव इस तरह स्पष्ट नहीं हो सका, उसके भीतर का अनमनापन सिर्फ कुछ और गहरा हो गया।

अपने पीछे उसे विदेशी भाषा में कही गई कुछ बात सुन पड़ी। घूमकर उसने देखा—एक विदेशी लड़की उससे कुछ पूछ रही थी। लड़की भी औसत टूरिस्ट की तरह गुमनाम दिख रही थी। अपना सिर हिलाकर विमल ने इशारा किया कि वह उसकी बात समझ नहीं रहा है। लड़की ने अपनी भाषा में कुछ कहा और हँसने लगी।

दोबारा सिर हिलाकर विमल ने अपनी नासमझी पर मजबूरी दिखाई और वहाँ से हटना चाहा। तब तक एक विदेशी नौजवान उसके पास आ गया। गन्दे जूतों, ऊलजलूल कमीजों और बढ़े हुए बालोंवाले विदेशियों को देखते-देखते जो आँखें थक गई हैं, उन्हें इस नौजवान से बड़ी राहत मिल सकती थी। पर देखने में वह जितना सहज लगा उसकी आवाज उतनी ही असहज जान पड़ी। उसने विमल को घूरकर देखा और लगभग गुर्राते हुए अंग्रेजी में पूछा, "क्या चाहते हो?"

विमल उससे चार-पाँच इंच ऊँचा रहा होगा। उसकी आँखों में अपनी निगाह चुभाते हुए उसने उसी तरह जवाब दिया, "तुम क्या चाहते हो?"

बाद में मथुरा से कई किलोमीटर दिल्ली की ओर निकल आने पर उसने अपने-आपसे पूछा, 'तुम क्या चाहते हो?' शाम की परछाइयाँ तिरछी हुईं और तिरोहित हो गईं। उसे सुनाई पड़ा, "बताइए न मिस्टर सलूजा, आप क्या चाहते हैं?"

सड़क की सतह ऊँची होने लगी थी। शाम का धुँधलका उस अनिश्चय के हाशिए पर था जहाँ कार की हेडलाइट जलाने के पहले कुछ देर यों ही चलते रहने का मन करता है। उसने बियर की एक बोतल उठाकर खिड़की के बाहर फेंक दी और फेंकते हुए महसूस किया कि अब यह भी जरूरी नहीं है, आज कार के फर्श पर भी बाकी बोतलों को पड़ा रहने दिया जा सकता है।

पाँच

ट्रेन से उतरते ही चाँद ने मौसम की पहली बारिश में पाँव रखा। दिल्ली आ गई थी।

प्लेटफार्म पर वह शेड की सुरक्षा में जाकर खड़ी हो गई और सामान उतरने का इन्तजार करने लगी। गाड़ी का यह आखिरी स्टेशन था, फिर भी यात्री सामान

के साथ सबसे पहले उतरने की उतावली में थे। चाँद ने धीरज से अपने चारों ओर देखा। पूरे माहौल में उसे अजीब-सा बेगानापन दिखाई दिया।

पर ऐसा एक क्षण के लिए ही हुआ। उसने देखा, अपरिचितों की भीड़ में मुकर्जी उसकी तरफ बढ़ता आ रहा है। वह इस समय बहुत चुस्त पतलून और आधी आस्तीनवाली चेकदार कमीज में था। चेहरे पर ताजी हजामत की चमक थी, बाल करीने से सँवारे हुए थे। चाँद की निगाह अपनी कलाई पर चली गई। सवेरे के छह बजकर पैंतीस मिनट हो रहे थे—उसे इस तरह यहाँ पहुँचने के लिए काफी सवेरे उठना पड़ा होगा।

वह अब बिलकुल पास आ गया था। उसकी कँटीली आँखों में एक चमक थी, मोटे होंठों की मुस्कान ने एक ऐसा संस्कार दे दिया था कि जवाब में बिना मुस्कराए नहीं रहा जा सकता था।

"हाइ मुकर्जी," उसने मुकर्जी को पुकारा, जैसे वह उसकी कोई सहपाठिनी हो। उसी के साथ उसे लगा, यह दोनों को झुठलाने की कोशिश है।

"हलो चाँद," उसने कहा, "बहुत दिन बाद देखा है, और साड़ी में तो महीनों बाद।"

"साड़ी में मैं बहुत जँच रही होऊँगी? क्यों?" बीते दिनों के नाम पर उसने हल्के से कहा।

ऐसी बात का जवाब मुकर्जी को आता था। जैसे विज्ञान की किसी समस्या पर किसी जाने-बुझे विद्वान को राय देने के लिए कहा गया हो, उसने भौंहें सिकोड़कर चाँद को देखा और जैसे किसी ब्लैकबोर्ड पर खराब लिखावट पढ़ रहा हो, रुक-रुककर कहा, "एकदम से कुछ कहा नहीं जा सकता। दस-पाँच दिन इस पर गौर करके ही राय दी जा सकती है।"

वह अपनी ही बात पर हँसा। चाँद भी, खेल के नियमों का पालन करते हुए, हँसी।

कुली आगे-आगे सामान लेकर चल रहा था। मुसाफिरों का पहला रेला पुल पार करके स्टेशन के बाहर पहुँच चुका था। अब वे पुल पर आसानी से साथ-साथ चल सकते थे।

"मसूरी कैसी थी?"

"तुम कैसे रहे?"

"फाइन। थैंक्यू। पर मैं पूछ रहा था, मसूरी कैसी रही?"

"फाइन। थैंक्यू।"

"यह तो कोई जवाब नहीं हुआ। मसूरी में होता क्या रहा?"

"मेरी ब्रेन-वाशिंग होती रही।"

वह हिचका, फिर बोला, "किसने की? राजनीति तो तुम्हारी लाइन में है नहीं।"

"मैं एक प्रोफेसर के साथ उलझ गई थी।"

"लकी डॉग।"

"वह बड़ा काबिल आदमी है। उससे मुझे बड़ी-बड़ी नसीहतें मिलीं।"

"जैसे?"

"जैसे कि हमें खुद अपने सुख के रास्ते में दीवार बनकर न खड़े होना चाहिए।"

"ऐसी नसीहत तो मैं भी दे सकता था। सिर्फ उससे तुम्हारी ब्रेन-वाशिंग न होती।"

वे पुल से उतरकर स्टेशन से बाहर आ गए थे। कुली को पैसे देते हुए चाँद ने पूछा, "तुम अभी स्टेशन कैसे आ गए थे?"

"तुम्हें रिसीव करने।"

"जरा जल्दी आ गए। मुझे वी. आई. पी. बनने में दो-चार साल लगेंगे।"

"तब तक मैं भी वी. आई. पी. बन जाऊँगा। तुम्हें रिसीव करने का यही मौका था।"

वह गम्भीर हो गई। बोली, "पर मुकर्जी, मेरे आने की खबर तुम्हें कैसे मालूम हुई?"

"मैंने जासूसी की थी।"

"सच?"

"सच।"

"तुमने मुझे रिसीव कर लिया, अब हम अपने-अपने घरों को जा सकते हैं।"

मुकर्जी ने तुरन्त कोई जवाब नहीं दिया। चाँद ने एक टैक्सी को आने का इशारा किया। तब मुकर्जी ने कहा, "ऐसा है चाँद, तुम अपने घर जाने के पहले कुछ देर मेरे साथ रुक लो। तुमसे कुछ बातें करनी हैं। मेरे लिए तो है ही, तुम्हारे लिए भी अच्छा रहेगा।"

वह अपनी उम्र में दस साल जोड़कर बोल रहा था। चाँद ने कहा, "जैसा चाहो।"

"मेरा घर नजदीक है। तुम वहाँ रुककर एक प्याला चाय क्यों नहीं पी लेतीं? चाहो तो, वहीं नहा-धो लेना। घर के सब लोग चंडीगढ़ गए हैं। खाली पड़ा है।"

चाँद ने आकस्मिक निर्णय लिया। बोली, "ठीक है। मुझे घर जाने की उतनी उतावली भी नहीं। वहाँ वही नीला भाभी...।"

"नीला भाभी के साथ ज्यादती मत करो।"

"तुम नीला भाभी की वकालत मत करो।"

मुकर्जी इस आवाज के सामने हिचक गया। टैक्सी सामने आ गई थी। ड्राइवर से सामान उठाने का इशारा करके उसने चाँद के लिए दरवाजा खोला और उसके

साथ बैठ गया। अपने को सहज बनाकर उसने पहलेवाला हल्कापन दिखाने की कोशिश की, "तुम इस वक्त थकी हुई दिख रही हो। अपने घर ताजा होकर जाना चाहिए। इससे घरवालों पर रोब पड़ता है। वे भी समझते हैं कि घर से बाहर रहकर उनके बिना भी खुश रहा जा सकता है।"

पर चाँद ने बातचीत के इस ढर्रे का साथ नहीं दिया। गाड़ी के चल देने पर दोनों के बीच अनजाने ही एक उदासीनता-सी भर गई। कुछ देर वे खामोश रहे। अचानक चाँद ने कहा, "तुमने बताया नहीं, तुम्हें कैसे मालूम हुआ कि मैं इस गाड़ी से आ रही हूँ।"

"बताया तो, मैंने जासूसी की थी।"

"मुकर्जी, इस शब्द को इस्तेमाल न करो।"

"क्यों?"

"इसकी गन्दगी का तुम्हें अभी एहसास नहीं है।"

"तुम्हें है?"

"हाँ है।" उसने मुकर्जी की ओर मुड़कर कहा।

चाँद ने सीट पर पीठ टिका दी। उसने अपनी ओर की खिड़की का शीशा गिराया। हवा का एक झोंका और बारिश की कुछ बची-खुची बूँदें उसके चेहरे पर आकर पड़ीं। उसने आँखें मूँद लीं।

मुकर्जी ने उसके चेहरे को देखा; गोरा, निष्कपट रोजवाला चेहरा था। अकारण ही उसे सब कुछ सब कुछ, के बावजूद, अच्छा लगा। हल्के-फुल्के ढंग से बोला, "अच्छी बात है। अगर तुम्हारा दिमाग बिलकुल जवाब दे गया है तो मैं ही पूरी बात समझाए देता हूँ। तुम्हें मालूम ही है और न हो तो अब जान लो कि तुम्हारा दिल्ली से बाहर जाना मुझे अच्छा नहीं लगता। इसीलिए उस दिन तुम्हें मसूरी जाते हुए देखकर...।"

"तुमने मुझे मसूरी जाते हुए देखा था?"

"हाँ, राज भैया और नीला भाभी ने भी देखा था।"

"कैसे? कहाँ?"

"वैसे ही।" उसने पीछे छूटे हुए स्टेशन की ओर इशारा करके कहा, "वहाँ।"

दोनों कुछ देर घनिष्ठ एकाकीपन में खोए रहे। मुकर्जी ने कहा, "इजाजत हो तो बात पूरी कर लूँ। स्टेशन से लौटकर मैंने विमल के यहाँ फोन किया, पर कोई जवाब नहीं मिला। कई बार इसी तरह फोन किया, तब मैं समझ गया कि वह भी मसूरी गया है। पहले मैंने सोचा, मैं भी वहाँ चलूँ। पर मैंने अपने को रोका। क्यों रोका, तुम जानती ही हो। कई दिन तक दिल्ली में सड़कें नापता रहा। कल मुझे

एक तरकीब सूझी। विमल की दुकान के मैनेजर से मैंने मसूरी के उस होटल का पता पा लिया जहाँ वह प्राय: रुका करता है। उसी वक्त मैंने होटल के मैनेजर को जवाबी तार देकर तुम्हारे बारे में पूछा, और कल रात ही जवाब आया कि कुमारी चन्द्रा दिल्ली के लिए चल चुकी हैं। सुबह देहरादून से दिल्ली आनेवाली बस यही एक गाड़ी थी...।"

"मुकर्जी, तुम यह सब क्यों करते रहे?"

"मैं भी अपने से यही पूछता हूँ।"

"तुम जानते हो, यह सब बेकार था?"

"जानता हूँ।"

टैक्सी मुकर्जी के मकान पर पहुँच गई थी। रेलवे के कर्मचारियों की बस्ती में मटमैली इमारतों के बीच यह एक कम मटमैली इमारत थी। उसमें कई छोटे-छोटे फ्लैट थे। मुकर्जी उसे पहली मंजिल पर ले आया।

फ्लैट में दो कमरे थे। सामने के कमरे में फर्श पर उसने पढ़ने, उठने-बैठने, लेटने का इन्तजाम कर रखा था। बेतरतीब किताबें फर्श पर बिखरी हुई थीं। एक कोने में पड़े हुए बासी अखबार खिड़की से आनेवाली हवा में तड़प रहे थे। एक ओर कोने में पड़ा हुआ अधगीला तौलिया, एक मोटी किताब पर तश्तरी की छाप का गोल दायरा बनाता हुआ चाय का झूठा प्याला, दीवार से सटाकर रखा हुआ एक हारमोनियम, जिसकी पॉलिश कमरे को चमकीला बनाने का पहला और आखिरी साधन थी।

"अब भी प्रैक्टिस चल रही है?" चाँद ने पूछा।

"बिलकुल। हारमोनियम पर गाना फेफड़े के लिए बहुत अच्छी कसरत है।"

"पर पड़ोसियों के लिए तो कान की कसरत हो जाती होगी।"

"पड़ोसियों को सुखी रखने का मेरा यही तरीका है।"

"अभी गा सकते हो?"

"श्योर। पर पहले चाय...।"

"चाय कुछ देर में होगी, उससे पहले मैं तैयार हो लूँ।"

अटैची-केस खोलते हुए चाँद का चेहरा दीवार की ओर हो गया था। उसने पूछा, "तुमने इतनी मेहनत की और यह नहीं जान पाए कि विमल मसूरी में नहीं था?"

"क्यों नहीं जान पाया? सच तो यह है कि विमल कल यहीं दिल्ली में था।"

"तुम्हें कैसे मालूम?"

"मैंने उसे देखा था।"

"कहाँ? दुकान पर?"

"वहाँ नहीं, वहाँ देखता तो तुम्हारे लिए तार क्यों करता?"

"फिर कहाँ?"

"शाम के वक्त। मैं शाहदरे की ओर गया था। वह एक पेट्रोल पंप पर अपनी गाड़ी में पेट्रोल ले रहा था।"

चाँद कमरे के बीच सीधी खड़ी हो गई। बिना आस्तीन के ब्लाउज से निकली हुई बाँहों के चारों और साड़ी का पल्ला लपेटकर उसने कहा, "मुकर्जी, मजाक छोड़ो। बताओ, वह कहाँ है?"

इस तरह से जिस्म को साड़ी में लपेटकर वह बुत-जैसी बन गई। मुकर्जी ने नरमी से कहा, "उसे दिल्ली ही में होना चाहिए।"

धीरे-धीरे झुककर उसने फर्श से अटैची उठाई। अन्दर कमरे की ओर इशारा करके कहा, "बाथरूम उधर ही है।"

"चलो, मैं दिखाए देता हूँ।"

बाथरूम का दरवाजा बन्द करते-करते चाँद के चेहरे की झलक मुकर्जी को मिली। वह दोनों कमरों के बीच खड़ा हुआ था। उसने सोच रखा था कि वह चाँद से कोई भी कमजोरी की बात न करेगा, पर चाँद के चेहरे पर कुछ ऐसा था कि उसने पूछा, "चाँद, क्या मैं तुम्हारे लिए कुछ भी नहीं कर सकता?"

हिम्मत करके वह मुस्कराई, "तुम गर्म चाय, आमलेट वगैरह तैयार कर सकते हो।"

तीन घंटे बाद भी वह गहरी नींद में सो रही थी। नींद इतनी घनी थी कि उसे सपने तक नहीं बाँध पाए थे। बाद में, उसके अवचेतन को छूते हुए, कुछ स्वर सुगंधित हवा की तरह उसके ऊपर लहराने लगे। उसकी नींद खुमारी की ढलान पर आ गई। पास के कमरे से मुकर्जी का स्वर हारमोनियम के ऊपर धीरे-धीरे उठता-गिरता रहा—

...रूक्ष दिनों का हम दुख पाते हैं तो पाएँगे। हम शान्ति नहीं चाहते, सांत्वना नहीं माँगेंगे। नदी पार होने में यदि पतवार टूट जाए, पाल की रस्सी भी टूटी हुई हो, फिर भी वहाँ मृत्यु के मुख में खड़े हुए, हम जानते रहेंगे—तुम हो, मैं हूँ।...

उसे पता नहीं था कि यह गीत कितनी देर से चल रहा है। पर आँखें मूँदे हुए उसे जान पड़ा, इस अस्पष्ट गीत को, जिसकी लय-भर उसके चारों ओर गूँज रही है पर जिसके शब्द उस तक नहीं पहुँच पाते, वह बहुत देर से सुनती आ रही है। वह इसी तरह खामोश लेटी रही। वह बिना पंखों के ईथर में तैर रही है और आँख खोलते ही भारहीनता का यह अवास्तविक अनुभव टूट जाएगा, इस डर से उसने आँखें नहीं खोलीं।

पर मुकर्जी का गाना बन्द होते ही उसकी आँखें खुल गईं। अचानक उसे एहसास हुआ, कमरे में बहुत गर्मी है, बिस्तर उतना मुलायम नहीं है जितना उसने समझा था और मुकर्जी बहुत अच्छा गाता है।

कपड़े बदलकर वह चलने के लिए तैयार हो गई। बाहरवाले कमरे में आकर उसने मुकर्जी से कहा, "एक बार फिर कहना पड़ता है, तुम बहुत अच्छा गाते हो।"

"थैंक्यू, योर लेडीशिप!"

"रवीन्द्र-संगीत होगा?"

"जरूर होगा।"

"मेरी समझ में तो कुछ आया नहीं।"

"अच्छा हुआ। नहीं तो तुम कहोगी, बंगाली बड़ा रोमांटिक होता है।"

"फिर भी गाना अच्छा था।"

"यानी, तुम्हारे लिए बकवास था। खैर जाने दो, तुम्हारी नींद में खलल पड़ा...।"

"वह तो पड़ा ही। पर गाना अच्छा था।"

"हमें अब कहीं चलकर खाना खा लेना चाहिए। बारह बजनेवाला है।"

"नहीं, मुझे अब जाना चाहिए। इस तरह के नाश्ते और चार घंटे की नींद के बाद मैं पूरी दिल्ली का अकेले मुकाबला कर सकती हूँ।"

"ऐसी डींग तो नादिरशाह भी नहीं मारता था। जो भी हो, लंच हम लोग साथ ही लेंगे।"

"नहीं मुकर्जी, थैंक्यू, मुझे अब चलना है।"

"चलना है, तो बैठ जाओ। तुम्हें कुछ बताना है।"

हारमोनियम को एक ओर खिसकाकर उसने चाँद के बैठने के लिए फर्श पर जगह निकाल ली। पर वह बैठी नहीं। उसने फिर कहा, "बैठ जाओ चाँद। हमें बँगलौर चलने का प्लान बनाना है।"

वह बैठ गई। बोली, "क्या इंटरव्यू...?"

"हाँ, हम दोनों को बुलाया गया है। पर मुझे यहाँ दिल्ली में ही डिफेंस प्रोडक्शन में जूनियर साइंटिफिक ऑफिसर का काम मिल रहा है।"

"बँगलौरवाली नौकरी इससे ज्यादा अच्छी नहीं है। तुम्हारा वहाँ जाना बेकार है।"

"तुम तो जाओगी न?"

"हाँ, पर मेरी बात और है।"

"तो मेरी भी बात और है।"

वह खामोश रही। हारमोनियम के परदे को उसने हल्की उँगलियों से छुआ। पूछा, "इंटरव्यू कब है?"

"सोलह जुलाई को।"

"तब तो बहुत जल्दी चलना होगा।"

"इसका मतलब यह कि तुम्हें तारीखें अब भी याद रहती हैं।"

वह उठने लगी। मुकर्जी ने कहा, "दो और बातें हैं। एक तुम्हारे पापा के बारे में है।"

उसके मत्थे पर शिकन पड़ गई। पूछा, "पापा के बारे में क्या है?"

"तारानाथ जी लखनऊ गए हुए थे। तुम्हारे पापा को जेल से छुड़ाने की कोशिश हो रही है। वे कल शाम यहाँ वापस लौटे हैं।"

वह मुकर्जी की ओर देखती रही।

अविश्वास के साथ मुकर्जी ने पूछा, "तुम्हें कुछ नहीं मालूम?"

चाँद ने सिर हिलाया।

"मसूरी में विमल तुमसे एक दिन के लिए भी नहीं मिला?"

"मुकर्जी, बोर मत करो।"

"तभी।"

होंठ दबाकर उसने अपने मुँह का थूक निगला। बोला, "विमल हत्या की रात गोविन्द के फ्लैट में गया था। उसी के अपराधी होने का शक है। पूरा सुबूत लेकर गवर्नमेंट को लिखा गया है कि पापा निर्दोष हैं। विमल के खिलाफ कुछ नहीं हो सकता, पर सरकार शायद चुपचाप तुम्हारे पापा को छोड़ देगी।"

"चुपचाप? क्यों?"

"बात अगर फैल गई तो सरकार की बदनामी होगी।"

वह हारमोनियम के बेजान परदे पर पहले की तरह उँगलियाँ फेरती रही। फिर पूछा, "विमल कहाँ है?"

"मैंने कहा न, कल दिल्ली ही में था।"

"आज कहाँ है?"

"कुछ निश्चय नहीं।"

वह उठ खड़ी हुई और दरवाजे की ओर बढ़ी। फिर रुककर कहा, "तुम जानते हो मुकर्जी, वह कहाँ है?"

"कुछ कह नहीं सकता, पर मैंने सुना है वह बम्बई चला गया है। दिल्ली वह शायद काफी दिन के लिए छोड़ गया है—शायद हमेशा के लिए।"

वह हटकर खिड़की के पास चली गई। बादल फिर से घिरने लगे थे और रेलवे कॉलोनी की इमारतें कुछ और मटमैली होने लगी थीं। हवा, धुएँ और कोयले की अदृश्य धूल से वजनी हो रही थी। उन इमारतों को देखते हुए, कसैली हवा

का अजनबीपन नथुनों में महसूस करते हुए, वह खिड़की पर खड़ी रही। मुकर्जी ने कहा, "मैंने तुम्हें यूँ ही परेशान कर दिया। पर मैं चाहता था, घर जाने के पहले तुम्हें स्थिति का पता लग जाए...।"

चाँद ने कहा, "ठीक है, मुझे पता लग गया। पर मुकर्जी...।"

कहते-कहते वह रुक गई और अपने सामान की ओर बढ़ी। बोली, "मेरे लिए टैक्सी बुला दो।"

"तुम कुछ और कह रही थीं।"

"हाँ, पर मैं तुम्हारे घर में बैठकर तुमको गालियाँ नहीं देना चाहती।"

"मैंने क्या किया है कि मुझे गालियाँ सुननी पड़ें?"

वह मुकर्जी को जलती हुई निगाह से देखती रही। फिर जैसे कोई नाराज अध्यापिका विदेशी भाषा के कमजोर छात्र के आगे एक-एक शब्द का सही उच्चारण करके बोल रही हो, उसने कहा, "सवेरे से तुम मुझे यही तो बताने के लिए घेरे हुए हो कि पापा को जेल से छोड़ा जा रहा है, कि विमल अपना मुँह काला करके शहर से भाग गया है, कि मेरे लिए दुनिया में अब सिर्फ तुम्हीं-तुम रह गए हो। तुम बेवकूफ तो हो ही, क्रूड भी हो। तुमने क्या उम्मीद की थी कि मैं यह सब सुनकर तुम्हारे गले से लिपट जाऊँगी? तुम्हारे कन्धे पर सिर रखकर रोने लगूँगी?"

वह दीवाल से पीठ सटाकर फर्श पर बैठा हुआ था। चाँद की बात सुनते हुए उसके होंठ कस गए थे। सहसा चाँद चुप हो गई। मुकर्जी उसी तरह दीवाल से सटा बैठा रहा। उसकी आँखों पर तरलता का एक खोल फैलने लगा और उसने उसे छिपाने की या रोकने की कोशिश नहीं की। उसने निर्दयता से आँखें मीच लीं और तब वह तरलता आँसू की दो बड़ी-बड़ी बूँदों में ढलककर उसके गालों पर आ गई। हाथ बढ़ाकर उसने फर्श पर पड़ा हुआ तौलिया अपनी ओर खींचा और उससे चेहरा छिपाकर आँसुओं को पोंछ डाला।

चाँद, पत्थर बनी हुई, देखती रही। उसकी आँख के सामने किसी आदिम समारोह का जैसे दुखान्त हो रहा हो, जिसके बाद सब कुछ जैसे जादू के जोर से अदृश्य हो जाएगा और वह अकेली छूट जाएगी। उसे लगा कि कुछ बोलकर वह इस जादू की घुटन-भरी माया को तोड़ सकती है, पर उसके शब्द चुक गए हैं।

तब तक मुकर्जी ने अपने को नियंत्रित कर लिया था। खड़े होकर बाहर निकलने की तैयारी करते हुए उसने कहा, "मैं क्रूड हो सकता हूँ, पर बेवकूफ नहीं हूँ। बेवकूफ तुम हो। तभी तुम समझती हो कि अगर कोई तुम्हारा लवर नहीं है तो फिर विलेन हो सकता है। आदमी को पहचानने की बस तुम्हारी यही समझ है।"

और कभी होता तो वह सोच सकती थी कि मुकर्जी की शिकायत सही है, वह माफी माँग सकती थी, पर इस समय वह सिर्फ इतना सोच सकी कि यह सब कुछ अवास्तविक है, उसे करवट बदलकर दो-तीन घंटे अभी सोते रहना चाहिए था।

छह

विमल और चाँद को लेकर तारानाथ के मन में जितना असमंजस था, वह चाँद को देखते ही धुँधला पड़ने लगा था। बाद में, शाम के वक्त जब वह लॉन में आकर उसके पास बैठ गई, तो रहे-सहे असमंजस की जगह एक भक्तिपूर्ण नियतिवाद ने ले ली—वह खुद कुछ नहीं कर रही है, उसके हृदय में स्थित होकर उसे तुम जैसा करने के लिए नियोजित करते हो, वह वैसा ही करती है!

ताजे स्नान की खुशबू का आभास, उसका मासूम चेहरा, उसकी गैररस्मी सुन्दरता बेझिझक निगाह—तारानाथ को लगा, इस चाँद में कोई अजनबीपन नहीं है, यह वही है जिसको वह हमेशा से जानता रहा है, यह कोई असंगत काम नहीं करेगी। एक योग्य प्रिंसिपल की तरह उसने अपने को नियंत्रित करके अपना हाथ चाँद के बालों को सहलाने के लिए नहीं बढ़ने दिया। सिर्फ एक असंगत बात कही, लखनऊ में हम लोग चीफ मिनिस्टर से भी मिले थे।"

"क्या बोले वे?"

"उन्होंने कहा कि जल्दी ही देखेंगे।"

"गनीमत है यह नहीं कहा कि मुझे आपके साथ पूरी हमदर्दी है, मैं आपकी मदद करना चाहता हूँ, पर कायदे ऐसे हैं कि...।"

चीफ मिनिस्टर ने जो कहा था, वह लगभग यही था। तारानाथ ने कहा, "कम-से-कम मुझको यही लगा कि उनको हमसे पूरी हमदर्दी है।"

"अगर उन्होंने तुम पर यह असर छोड़ा है तो वे सचमुच बहुत बड़े पॉलिटिशियन होंगे।"

"मेरे पास उनके इरादे पर शुबहा करने की कोई वजह नहीं है।"

"तब तो वे और भी बड़े पॉलिटिशियन होंगे। हर बड़ा पॉलिटिशियन...।"

तारानाथ चौंका। चाँद बिलकुल नए किस्म की स्वाधीनता से बात कर रही थी। हर जनतंत्र का फैशन है कि राजनीतिज्ञों को, जो जनतंत्र को स्वरूप देते हैं, झूठा, फरेबी और पाखंडी समझा जाता है। इसे उसी तरह सहजता से लिया जाता

है जैसे हम यहाँ अध्यापकों को शोषित और सम्माननीय समझते हैं। इसलिए चाँद ने राजनीतिक व्यक्तियों के लिए जो दो-चार भद्दी बातें कहीं, वे अपने-आपमें नई न थीं; हर तीसरा आदमी ऐसी ही बातें करता है। पर चाँद के लिए यह नया था कि वह ऐसी बातें तारानाथ के सामने करे। उसके तरीके में एक आक्रामकता थी, जैसे वह तारानाथ को बताने के लिए उतावली हो कि उसे घर की गुड़िया मानकर नहीं चला जा सकता।

एक क्षण पहले वह चाँद को अपने व्यवहार का उत्तरदायी न समझने के लिए गीता का सहारा ले रहा था। 'त्वया हृषीकेश हृदिस्थितेन' की याद करके वह चाँद को उसकी सहज निर्दोषता में पुनर्वासित करना चाहता था। पर चाँद की बातचीत का यह ढंग इतना आश्वस्त, और अपने अजनबीपन के कारण उद्धत न होते हुए भी इतना उद्धत जान पड़ता था कि तारानाथ को खीज-सी होने लगी।

शंकर के साथ चलनेवाली असंख्य बहसों में एक बहस 'त्वया हृषीकेश हृदिस्थितेन' वाली भावना को भी लेकर हुई थी। शंकर ने कहा था, "जिन वजहों से मैं फलित ज्योतिष को नहीं मानता, उन्हीं वजहों से मैं यह भी नहीं मानता कि परमात्मा मेरे अन्त:करण में बैठकर मुझसे सब तरह के कार्य करा रहा है और अपने कर्मों की कोई जिम्मेदारी सीधे मुझ पर नहीं है। अगर यह मान लिया जाए तो मनुष्य के अपने विवेक का, उद्यम का या सचेत रूप से अपने कार्य या आचरण के बारे में सोचने का कोई मतलब ही नहीं रह जाएगा..."

आज तारानाथ को उस समय नहीं जान पड़ा कि इस खीज को प्रश्रय देकर वह अनजाने ही शंकर के तर्क में फँसता जा रहा है।

"तो तुम्हें यकीन है कि पापा इतनी आसानी से छूट जाएँगे? क्यों भाई?"

चाँद के सवाल ने तारानाथ को खींचा, पर यह सवाल भी उसे आक्रामक जान पड़ा। उसने कहा, "इतनी आसानी से? तुमने कहा कि इतनी आसानी से?"

उसने शायद चाँद से हिचकने की आशा की थी। पर चाँद ने सहज ढंग से जवाब दिया, "क्या मैंने कोई गलत बात कही है?"

"पापा कितना झेल चुके हैं! इसके बाद भी उनके छूटने पर तुम समझोगी कि वे आसानी से छूट गए हैं?"

"तुम मेरी बात को उलटा समझ रहे हो। मैं पापा की यातना को हल्का नहीं बना रही हूँ, सिर्फ यह कह रही हूँ...।"

वह फिर इस तरह बोल रही थी कि तारानाथ की खीज बढ़ने लगी।

...नीला और राज से बिगड़कर बात करते-करते यह शायद अब घरवालों से सीधे बोल भी नहीं पाएगी, हमारी घरेलू दुनिया की सीमाओं को तोड़कर वह अलग

निकल गई है और किन्हीं अपरिचित रास्तों पर अकेली भटक रही है।...व्यक्तिगत हानि के एक नए एहसास ने उसकी खीज को और भी गहरा बना दिया। वह शायद कुछ कड़ी बात कहता, पर उसके पहले चाँद ने उसे अनमना पाकर अपनी बात रोक दी। उसके बाद ही एक अपरिचित खामोशी उन दोनों के बीच एक पत्थर की शिला की तरह जमकर बैठ गई।

फिर तारानाथ ने चाँद की ओर देखा, वह दूसरी ओर देख रही थी।

सहसा तारानाथ को जान पड़ा, उसकी खीज का यही अकेला कारण नहीं है कि चाँद एक बालिग की तरह उसके साथ निस्संगता से बात कर रही है। वास्तव में, दूसरे के दोषों में दिलचस्पी न होने के बावजूद, वह इस असलियत से निरुद्विग्न नहीं हो पा रहा है कि उसके सामने उसकी बहिन नहीं, विमल की प्रेयसी बैठी हुई है! और तभी उसका मन बार-बार चाँद की हर चेष्टा का विरोध करने के लिए, उसे गलत मानकर उसको शासित करने के लिए उतावला हो रहा है!

"मैं अभी आया," कहकर उसने चाँद को लॉन में अकेला छोड़ दिया।

तारानाथ के दोबारा बाहर आने तक शाम का धुँधलका गहरा हो गया था।

असाढ़ की पहली बारिश थी—पर यह कालिदास का लोक न था। केतकी और कुटज के फूल, नवीन जपापुष्प की लालिमा वाला संध्याकालीन आकाश, अभिसारिकाओं की उत्कंठा, देवदारु की क्षरण-गन्ध से सुरभित वातास—यह सब कहीं नहीं था। गलत और असामयिक मौसम का संकेत देने के लिए हवा थम-सी गई थी। आसमान पर बादलों की पर्तें-पर-पर्तें जमी थीं और रुक-रुककर बूँदें पड़ रही थीं। अँधेरा इस तरह फैल गया था जैसे राजनाथ के बँगले को कुछ अदृश्य छापामारों ने घेर लिया हो। कुर्सियाँ लॉन से हटाकर बरामदे में डाल दी गई थीं।

तारानाथ ने देखा, चाँद वहाँ नहीं है। अस्वस्थ मन से वह कुर्सी पर बैठ गया। चाँद को यथार्थ स्थिति का पता नहीं है; किसी-न-किसी तरह उसका यथार्थ से साक्षात्कार कराना होगा—उसने सोचा।

...पर क्या मुझे खुद यथार्थ का पता है? कहीं मेरा अहंकार ही तो चाँद की स्थिति को ज्यादा विषम बनाकर मुझे उद्विग्न नहीं बना रहा है? क्या यथार्थ की पकड़ इतनी आसान है?

...सब कुछ उलझा हुआ है। यथार्थ का सही रूप खोजने की कोशिश में हम उसे और भी उलझा देते हैं। फिर जिसे हम यथार्थ कहकर पेश करते हैं, वह पेश होते-होते बदल जाता है क्योंकि उस प्रक्रिया में हम उस पर अपनी

आकांक्षाओं को, अपने पूर्वग्रहों को आरोपित कर देते हैं। आखिर में वह हमें वैसा नहीं दीखता जैसा कि वह पहले था। वह वैसा दीखने लगता है जैसा कि हमने मन-ही-मन चाहा था।

...चाँद की फिक्र छोड़ देनी चाहिए? उसे समझाने की कोशिश छोड़ देनी चाहिए! वही उसे अकल्याण से बचाएँगे जिन्होंने गरल और सुधा—दोनों की जान-बूझकर रचना की है!...

हाथ में एक गिलास लिये हुए राजनाथ बरामदे में आया। बोला, "आप शरबत पियेंगे या चाय?"

"नहीं, बैठो।"

पास की कुर्सी पर बैठते हुए राजनाथ ने कहा, "मैं बताने आया था कि मसूरी से लौटने के बाद चाँद का दिमाग बिलकुल खराब हो गया है। वह साफ-साफ कहती तो नहीं, पर वह विमल के पास जाकर रहना चाहती है।"

"परेशान न होओ।"

तारानाथ की सांत्वना बेकार थी क्योंकि उसी वक्त बँगले और सड़क की बिजली चली गई और राजनाथ ने किसी अदृश्य श्रोता से चीखकर कहा, "कैसी बदतमीजी है।"

एक हाथ में जलती हुई मोमबत्ती और दूसरे हाथ में ट्रांजिस्टर लेकर नीला बरामदे के किनारेवाले दरवाजे से बाहर आई। मोमबत्ती को एक खिड़की पर रखकर वह तारानाथ के पास शालीनता से बैठ गई। फिर, जैसे ही उसकी निगाह राजनाथ के गिलास पर पड़ी, उसने सख्ती से कहा, "तुम आज भी बिना पिये नहीं रह सकते?"

राजनाथ ने उसे उकताकर देखा। अनसुना करते हुए तारानाथ से कहा, "कुछ और बारिश हो जाए तो गर्मी से जान बचे।"

नीला ने भी तारानाथ से कहा, "इन्हें आप ही सँभालिए! मैं चाँद की बात कर रही हूँ, ये मौसम की बात कर रहे हैं। इन्हें कोई फिक्र नहीं है।"

तारानाथ ट्रांजिस्टर पर कोई स्टेशन लगाने जा रहा था। वहाँ से हाथ हटाकर बोला, "ऐसा है नीला, कि अब चाँद को मौसम ही की तरह समझना चाहिए। उसे हम शायद बदल नहीं पाएँगे।"

उसने तारानाथ को घूरकर देखा। कहा, "आप भी ऐसा कहते हैं! आप उसे घर से भागकर विमल की रखैल बन जाने देंगे!"

राजनाथ उठकर खड़ा हो गया। बोला, "यहाँ बड़ी उमस है।" वह हाथ में

गिलास लिये हुए लॉन की ओर चलने को हुआ पर पानी की एक नई बौछार के सामने अपनी जगह अनिश्चित-सा खड़ा रहा।

तारानाथ ने दूसरी ओर देखकर कहा, "आओ चाँद।"

चाँद ड्राइंगरूम का दरवाजा खोलकर उनकी ओर आ रही थी। उसने पूछा, "खाना कितनी देर में खाएँगे?"

उसकी आवाज सहज थी—इतनी सहज कि नीला ने उसे सन्देह से देखा। पर वह उधर देखे बिना तारानाथ से ही कह रही थी, "मुझे कल बँगलौर के लिए चल देना होगा। रात को ही तैयारी करनी है।"

तारानाथ ने अपने पास पड़ी हुई कुर्सी की ओर इशारा किया। कहा, "बैठो, बँगलौर में क्या है?"

वह कुर्सी खींचकर, तारानाथ से लगभग सटकर बैठ गई। बोली, "वहाँ एक इंस्टीट्यूट में रिसर्च ऑफिसर की कुछ जगहें हैं। मुझे इंटरव्यू के लिए बुलाया गया है।"

नीला बोली, "चिट्ठी कब आई थी?"

"आज।"

"पर तुमने बताया नहीं।"

"बता तो रही हूँ।"

नीला ने राजनाथ से कहा, "बँगलौर से बम्बई नजदीक है।"

इसके पीछे जो जहर था, उसका आभास तारानाथ को तुरन्त नहीं हो पाया। उसने कहा, "इतना नजदीक तो नहीं है, पर दिल्ली के मुकाबले नजदीक ही कहना चाहिए।"

सहसा नीला ने राजनाथ को झकझोरकर कहा, "भाई के सामने कहते क्यों नहीं? चाँद बँगलौर नहीं जाएगी। उसे दिल्ली में ही कोई काम करना चाहिए। विमल बम्बई जाकर बैठा हुआ है। हम लोग चाँद को वहाँ जाकर मनमानी नहीं करने देंगे। उसे जाना ही हो तो हमेशा के लिए जाए। फिर इस घर में उसके आने की जरूरत नहीं है।"

उसके शब्द चमगादड़ों की तरह असंयत होकर उड़ रहे थे, गिर रहे थे। चाँद ने अनुत्तेजित रहकर कहा, "भाभी, यह घर पापा का है, तुम्हारा नहीं। तुम्हारे निकालने से मैं नहीं निकलूँगी।"

राजनाथ चाँद के खिलाफ बेलगाम बकझक करने लगा था। उसे रोककर तारानाथ ने कहा, "चाँद, इनकी बात का तुम खयाल न करो। पर मुझे तुमसे कुछ कहना है, सुनो...।"

चाँद ने कुर्सी पर पीठ टिका ली। कहा, "नीला भाभी जो कुछ नाराज होकर कह रही हैं, वही तुम ठंडे दिमाग से कहना चाहते होंगे।"

वह इसके लिए तैयार न था। उसकी और चाँद की उम्र में दस-ग्यारह साल का अन्तर था; पर उसे लगा, उनके बीच एक समूची पीढ़ी की दीवार खड़ी है और अब वे एक-दूसरे की आवाज नहीं सुन सकते। उसने अंग्रेजी में कहा, "तुम यूँ ही डॉन क्विक्जोट की तरह मेरे ऊपर हमला बोल रही हो। पर मैं हवा-चक्की से ज्यादा कुछ नहीं हूँ। तुम्हें क्विक्जोटिक हीरो बनने की इतनी क्या जल्दी है?"

नीला ने कहा, "हीरोइन!"

चाँद ने तारानाथ से कहा, "तो, मुख्तसर में, तुम्हारी भी यही सलाह है कि मैं बँगलौर न जाऊँ।"

चिड़ियों के पंख-रहित शावकों के लिए जो तर्कातीत ममता बिना किसी तकाजे के कभी-कभी मन में घुमड़ने लगती है, उसके आवेग में तारानाथ का हाथ चाँद की बाँह पर चला गया। उसने कहा, "नीला की उलझन तुम्हारे बँगलौर जाने से नहीं है।"

विमल का जिक्र करते हुए वह ठिठका। चाँद ने अपनी बाँह पर उसके हाथ का दबाव महसूस किया और तारानाथ ने महसूस किया कि उसकी उँगलियों के नीचे चाँद की बाँह में एक खिंचाव की चेष्टा है। उसका हाथ हटते ही चाँद कुर्सी पर दूसरी ओर झुककर बैठ गई। गलती तुम्हारी ही है। सबको अपाहिज मानकर उनका अभिभावक बनने की भावुकता से तुम्हें बचना होगा—तारानाथ ने सोचा।

चाँद ने कहा, "मैं तुम्हारी राय जानना चाहती हूँ। नीला भाभी की राय तो मालूम ही है।"

"बँगलौर में तुम्हें काम करना अच्छा लगे तो मुझे क्या एतराज हो सकता है? पर समस्या विमल अंकल की है। उन्हें अब हम लोग इतना जान चुके हैं कि...।"

पहली बार चाँद की आवाज़ में पैनापन आया। उसने कहा, "तुम लोग उनके बारे में क्या जान चुके हो?"

नीला ने वैसी ही धार दिखाते हुए कहा, "इतना तो जान ही चुके हैं कि वह अकेला है, और रुपएवाला है, काफी सोच-समझकर तुमने उसे चुना है!"

राजनाथ ने चीखकर कहा, "पर मैं चाँद को उस हत्यारे के रुपए पर नहीं पलने दूँगा!"

चाँद ने कहा, "चीखो नहीं। पापा अब भी जेल में हैं, और उन्हीं के रुपए पर तुम पल रहे हो।"

राजनाथ ने अपना गिलास मेज पर रख दिया और जोर-जोर से दोबारा चीखना शुरू कर दिया। तारानाथ ने कहा, "राज, समझ से काम लो!"

"क्या चाहते हैं आप? इसे मैं उस हत्यारे के साथ निकल जाने दूँ!"

चाँद ने बड़े धीरज से—जैसे वह उन्हें भटकाव से खींचकर सही रास्ते पर ला रही हो—कहा, "विमल ने कुछ नहीं किया है। तुम लोग भी जानते हो कि उसने कुछ नहीं किया है।"

बारिश के साथ अब हवा चलने लगी थी। बरामदे में और आसपास की बिजली की बत्तियाँ, जो कुछ देर पहले जल उठी थीं, दोबारा धुँधली होने लगीं और उन सबका ध्यान रोशनी की ओर चला गया। रोशनी धीमी हुई, फिर अस्वाभाविक चमक के साथ फैली। राजनाथ ने नीला से कहा, "शायद बिजली फिर फेल होनेवाली है। कुछ और मोमबत्तियाँ निकाल लो।" तारानाथ को उसने समझाया, "आजकल यह रोज ही हुआ करता है।"

नीला के उठते-उठते रोशनी फिर धीमी हुई, फिर धीमी ही होती चली गई। उनकी आँखें ऊपर बुझते हुए बल्ब के फिलामेंट की चमकदार नोक पर केन्द्रित भी नहीं हो पाई थीं कि चारों ओर बिखरे हुए अँधेरे ने संगठित होकर उन्हें दोबारा घेर लिया।

बाहर सड़क पर निकलती हुई किसी मोटर की तेज हेडलाइट का तिरछा प्रकाश बरामदे में घूमकर अस्त हो गया। बारिश की धुंध में रोशनी की दो धाराएँ समानान्तर फैलीं और लुप्त हुईं। तब उन्होंने समझा कि वे जैसा समझते थे उससे ज्यादा वेग के साथ पानी गिर रहा है। फिर कुछ क्षणों के बाद बँगले में जगह-जगह मोमबत्तियाँ जलने लगीं। एक मोमबत्ती बरामदे में रखी गई थी। उसकी लौ हवा के बहाव में टिक नहीं पाई। उसे बुझ जाने दिया गया। ड्राइंगरूम की खिड़की के शीशे से वहाँ पर जलती हुई मोमबत्ती की अस्थिर रोशनी बरामदे में छनकर आने लगी।

पर बिजली के चले जाने से सबको छुटकारा-सा मिल गया। राजनाथ का चीखना खत्म हो गया। नीला बिजली कम्पनी की नालायकी पर राय देने लगी। पर यह सब भी थोड़ी देर के लिए था। चाँद ने कहा, "विमल ने मुझे लिखा है...।"

नीला ने ऐसे मुँह बनाया मानो उसे कोई अश्लील बात सुनाई जा रही हो।

तारानाथ ने कहा, "तुम्हें शायद पूरी बात मालूम नहीं है, चाँद। सरकार को इत्मीनान हो गया है कि पापा के साथ ज्यादती हुई है! पर वे अब फैसला नहीं बदल सकते। पर यह भी उनके लिए बदनामी की बात है कि एक निर्दोष को इस तरह सजा दे दी जाए। इसीलिए उन्हें पापा को जल्द ही छोड़ना होगा। विमल अंकल उस दिन गोविन्द के फ्लैट पर गए थे। सरकार तक को इससे...।"

"यह मैं सौ बार सुन चुकी हूँ।" चाँद ने कहा, "ज्यादा-से-ज्यादा पापा निर्दोष होंगे। पर इससे विमल का कोई ताल्लुक नहीं।"

"उनके खिलाफ अलग से भी सुबूत मौजूद हैं।"

"मैं वह भी सुन चुकी हूँ। उसकी कोई कीमत नहीं। तुम किसी भी वकील से पूछ लो।" उसने चिढ़कर कहा, "तुम यह क्यों नहीं सोचते कि कोई तीसरा, चौथा, पाँचवाँ, छठा, सातवाँ—कोई भी आदमी हत्यारा हो सकता है?"

"हो सकता है," तारानाथ ने कहा, "पर विमल अंकल क्यों छिपाए रहे कि उस रात को वे...?"

अस्थिर धुँधलके ने चाँद के चेहरे को एक नई विचारशीलता दे दी थी। उसने रुक-रुककर कहा, "तुम विश्वास नहीं करोगे। पर उन्होंने जान-बूझकर कभी झूठ नहीं बोला, कुछ भी नहीं छिपाया। पर अगर चाहो तो वे तुम्हारे लिए अब झूठ बोलने को तैयार हैं। पापा का काम इसी से बनता हो तो वे लिखकर उनका अपराध अपने ऊपर ले लेंगे।"

नीला ने कहा, "क्या कहा इसने?"

पर वह तारानाथ से कहती रही, "शुरू से याद करो—इस मुसीबत में उन्होंने हमारे लिए क्या नहीं किया? पापा के मुकदमे की सारी पैरवी उन्होंने की। हममें से किसी को इसका तजुर्बा न था। सारी दौड़-धूप उन्होंने की। वे बराबर हमारी हिम्मत बँधाते रहे, अपना कामधाम छोड़कर हमारे साथ लगे रहे। जब हमारे रिश्तेदार पापा को खूनी, स्मगलर, शराबी—न जाने क्या-क्या कहते थे तो उन दिनों वे हमारी सभी मुश्किलों को कन्धे पर ढोते रहे..."

नीला ने फिर कहा, "यह क्या कह रही है...।"

पर चाँद ने उसे अनसुना कर दिया। कहती रही, "राज भैया को उन्होंने बिजनेस करना सिखाया, सुप्रीम कोर्ट तक हमारा मुकदमा लड़ा, हमें हमेशा यकीन दिलाया कि पापा निर्दोष हैं, फिर भी पापा को सजा होते ही हम सब एब्नॉर्मल हो गए। उनका यही कसूर है कि वे हमें एब्नॉर्मल होने से नहीं बचा पाए..."

...यह कैसी स्तुति है, किस तरह की तल्लीनता है : तारानाथ अपनी प्रार्थना के अनेक ध्यानपूर्ण क्षणों में डूबने लगा। चाँद की बातों को उनकी चेतना का एक पहल ही ग्रहण कर पा रहा था...।

"...अपनी एब्नॉर्मेलिटी में हम अचानक पापा को निर्दोष साबित करने को उतावले हो गए और यह जानते ही कि विमल भी उस रात गोविन्द के फ्लैट पर गए थे, हमने सोचना ही नहीं, कहना भी शुरू कर दिया कि अपराधी वही हैं..."

राजनाथ ने कहा, "यह सब उसी ने तुमको समझाया होगा।"

"हाँ। उन्होंने ही समझाया है। उन्होंने कुछ और भी समझाया है जो तुम नहीं जानते। वे जानते हैं कि वे अब कुछ भी कह दें, किसी दूसरे पर अब मुकदमा नहीं चल सकता। तभी, अगर तुम्हें उनके एहसानों में कमी जान पड़ रही हो तो मैं उनसे एक और प्रार्थना कर सकती हूँ। वे लिखकर दे देंगे कि खून उन्होंने किया है। इससे पापा छूट जाएँगे। हम सबको हीनता से छुटकारा मिल जाएगा। हम सब समाज में रिहैबिलिटेट हो जाएँगे। तुम सब यही चाहते हो न? और वे अपना मुँह छिपाकर बम्बई में या कलकत्ते में या जहन्नुम में या कहीं भी पड़े रहेंगे!..."

"चाँऽऽऽद!" राजनाथ ने कुछ कहना चाहा, पर उसने उसे टोक दिया। बोली, "तुम सब यही चाहते हो न?"

उसके चुप हो जाने पर हवा की सरसराहट बढ़ी हुई जान पड़ी। ड्राइंगरूम में मोमबत्ती की लौ कुछ और हिलने लगी थी और बरामदे में झीने प्रकाश और छायाओं की संधि का दायरा तेजी से घट-बढ़ रहा था। चाँद निरुद्वेग बैठी हुई जैसे उनके जवाब की राह देख रही हो।

तब नीला ने कहा, "यह लड़की पागल हो गई है। इसके इलाज का इन्तजाम करो।"

पर किसी ने कुछ नहीं कहा। चाँद चुपचाप उठकर खड़ी हो गई। पहले वह बगलवाले कमरे की ओर जाने को हुई, फिर ड्राइंगरूम के दरवाजे से धीरे-धीरे अन्दर चली गई।

नीला और राजनाथ एक साथ जोर-जोर से बोलने लगे। अनायास ही तारानाथ सिर छाती पर लटकाकर सुस्थिर बैठ गया था, जैसे कि वह प्रार्थना के क्षणों में बैठता था। उन लोगों के चुप हो जाने पर वह बोला, "गलती शायद हमारी ही थी।"

राजनाथ ने कहा, "इसके पागलपन का असर आप पर भी हो गया है। पर मैं चाँद को बँगलौर नहीं जाने दूँगा।"

"जो कर नहीं सकते, उसके बारे में कुछ मत कहो।" कह चुकने के बाद तारानाथ को लगा, कुछ भी कहना बेकार है। वह खामोशी से मोमबत्ती की सचल रोशनी में उस धुँधले जगत को देखता रहा जिसे रोज की प्रार्थनाओं में जल की तरंग-भंगिमा और बिजली की चपलता के साथ याद किया जाता है।

फिर वह भी उठकर अन्दर चला गया।

भीतर के बरामदे में एक पुराना सोफा पड़ा था। मोमबत्ती के मद्धिम उजाले में उसने चाँद को वहाँ पर लेटे हुए देखा। इतनी जल्दी सो नहीं सकती—उसने सोचा,

पर उसे जगाने या उससे बोलने की कोई कोशिश उसने नहीं की। कोने से एक स्टूल उठाकर वह चाँद के पास बैठ गया।

सोफे पर वह आँखें मूँदे हुए लेटी थी। एक कुशन के सहारे गर्दन को ऊँचा करके वह निश्चल पड़ी थी। उसके आसपास किसी समुद्री किनारे-जैसी वीरानगी थी, जहाँ से पूरे दिन नहाने और धूप खाने के बाद लोगों की भीड़ वापस चली गई है और शाम के धुँधलके में जहाँ सिर्फ दफ्ती के रौंदे हुए डिब्बे, बियर की खाली बोतलें, चाकलेट और मिठाइयों के ऊपरी कागज आइसक्रीम के छूँछे कप-भर बालू में छितरे पड़े हैं।...

तारानाथ को उसके लिए सहानुभूति का अनुभव हुआ, पर वह उस निश्चलता और वीरानगी के लिए नहीं थी। वह सहानुभूति एक नए प्रकार की थी जो समानान्तर चलते हुए किसी सहयात्री के लिए, जो यात्रा के एक मोड़ पर अचानक बिलकुल करीब आ गया हो, पैदा होती है।

✪